प्रेरक प्रसंग

AF758708

संपादक

डॉ. राजेन्द्र पटोरिया

डायमंड बुक्स

www.diamondbooks.in

प्रकाशक : डायमंड पॉकेट बुक्स (प्रा.) लि.
X-30, ओखला इंडस्ट्रियल एरिया, फेज-II
नई दिल्ली-110020
फोन : 011-40712200
ई-मेल : wecare@diamondbooks.in
वेबसाइट : www.diamondbooks.in
संस्करण : 2025

Prerak Prasang
Edited by: *Dr. Rajendra Patoria*

भूमिका

प्रसंग शब्द के आसक्ति, भक्ति, संलग्नता, अवसर घटना काण्ड आदि अनेक अर्थ होते हैं। प्रस्तुत संदर्भ में प्रसंग का अर्थ है किसी अवसर पर घटित किसी विशेष घटना के वार्तालाप को बताना या लिखना प्रसंग है। ये प्रसंग विशिष्ट होने से ही सुनाए या लिखे जाते हैं।

प्रसंगों की दुनिया भी अलग होती है। एक से बढ़कर एक प्रसंग लिखे जाते हैं, जिन्हें लोग बड़े चाव, बड़ी लगन, बड़ी एकाग्रता एवं उत्सुकता से पढ़ते हैं एवं दूसरों को पढ़ाते व सुनाते हैं। कुछ प्रसंग तो ऐसे होते हैं जो जीवन में आमूल परिवर्तन ला देते हैं, जीवन की सोच तथा जीवन को बदल देते हैं, मन में, दिल में गहरे उतरते हैं। इन प्रसंगों में बहुत कुछ सीख मिलती है जो सोचने पर मजबूर कर देती है। कुछ प्रसंग पढ़कर मन में मंथन शुरू हो जाता है, कुछ प्रसंग तो ऐसे होते हैं जिनमें व्यक्ति डूब जाता है। अच्छे प्रसंगों में इतनी ताकत होती है कि लोगों की सोच बदलकर अच्छी सोच की ओर ले जाती है। कुछ प्रसंग मन में उथल-पुथल मचा देती है, कुछ शिक्षाप्रद होती हैं। प्रसंगों का भी एक अनमोल खजाना होता है कई लोग इस खजाने की खोज में रहते हैं, कुछ ऐसे प्रसंग होते हैं जो जीवन से जुड़े होते हैं।

पिछले कुछ दशकों से मेरा विचार अच्छे प्रसंगों को एकत्रित करने का रहा, मेरे पास अनेकों पत्र, पत्रिकाएं आती हैं, जहाँ भी प्रेरक प्रसंगों की पुस्तक दिखी खरीद कर ले आता। इन प्रसंगों को मनोयोग से पढ़ने के उपरांत मुझे जो प्रसंग अच्छा व मन को छूने वाला व पठनीय लगता है उसकी कटिंग काट कर रख लेता। कई वर्षों के इन प्रयासों के कारण मेरी बैली में हजारों प्रसंगों की कतरनें एकत्रित हो गई। मैंने इन कतरनों को फिर से दो-तीन बार पढ़ा इनमें से जो प्रसंग ठीक नहीं लगे उन्हें अलग करता गया यह भी एक बड़ी कसरत का काम था। मेरी अपनी समझ में जो अच्छे प्रसंग हो उन्हें प्रकाशन की योजना बनाई। अन्य विषयों पर मेरी 25 पुस्तकें प्रकाशित हैं यह मेरे संकलन को छपाने का नया कार्य था मेरी बहुत इच्छा थी कि पाठकों को कुछ अच्छा रोचक कार्य परोसूं।

मेरी कुछ पुस्तकें डायमंड बुक्स प्रा. लि. द्वारा प्रकाशित हुई हैं, जब मैं पहली बार उनके कार्यालय गया व प्रबंधक श्री नरेन्द्र वर्मा जी से प्रसंगों की पुस्तकों के बाबत चर्चा की तो उन्होंने कहा मैटर भेज दो। 2-3 पुस्तकें प्रकाशित कर सकते हैं। वर्मा जी पॉजिटिव सोच वाले, व्यक्ति तथा तुरंत निर्णय लेने वाले व्यक्ति लगे, उनसे घंटों तक अनेक विषयों पर चर्चा हुई उनसे मिलकर मुझे बहुत अच्छा लगा।

ये सभी प्रसंग अलग-अलग व्यक्तियों द्वारा लिखे गये अनेकों प्रसंगों में किसी का नाम नहीं रहता एक प्रसंग को दूसरा व्यक्ति अपने नाम से या बिना नाम दिए प्रकाशन के लिए भेजता है क्योंकि एक प्रसंग अनेकों जगह घूमता हुआ पाठकों तक पहुँचता है इस प्रकार कौन किस प्रसंग का सही लेखक है यह समझ के बाहर होता है। जो भी हो, जैसा भी हो जिन्होंने ये प्रसंग लिखे हैं तथा जिन्होंने नहीं लिखे परन्तु अपने नाम से छपवा लिए उनका मैं आभारी हूँ कि उन्हीं के कारण मैं पुस्तक तैयार कर पाया। जो मैंने प्रसंग संकलित किया उनमें से अधिक में किसी का नाम ही नहीं था अतः एकरूपता के लिए किसी का भी नाम नहीं दिया।

जो भी हो-जैसा भी हो पुस्तक आपके हाथों में हैं आप भी इसका सदुपयोग जहाँ चाहे जैसा चाहें कर सकते हैं, मेरी तो यही इच्छा है कि अच्छे प्रसंग लोगों तक पहुँचते रहें, एक बहुत बड़ा वर्ग इसका लाभ उठा सके।

डॉ. राजेन्द्र पटोरिया

एम.कॉम., एम.ए., एल.एल.बी., पीएच.डी, बी.जे.,

राष्ट्र. रत्न पूर्व संपादक, खनन भारती

आजाद चौक, सदर,

नागपुर - 440001 (महाराष्ट्र)

मो.: 9421779906, 9881010798

फोन : 0712-2520327

विषय सूची

धड़कन

एक महिला चिकित्सक (लेडी डॉक्टर) की दस वर्षीय बच्ची सावित्री का एक्सीडेन्ट हो गया, सिर फट गया। शीघ्रता से उसे अस्पताल पहुँचाया राह चलते लोगों ने। अस्पताल की प्रमुख डॉक्टर, सावित्री की माँ ही थी, उन्होंने जैसे ही देखा घबरा गईं। बच्ची को सघन- चिकित्सा कक्षा में भर्ती किया गया। उपचार शुरू। समय निकाल कर माँ ने संबंधित डॉक्टरों को बुलाया, पूरी टीम ने गंभीरता से अवलोकन किया। निष्कर्ष यह कि बच्ची कोमा में है।

धीरे-धीरे कई सप्ताह व्यतीत हो गये। डॉ. उपचार करते हुए विचार में पड़ गए, अंततोगत्वा सभी ने मिलकर लेडी डॉक्टर जो सावित्री की माँ थी, से कहा 'कोमा से निकल जाना मुश्किल हो गया है।' माँ जानती थी कि लगभग दो माह में, सावित्री का हृदय ही चल सका है, शेष सभी अंग मृतप्राय हो चुके हैं।

तभी एक नया केस आया, एक युवती को हार्ट-अटैक आ गया था और वह चेतना खो रही थी। फिर विशेषज्ञ आये। सभी ने मुआयना किया। निर्णय यह कि तुरन्त हृदय हटा कर, नया हृदय रोपित किया जाये। युवती के माता, पिता, भाई बिलखने लगे। चिंता यह कि एक- दो दिन में नया हृदय कहाँ मिलेगा। वे रोते हुए सिसकते रहे।

लेडी डॉक्टर (सावित्री की माँ) श्रीमती गंगारानीजी भी सोच में पड़ गई कि युवती का जीवन कैसे बचाया जाये। अचानक कोमा में पड़ी अपनी पुत्री का रक्त मिलान कराया तो वह युवती के रक्त के अनुकूल था। गंगारानी ने विचार किया कि थोड़े से विचारपूर्ण त्याग से, दो में से एक परिवार का संकट समाप्त किया जा सकता है। उन्होंने विशेषज्ञ को बुलाया और मन की बात कह दी। सभी डॉक्टर, कर्मचारी, मरीज और उनके परिजन धन्य-धन्य कह उठे।

आनन-फानन में तैयारी के साथ योजना को आकार दिया गया और सावित्री का दिल निकाल कर युवती को प्रदान किया गया। हृदय-रोपण सफल रहा। युवती को सामान्य होने तक भर्ती रखा गया। सावित्री का दाह संस्कार कर तस्वीर को माल्यार्पण किया गया। डॉ. गंगारानी के अस्पताल

और घर पर सन्नाटा छाया रहा। नगर में हर वर्ग द्वारा उनके त्याग की महिमा कही जा रही थी। अखबारों में सचित्र समाचार छाये थे। मगर गंगारानी का दु:ख कम न हो सका। बेटी वियोग से भूख-प्यास तक समाप्त हो गई थी।

कुछ ही दिन बीते कि वह युवती जिसका सफल ऑपरेशन हुआ था, डॉ. गंगारानी के कक्ष में गई, चरण स्पर्श किए और धन्यवाद ज्ञापित किया। कुछ देर डॉ. साहब के पास बैठी रही। डॉ. मौन थी। एकाएक युवती उठी और डॉ गंगाजी के गले से लग गई। दोनों के नेत्र गीले थे। तभी डॉ. बोली - ऐसे ही खड़ी रहना तीन मिनिट, जरा मैं दिल की धड़कन चेक कर लूँ। युवती खड़ी रही, डॉ. ने स्टेथोस्कोप कानों में दिया, फिर उसके सीने पर फिराने लगी। चैक करना बहाना था, डॉ. गंगारानी तो बेटी सावित्री के दिल की धड़कन सुनना चाहती थीं। वे देर तक सुनती रहीं। नेत्र आँसू बहाते रहे। अन्यजन समझ गये सो बोले- डॉ. साहिबा, अब आज्ञा दीजिए। डॉ. कुछ न बोल पाई। तब तक युवती पुनः उनके चरण छूकर सपरिवार निकल गई। डॉ. साहिबा की नजर उनका पीछा करती रही। उनके हृदय से शब्द निकले - बो, देखो मुझसे रूठ कर, मेरी जान जा रही है। मेरी प्यारी बेटी सावित्री। डॉ. गंगा की बेटी।

पचास का नोट

मेरे 50 रुपए इस सड़क पर कहीं गिर गए हैं। घर आते समय मैंने एक खंभे पर हाथ से लिखा एक नोटिस लगा देखा।

उत्सुकतावश मैं पास गया और वह नोटिस पढ़ने लगा।

नोटिस में लिखा था- मेरे 50 रुपए इस सड़क पर कहीं गिरकर खो गए हैं। अगर किसी को वो नोट मिल जाए तो मुझे इस पते पर आकर दे दें। मुझे ठीक से दिखाई नहीं देता, आपकी बड़ी मेहरबानी होगी।

नोटिस पढ़कर मैंने सोचा, दुनिया में ऐसे भी लोग हैं जिनके लिए 50 रुपए इतना महत्व रखते हैं।

खोजते हुए मैं नोटिस पर लिखे पते पर पहुँचा तो टूटी झोपड़ी के बाहर एक कमजोर सी बुढ़िया को बैठे देखा।

मेरे कदमों की आवाज सुनकर उस अशक्त बुढ़िया ने पूछा, कौन है? मैंने कहा, अम्मा मैं आपको वो 50 रुपए देने आया हूँ, जो आपके सड़क पर गिर गए थे।

बुढ़िया यह सुनकर रोने लगी और बोली, बेटा! करीब 30-40 लोग तुम्हारे पहले भी आ चुके हैं और मुझे 50 रु. देकर बोल रहे थे कि ये आपके सड़क पर गिरे 50 रुपए हैं। मैंने कोई नोटिस नहीं लिखा, न खंभे पर चिपकाया। मुझे ठीक से दिखता नहीं और पढ़ना-लिखना भी नहीं आता। मैंने कहा, कोई बात नहीं अम्मा ! आप यह रुपया रख लो।

बुढ़िया ने फिर मुझसे कहा कि मैं वापस जाते समय वो नोटिस वहाँ से फाड़कर हटा दूँ।

वहाँ से लौटते समय मेरे मन में कई विचारों की श्रृंखला चल रही थी।

वो नोटिस किसने लिखकर लगाया होगा? बुढ़िया ने और लोगों से भी नोटिस फाड़ने को कहा होगा लेकिन किसी ने भी उसे हाथ नहीं लगाया।

मैंने मन ही मन उस भले आदमी का धन्यवाद किया, जिसने वो नोटिस लिखकर वहाँ खंभे पर लगाया होगा। मुझे एहसास हुआ कि हमारे मन में मदद की भावना होनी चाहिए, उसे पूरा करने के कई रास्ते निकाले जा सकते हैं। वो भला आदमी भी उस बुढ़िया की मदद करना चाहता होगा।

अपने ख्यालों में खोया मैं जा ही रहा था कि मुझे किसी ने रोका और कहा, भाई ये पता तो बताना जरा, मुझे गिरे हुए 50 रुपए मिले हैं जो उसको देना है।

सफलता

उस लड़की का जन्म वर्ष 1902 में हुआ था, जो पंद्रह वर्ष की किशोर अवस्था में पोलियो का शिकार हो गई। पोलियो के उपचार में सहायता के लिए उसे स्वीमिंग करने की सलाह दी गई। इससे पहले उसने कभी स्वीमिंग नहीं की थी लेकिन पोलियो से मुक्ति के लिए ये परामर्श बुरा नहीं था। किशोरी ने फौरन स्वीमिंग का अभ्यास करना प्रारंभ कर दिया। इस किशोरी ने पोलियो से जल्दी से जल्दी मुक्ति पाने के लिए अपना पूरा ध्यान स्वीमिंग पर केंद्रित कर दिया और निरंतर अभ्यास करने लगी। इसका परिणाम ये हुआ

कि वह एक बहुत अच्छी तैराक बन गई। लोग उस समय हैरान रह गए जब इस किशोरी ने वर्ष 1920 में बेल्जियम के एंटवर्प में आयोजित ओलंपिक खेलों में एक के बाद एक लगातार तीन स्वर्ण पदक जीत लिए। इस महिला तैराक का नाम था इथेल्डा ब्लेन्ट्रे। इथेल्डा का जन्म 27 फरवरी सन 1902 अमेरिका में न्यूयॉर्क के वॉटरफोर्ड में हुआ था। इथेल्डा ब्लेट्रे ने अपने देश के लिए न केवल तीन स्वर्ण पदक एक साथ जीते अपितु वह पहली अमेरिकी महिला तैराक थी। जिसने ओलंपिक मुकाबलों में जीत हासिल की। इससे पहले किसी अमेरिकी महिला ने कोई ओलंपिक मुकाबला नहीं जीता था। इथेल्डा ब्लेट्रे एंटवर्प में तीन स्वर्ण पदक एक साथ जीतने वाली विश्व की पहली महिला भी बनीं। यही नहीं इथेल्डा ने तीनों इवेंट्स में पुराने रिकार्ड तोड़कर नए रिकार्ड भी बनाए। एक शौकिया खिलाड़ी के तौर पर इथेल्डा ने केवल 1922 तक ही विभिन्न प्रतियोगिताओं में भाग लिया और हमेशा अपराजित रहीं। 1922 के बाद वे एक पेशेवर खिलाड़ी के रूप में खेलने लगीं। वहाँ भी उनका शानदार करियर रहा। बाद में उन्होंने न्यूयॉर्क व अटलांटिक सिटी में एक कोच के रूप में सफलतापूर्वक प्रशिक्षण का कार्य किया। 6 मई 1978 को अमेरिका में फ्लोरिडा के वेस्ट पाम बीच में उन्होंने अंतिम सांस ली। उनका पूर जीवन सफलता का पर्याय रहा। इथेल्डा ने दिखा दिया कि कोई भी काम गंभीरता से किया जाए तो आशातीत सफलता संभव है।।

पोस्टमैन-अपाहिज बच्ची

एक पोस्टमैन ने एक घर के दरवाजे पर दस्तक देते हुए कहा, चिट्ठी ले लीजिये। अंदर से एक बालिका की आवाज आई, 'आ रही हूँ।' लेकिन तीन-चार मिनट तक कोई न आया तो पोस्टमैन ने फिर कहा, अरे भाई! मकान में कोई है क्या, अपनी चिट्ठी ले लो। लड़की की फिर आवाज आई। पोस्टमैन साहब, दरवाजे के नीचे से चिट्ठी अंदर डाल दीजिए, मैं आ रही हूँ। पोस्टमैन ने कहा, नहीं, मैं खड़ा हूँ, रजिस्टर्ड चिट्ठी है, पावती पर तुम्हारे साइन चाहिये। करीब छह-सात मिनट बाद दरवाजा खुला। पोस्टमैन इस देरी के लिए झल्लाया हुआ तो था ही और उस पर चिल्लाने वाला ही था, लेकिन दरवाजा खुलते ही वह चौंक गया। एक अपाहिज कन्या जिसके पाँव नहीं थे,

सामने खड़ी थी। पोस्टमैन चुपचाप पत्र देकर और उसके साइन लेकर चला गया। हफ्ते, दो हफ्ते में जब कभी उस लड़की के लिए डाक आती, पोस्टमैन एक आवाज देता और जब तक वह कन्या न आती तब तक खड़ा रहता। एक दिन उसने पोस्टमैन को नंगे पाँव देखा। दीपावली नजदीक आ रही थी। उसने सोचा पोस्टमैन को क्या ईनाम दूँ? एक दिन जब पोस्टमैन डाक देकर चला गया, तब उस लड़की ने, जहाँ मिट्टी में पोस्टमैन के पाँव के निशान बने थे, उन पर कागज रख कर उन पाँवों का चित्र उतार लिया। अगले दिन उसने अपने यहाँ काम करने वाली बाई से उस नाप के जूते मँगवा लिये। दीपावली आई और उसके अगले दिन पोस्टमैन ने गली के सब लोगों से तो ईनाम माँगा और सोचा कि अब इस बिटिया से क्या इनाम लेना? पर गली में आया हूँ तो उससे मिल ही लूँ।

उसने दरवाजा खटखटाया। अंदर से आवाज आई, कौन? पोस्टमैन, उत्तर मिला। बालिका हाथ में एक गिफ्ट पैक लेकर आई और कहा, अंकल, मेरी तरफ से दीपावली पर आपको यह भेंट है। पोस्टमैन ने कहा, तुम तो मेरे लिए बेटी के समान हो, तुमसे मैं गिफ्ट कैसे लूँ? कन्या ने आग्रह किया कि मेरी इस गिफ्ट के लिए मना नहीं करें। ठीक है कहते हुए पोस्टमैन ने पैकेट ले लिया। बालिका ने कहा, अंकल इस पैकेट को घर ले जाकर खोलना। घर जाकर जब उसने पैकेट खोला तो विस्मित रह गया, क्योंकि उसमें एक जोड़ी जूते थे। उसकी आँखें भर आई। अगले, दिन वह ऑफिस पहुँचा और पोस्टमास्टर से फरियाद की कि उसका तबादला फौरन कर दिया जाए। पोस्टमास्टर ने कारण पूछा, तो पोस्टमैन ने वे जूते टेबल पर रखते हुए सारी कहानी सुनाई और भीगी आँखों और रुंधे कंठ से कहा, आज के बाद मैं उस गली में नहीं जा सकूँगा। उस अपाहिज बच्ची ने तो मेरे नंगे पाँवों को तो जूते दे दिये पर मैं उसे पाँव कैसे दे पाऊँगा?

स्वामी दयानंद और उद्दण्ड साधु

स्वामी दयानंद सरस्वती के जीवन का एक प्रसंग है। एक बार वे फर्रूखाबाद में गंगा के तट पर ठहरे हुए थे। वे जिस जगह ठहरे थे, उससे कुछ ही दूर पर स्थित एक झोपड़ी में एक साधु भी रुका हुआ था। वह

साधु गुस्सैल प्रवृत्ति का था। न जाने किसी बात पर वह स्वामीजी से नाराज हो गया। वह प्रतिदिन स्वामीजी की कुटिया के पास आता और उन्हें गालियाँ देता था। लेकिन स्वामीजी उसकी किसी भी बात का बुरा नहीं मानते, उल्टे उसके अपशब्दों को शांतिपूर्वक सुनकर मुस्करा देते थे।

स्वामीजी के इस व्यवहार को देखकर उनके भक्तों को बहुत आश्चर्य होता था। कई बार भक्त आवेश में आकर उसका अनिष्ठ करने की सोचते तो स्वामी जी उन्हें भी शांत रहने को कहते। उनका कहना था कि एक न एक दिन उन्हें अपनी गलती का खुद ही अहसास हो जाएगा। एक बार स्वामीजी के पास किसी व्यक्ति ने फलों से भरा एक टोकरा भेजा। स्वामीजी ने टोकरों में से ताजे-ताजे अच्छे फल निकाल उन्हें एक कपड़े में बाँध दिया। उसके बाद वे अपने एक भक्त से बोले- जाओ इन फलों को पास की झोपड़ी में रहने वाले साधु को दे आओ, जो प्रतिदिन यहाँ आकर हमें मीठे बचन सुनाते हैं। स्वामी जी की बात सुनकर वह भक्त आश्चर्य से बोला- वही साधु, जो प्रतिदिन आकर आपको गालियाँ देता है। स्वामी बोले- हाँ, मैं उन्हीं महात्मा की बात कर रहा हूँ। तुम जाकर उन्हें यह दे आओ।

अब भक्त क्या करता। उसे मन ही मन ऐसा करना अच्छा नहीं लग रहा था, लेकिन वह स्वामी जी का आदेश टाल भी तो नहीं सकता था। बेमन क्रोध से वह उस साधु के पास पहुँचा और बोला- बाबा ये फल स्वामी दयानंदजी ने आपके लिए भेजे हैं। स्वामीजी का नाम सुनते ही वह साधु क्रोध में आ गया और बोला अरे... रे रे यह सुबह- सुबह किस निर्लज का नाम ले लिया तूने। पता नहीं आज भोजन भी नसीब होगा या नहीं। जा, चला जा यहाँ से। तुझे कोई गलतफहमी हुई है। ये फल मेरे लिए नहीं, किसी और के लिए दिए होंगे उसने। मेरे लिए क्यों भेजेगा? मैं तो उसे रोज गालियाँ देता हूँ।

इस प्रकार उस साधु ने बहुत सी कड़वी बातें सुनाकर स्वामीजी के भक्त को वापस भेज दिया। भक्त ने वापस आकर स्वामीजी को साधु की कही सारी बातें शब्दशः सुना दीं। उसकी बात सुनकर स्वामीजी बोले- नहीं, तुम अभी उनके पास जाओ और कहो कि आप प्रतिदिन गालियाँ नहीं देते बल्कि अमृतवर्षा करते हो। इसके लिए आपको बहुत सी ऊर्जा की आवश्यकता होती होगी। स्वामीजी चाहते हैं कि उनके कारण आपका जो ऊर्जा क्षय होता है,

उसकी भरपाई आप इन फलों को खाकर करें। और इस प्रकार प्राप्त ऊर्जा का उपयोग कर आगे भी अमृतवर्षा कर उन्हें अनुग्रहीत करते रहे।

उस भक्त ने दोबारा साधु के पास जाकर स्वामीजी की बात दोहरा दी। स्वामी जी द्वारा कही गई बातों को सुनकर उस साधु पर तो जैसे घड़ों पानी गिर गया। वह तुरंत अपनी झोपड़ी से निकलकर स्वामीजी के पास पहुँचा और उनके पैरों में गिर पड़ा और बोला- स्वामीजी! मेरी मूर्खताओं के लिए मुझे क्षमा करें। मैं आपको गलत समझता था। आप तो देवता। मैं निश्चित ही पापी हूँ जो आप जैसे संत का अपमान कर बैठा। स्वामीजी ने उसे शांत करते हुए प्रेम से अपने गले लगा लिया।

मूल्यांकन

चौदह-पंद्रह साल का एक लड़का टेलीफोन बूथ पर जाकर एक नंबर लगाता है और किसी महिला से बात करने लगता है। बूथ मालिक उस लड़के की बात ध्यान से सुनता है।

लड़का: मैडम, मैंने बैंक से कुछ कर्ज लिया है और मुझे उसका कर्ज चुकाना है, इस कारण मुझे पैसों की बहुत जरूरत है, क्या आप मुझे अपने बगीचे की घास काटने की नौकरी दे सकती हैं?

महिला: मेरे पास तो पहले से ही घास काटने वाला माली है।

लड़का: परन्तु मैं यह काम आपके माली से आधी तनख्वाह पर कर दूँगा।

महिला: तनख्वाह की बात ही नहीं है। अपने माली के काम से पूरी तरह संतुष्ट हूँ।

लड़का: घास काटने के साथ-साथ मैं आपके घर की साफ सफाई भी कर दूँगा वो भी बिना पैसे लिए।

महिला: माफ करना बेटा और फोन काट दिया जाता है। लड़का चेहरे पर विस्मित भाव लिए फोन रख देता है। बूथ मालिक जो अब तक लड़के की सारी बातों को सुन चुका होता है, लड़के को अपने पास बुलाता है और कहता है, बेटा, मुझे तेरा बात करने का सकारात्मक तरीका बहुत पसंद आया। क्या तू मेरे यहाँ काम करेगा?

लड़का: नहीं, धन्यवाद।

दुकानदारः पर तुझे तो नौकरी की सख्त जरूरत है और तू नौकरी खोज भी रहा है। मैं तो नौकरी कर ही रहा हूँ, वो तो मैं अपने काम का मूल्यांकन कर रहा था। लड़काः नहीं श्रीमान, मुझे नौकरी की जरूरत नहीं है। मैं वही माली हूँ जिसकी बात अभी वो महिला फोन पर कर रही थी।

नारी का आभूषण

उस दिन, मगध की सौंदर्य साम्राज्ञी वासवदत्ता वन विहार के लिये निकली, अनुपम श्रृंगार ने वासवदत्ता का सौंदर्य द्विगुणित कर दिया था।

वासवदत्ता ने आगे जाकर देखा- आचार्य उपगुप्त चीवर धारण किये स्फटित शिला पर बैठे हैं। वासवदत्ता की पायल झंकृति ने उस तरुण भिक्षु के नेत्र यकायक खोल दिये। उपगुप्त के समीप पहुँचकर वासवदत्ता ने पूछा आचार्यवर क्या आप कृपा कर बतलाने का कष्ट करेंगे की 'नारी का सर्वश्रेष्ठ आभूषण क्या है?' 'जो सौंदर्य को मुखर करे'। 'मैं स्पष्ट जानना चाहती हूँ'। वासवदत्ता बोली 'भद्रे! उपगुप्त ने कहा आप यदि स्पष्ट जानना चाहती हैं तो अपने आभूषण और परिधान उतार फेंके।' वासवदत्ता ने एक-एक करके सभी आभूषण और वस्त्र उतार फेंके। आचार्य निर्निमेष यह क्रीडा देखते रहे। जब बिलकुल वह निर्वसन हो गई तो आचार्य बोले, 'देवी! किंचित् मेरी ओर तो देखिये'

इस बार वासवदत्ता लज्जा से अपना सिर भी नहीं उठा सकी।

कहा 'देवी! लज्जा ही नारी का सर्वश्रेष्ठ आभूषण है।' आचार्य ने कहा।

जब तक वासवदत्ता पुनः अपने वस्त्राभूषण धारण करे, आचार्य वहाँ से प्रस्थान कर चुके थे।

आदर्श बनो

एक जिज्ञासु कबीर के पास पहुँचा और पूछा, "मेरे सामने
दो विकल्प हैं-संन्यासी बनूँ या गृहस्थ?"

कबीर बोले, "जो भी बनो, आदर्श बनो।" उदाहरण के लिए उन्होंने दो घटनाएँ प्रस्तुत की।

कबीर ने अपनी पत्नी को बुलाया। दोपहर का समय था और प्रकाश पर्याप्त मात्रा में था। पत्नी से बोले, "दीपक जलाकर लाओ, मुझे कपड़ा बुनना

है।" पत्नी दीपक जलाकर ले आई और बिना बहस किए वहाँ से चली गई। कबीर ने कहा, ''गृहस्थ बनना है तो परस्पर ऐसा विश्वासी बनना कि दूसरे की इच्छा ही अपनी इच्छा बने।"

दूसरा उदाहरण चूँकि संत का देना था इसलिए वे उसे लेकर एक टीले पर गए। वहाँ एक वयोवृद्ध महात्मा रहते थे। कबीर जी ने उनसे पूछा, "महाराज आपकी उम्र कितनी है?"

'अस्सी वर्ष', महात्मा ने जवाब दिया। कबीर जी ने यही प्रश्न दो-तीन बार किया। हर बार उत्तर मिला- 'अस्सी वर्ष'।

कबीर जी ने महात्मा को बुलाया। वे टीले से नीचे आ गए। नीचे बुलाने का कारण पूछा तो कबीर जी ने फिर वही प्रश्न किया। 'आपकी उम्र कितनी है?' संत को जरा भी क्रोध नहीं आया। हँसते हुए बोले, 'अस्सी वर्ष'। पुनः टीले पर जा बैठे। कबीर ने कहा, 'संत बनना तो ऐसा बनना जिसे क्रोध ही न आए।'

कचरे का बैंगन

कचरे में पड़ा एक बड़ा सा बैंगन देख भीखू की आँखे अचानक चमकने लगी, भीखू ने उसे दौड़कर उठा लिया। आज वो अपनी अंधी माँ को सिर्फ रोटी नहीं देगा साथ में बैंगन भी देगा पानी में पकाकर, भीकू ने अंदाज से सोचा था जरूर एक रुपये का होगा यह बैंगन, वजन भी ज्यादा लग रहा था। उसने बस्ती के नल में जाकर बैंगन को धोया एकदम ताजा बैंगन था, '' जरूर किसी ने गलती से कचरे के साथ फेंक दिया होगा।'' सोचते हुये भीखू मुस्कुराया था।

तभी जमींदार की बहु आई और पूछी, '' क्यों रे भीखू... इतना बड़ा बैंगन कहाँ से उठाकर ला रहा है,

''कचरे का है बहुरानी। माँ को दूँगा पकाकर चमकती आँखों से भीखू बोला।

'' नहीं रे... मुझे दे दे... चार आने दूँगी तुझे...''

जमींदार की बहू ने कहा और झपटकर बैंगन ले लिया। जाते जाते भी बड़बड़ा रही थी, बुढ़िया के लिए कौन खर्चेगा दो रुपए... मेरा उपवास है एकादशी का अब शाम को बनाऊँगी ताजा खाना। बुढ़िया इस बहू की सास थी।

भीखू चार आने को हथेली में थामें सोचता रहा गया। अचानक उसकी आँखें चमक गईं। सब्जी वाले भैया से उसने दौड़कर चार आने का बैंगन खरीद लिया।

यह बैंगन माँ को खिलाते समय उसमें अपराध बोध नहीं होगा। यह कचरे का बैंगन नहीं है, अच्छा ताजा बैंगन है। सोचते हुए भीखू को संतोष हुआ और वह घर की ओर दौड़ पड़ा।

फूल सफेद या लाल

स्वामी रामदास 'रामायण' लिखते जाते और अपने शिष्यों को सुनाया करते। हनुमानजी को जब यह बात मालूम हुई, तो वे भी गुप्त रूप से राम-कथा का श्रवण करने के लिये शिष्यों के मध्य आकर बैठ जाते। स्वामी रामदास ने अशोकवाटिका के प्रसंग में जब यह वाक्य लिखा -"हनुमान् अशोक- वन में गये, तो वहाँ उन्हें सफेद फूल दिखाई दिये," तब हनुमानजी को आश्चर्य हुआ, क्योंकि उन्हें तो वहाँ लाल रंग के फूल दिखाई दिये थे। आखिर हनुमानजी से न रहा गया। वे अपने असली रूप में प्रकट हो गये और रामदास से बोले, "मैंने सफेद नहीं, लाल फूल देखे थे। कृपया उसे सुधार लें।"

किन्तु रामदास न माने। वे बोले कि उन्होंने ठीक ही लिखा है। हनुमानजी बोले, 'मैं स्वयं वहाँ गया हुआ था, अतः आपको मेरी बात माननी ही चाहिये।' तब रामदास ने सही बात मालूम करने के लिये प्रभु रामचन्द्रजी के पास चलने को कहा। दोनों ने प्रभु रामचन्द्रजी के पास जाकर अपना-अपना पक्ष रखा। रामचन्द्रजी ने बताया कि रामदास ने सही ही लिखा है। किन्तु हनुमानजी को बात जची नहीं। तब रामचन्द्रजी ने खुलासा किया कि फूल वास्तव में सफेद थे, किन्तु हनुमानजी के उस समय क्रोधित होने के कारण उनकी आँखें क्रोध से लाल थीं, फलस्वरूप वे सफेद फूल उन्हें रक्त वर्ण के दिखाई दिये।

संयम

महाभारत लिखने के लिये व्यासजी को किसी व्यक्ति की तलाश हुई। इसके लिये उन्होंने गणेशजी को चुना। कार्य प्रारम्भ हो गया। व्यासजी बोलते गये और गणेशजी लिखते गये। महाभारत पूरा हुआ, तो व्यासजी ने गणेशजी से कहा, "महाभाग! मैंने चौबीस लाख शब्द बोलकर आपसे लिखवाये, किन्तु आश्चर्य है कि इसके बीच आप एक भी शब्द न बोले, चुपचाप लिखते रहे। ''इस पर गणेशजी ने उत्तर दिया, ''बादरायण! बड़े काम संपन्न करने के लिये शक्ति चाहिये और शक्ति का आधार है संयम। संयम ही समस्त सिद्धियों का प्रदाता है। यदि मैंने वाणी का संयम न रखा होता, तो यह ग्रन्थ कैसे तैयार होता?"

गिरवी के पत्थर

एक बार गुरु नानक बगदाद गये हुए थे। वहाँ का शासक बड़ा ही अत्याचारी था। वह जनता को कष्ट दे देकर उनकी सम्पत्ति को लूटकर अपने खजाने में जमा किया करता। उसे जब मालूम हुआ कि हिन्दुस्तान से कोई साधु पुरुष आया है, तो वह नानकजी से मिलने उनके पास गया। कुशल-समाचार पूछने के उपरान्त नानकजी ने उससे 100 पत्थर गिरवी रखने की विनती की। शासक बोला, ''पत्थर को गिरवी रखने में कोई आपत्ति नहीं है, किन्तु आप उन्हें ले कब जायेंगे?"

"आपके पूर्व ही मेरी मृत्यु होगी। मेरे मरणोपरान्त, इस संसार में आपकी जीवन- यात्रा समाप्त होने पर जब आप मुझसे मिलेंगे, तब इन पत्थरों को मुझे दे दीजिएगा।''- नानक बोले।

''आप भी कैसी बातें करते हैं, महाराज ! भला इन पत्थरों को लेकर मैं वहाँ कैसे जा सकता हूँ?"

''तो फिर जनता को चूस चूसकर आप जो अपने खजाने में नित्य वृद्धि किये जा रहे हैं, क्या वह सब यहीं छोड़ेंगे? उसे भी अपने साथ ले ही जाएँगे। बस साथ में मेरे इन पत्थरों को भी लेते आइएगा।''

उस दुराचारी की आँखें खुल गयीं। नानक के चरणों पर गिरकर उनसे क्षमा माँगी और प्रजा को कष्ट न देने का वचन दिया।

बिड़ला जी का पुत्र के नाम ऐतिहासिक पत्र

चि. बसंत।

यह जो लिखता हूँ उसे बड़े होकर और बूढ़े होकर भी पढ़ना, अपने अनुभव की बात कहता हूँ। संसार में मनुष्य जन्म दुर्लभ है और मनुष्य जन्म पाकर जिसने शरीर का दुरुपयोग किया, वह पशु है। तुम्हारे पास धन है, तन्दुरूस्ती है, अच्छे साधन हैं, उनको सेवा के लिए उपयोग किया, तब तो साधन सफल है अन्यथा वे शैतान के औजार हैं। तुम इन बातों को ध्यान में रखना।

धन का मौज- शौक में कभी उपयोग न करना, ऐसा नहीं कि धन सदा रहेगा ही, इसलिए जितने दिन पास में है उसका उपयोग सेवा के लिए करो, अपने ऊपर कम से कम खर्च करो, बाकी जनकल्याण और दुखियों का दुख दूर करने में व्यय करों। धन शक्ति है, इस शक्ति के नशे में किसी के साथ अन्याय हो जाना संभव है, इसका ध्यान रखो कि अपने धन के उपयोग से किसी पर अन्याय ना हो। अपनी संतान के लिए भी यही उपदेश छोड़कर जाओ। यदि बच्चे मौज- शौक, ऐश-आराम वाले होंगे तो पाप करेंगे और हमारे व्यापार को चौपट करेंगे। ऐसे नालायकों को धन कभी न देना, उनके हाथ में जाये उससे पहले ही जनकल्याण के किसी काम में लगा देना या गरीबों में बाँट देना। तुम उसे अपने मन के अंधेपन से संतान के मोह में स्वार्थ के लिए उपयोग नहीं कर सकते। हम भाईयों ने अपार मेहनत से व्यापार को बढ़ाया है तो यह समझकर कि वे लोग धन का सदुपयोग करेंगे। भगवान को कभी न भूलना, वह अच्छी बुद्धि देता है, इन्द्रियों पर काबू रखना, वरना यह तुम्हें डुबो देगी। नित्य नियम से व्यायाम- योग करना। स्वास्थ ही सबसे बड़ी सम्पदा है। स्वास्थ्य से कार्य में कुशलता आती है, कुशलता से कार्यसिद्धि और कार्यसिद्धि से समृद्धि आती है। सुख-समृद्धि के लिए स्वास्थ्य ही पहली शर्त है। मैंने देखा है की स्वास्थ्य सम्पदा से रहित होने पर करोड़ों-अरबों के स्वामी भी कैसे दीन- हीन बनकर रह जाते हैं। स्वास्थ्य के अभाव में

सुख-साधनों का कोई मूल्य नहीं। इस सम्पदा की रक्षा हर उपाय से करना। भोजन को दवा समझकर खाना। स्वाद के वश होकर खाते मत रहना। जीने के लिए खाना है, न कि खाने के लिए जीना।

मैं तो उसे पहचानता हूँ

बस स्टॉप पर खड़े वे बुजुर्ग बड़ी जल्दी में थे। उनकी उम्र 70 वर्ष से ज्यादा ही लग रही थी। उनकी एक बस छूट चुकी थी और 'दूसरी का वे बड़ी बेसब्री से इंतजार कर रहे थे। सुबह का वक्त था, बस स्टॉप पर ज्यादा भीड़ भी नहीं थी, इसलिए लोगों की निगाहें बरबस ही उस बेचैन बुजुर्ग की ओर उठ जाती।

आखिर एक नौजवान ने पूछ ही लिया- दादा, आप बहुत जल्दी में दिख रहे हैं। क्या कोई बहुत जरूरी काम है? उस जवान का सवाल सुनकर वृद्ध ने एक ठंडी सांस ली और कहा, "हाँ, मुझे नौ बजे तक अस्पताल पहुँचना है। वहाँ मेरी पत्नी भर्ती है, मुझे उसके साथ नाश्ता करना है। मैं रोज उसी के साथ नाश्ता करता हूँ।"

स्वाभाविक रूप से नौजवान का अगला प्रश्न यही था कि उन्हें क्या हो गया है? बुजुर्ग ने बताया, 'उन्हें अल्जाइमर्स है। यह एक ऐसी बीमारी होती है, जिसमें धीरे-धीरे व्यक्ति की याददाश्त चली जाती है।'

बीमारी के बारे में सुनकर युवक ने अफसोस जताते हुए कहा, 'ओह! तब तो आपको जल्द से जल्द अस्पताल पहुँचना चाहिए, वरना उन्हें फिक्र होगी।'

बुजुर्ग बोले, "नहीं, उसे कोई चिन्ता नहीं होगी, उसकी याददाश्त जा चुकी है और यहाँ तक कि पिछले पाँच साल से वह मुझे भी नहीं पहचान रही है।'

यह सुनकर युवक हैरानी से बोला, "और फिर भी आप हर सुबह उनसे मिलने जाते हैं।' उनके साथ नाश्ता करते हैं? वृद्ध ने एक मीठी मुस्कान के साथ गम्भीर स्वर में जवाब दिया, 'बेटे, भले ही वह मुझे नहीं पहचान पाती, पर मैं तो उसे अब भी पहचानता हूँ।"

'प्यार चेहरे की पहचान का मोहताज नहीं होता है और न ही उसे बदले में प्यार चाहिए होता है। सच्चा प्यार, कुछ मिलने की उम्मीद के बगैर सिर्फ देना जानता है।'

शयन प्रबंधन

गौतम बुद्ध के जीवन की एक घटना है। उनके जन्म के समय राजा शुद्धोधन के महल में उत्सव मनाया जा रहा था, उस समय हिमालय पर निवास करने वाले असित नाम के एक महान ऋषि को जब इसकी जानकारी मिली कि शुद्धोधन के घर में एक दिव्य बालक ने जन्म लिया है और देवता अत्यधिक प्रसन्न हो रहे हैं तो वे राजा के महल के द्वार पर पहुँच गए।

राजा ने उन्हें आदर-सत्कार से बैठाया, आशीर्वाद प्राप्त किया और पधारने का कारण पूछा। असित ऋषि बोले-आपके घर जिस पुत्र का जन्म हुआ है, मैं उसे देखने के लिए आया हूँ। राजा ने उत्तर दिया कि बालक अभी सोया है, आप कृपया प्रतीक्षा करें। ऋषि ने जो उत्तर दिया, वह सुनकर राजा चौंक उठे। ऋषि बोले- राजा, इस तरह की दिव्य विभूति देर तक सोती नहीं रहती। वे स्वभाव से जागरूक रहते हैं। अच्छे लोग अधिक देर सोयेंगे तो जागरण का काम कैसे संपन्न होगा। याद रखिए शयन का नियंत्रण व्यक्तित्व में तेज भरता है। उसी समय राजन को संकेत मिला कि बालक जाग गया है। बालक को देखते ही ऋषि को ध्यान आया कि पूर्व में भविष्यवाणी हो चुकी है कि जिसके शरीर में गौतम की तरह बत्तीस महापुरुषों के लक्षण होंगे, उसकी दो गतियाँ होंगी। यदि वह गृहस्थ रहेगा, तो चक्रवर्ती नरेश होगा और यदि वह गृह त्यागकर साधुता के मार्ग पर चलेगा, तो वह महान ऋषि बनेगा। फिर बालक की ओर देखकर ऋषि रोने लगे। राजा ने रोने का कारण पूछा, तो ऋषि बोले- मैं बच्चे के लिए नहीं, अपने लिए रो रहा हूँ, क्योंकि इसके जीवन में सदैव जागरण अवस्था रहेगी। यह बोधि लाभ को प्राप्त होगा। लोक कल्याण के लिए अपना धर्मचक्र स्थापित करेगा, लेकिन उम्र हो जाने के कारण उस समय मैं इसका दर्शन नहीं कर सकूँगा। मैंने आज इसे जागते हुए देख लिया है, मुझे संतुष्टि हो गयी है।

उम्मीद

एक बार एक कमरे में पाँच मोमबत्तियाँ जल रही थीं। कमरे में बेहद शांति थी। पाँचों मोमबत्तियाँ आपस में बात करने लगीं। पहली मोमबत्ती बोली, 'मैं 'शांति' हूँ परंतु लोग यहाँ हमेशा एक दूसरे से द्वेष रखते हैं और कोई भी व्यक्ति मुझे एक समान अपने साथ नहीं रखता, इसीलिए मुझे यहाँ से चले जाना चाहिए।' यह कहते-कहते वह मोमबत्ती बुझ गयी। अब दूसरी मोमबत्ती बोली, मैं 'विश्वास' हूँ लेकिन यहाँ के लोग मुझे पसंद नहीं करते, क्योंकि मैं कभी-कभी टिके रहने के लिए कड़ी परीक्षा लेती हूँ, इसीलिए मुझे भी यह जगह छोड़ देनी चाहिए।' यह बोल कर वह मोमबत्ती भी बुझ गयी। अब तीसरी मोमबत्ती बोली, 'मैं 'प्यार' हूँ, पर यहाँ के लोग मेरे महत्व को नहीं समझते और मुझे किनारे रख कर ही बाकी काम करते हैं, यहाँ तक कि आज लोग मुझे थोड़े से फायदे के लिए बेच देते हैं, मेरी कोई इज्जत नहीं, तो मैं भी यहाँ रह कर क्या करूँ।' यह कह कर वह मोमबत्ती भी बुझ गई। इसके बाद चौथी मोमबत्ती बोली, 'मेरा नाम 'सफलता" है, लोग मेरी चाहत तो करते हैं, परन्तु मुझे सम्भाल कर नहीं रख पाते, ऐसी स्थिति में मेरा रहना कहाँ तक उचित है?' इसके बाद वह मोमबत्ती भी बुझ गई। तभी एक बच्चा उस कमरे में दाखिल हुआ। बुझी मोमबत्तियों से कमरे में हुए अँधेरे को देख कर वह डर गया और रोने लगा। तभी पाँचवी मोमबत्ती, जो अब भी जल रही थी, बोली, 'मत रो और डरो भी मत, जब तक मैं हूँ, बाकी चारों मोमबत्तियाँ भी जल जायेंगी और मैं अपने रहते कतई उनको बुझने नहीं दूँगी, क्योंकि मैं 'उम्मीद' हूँ।' यह सुन कर बच्चे की आँखों में चमक आ गई और वह आत्मविश्वास और निडरता से भर उठा।

जीवन में कई ऐसे मौके आते हैं जब हम सोचते हैं कि हमें उतनी सफलता नहीं मिली जितनी हमने उम्मीद की थी, उतने मार्क नहीं आये जितने सोचे थे, जैसा सोचा था, वैसा बिजनेस नहीं हो पाया, जिस कॉलेज में सोचा था, वहाँ दाखिला नहीं मिला... इत्यादि। यानि होने वाला काम हमारी मर्जी के मुताबिक नहीं हो सका। इसका परिणाम यह होता है कि हम अपना

आत्मविश्वास खो देते हैं जिससे हमारी आशायें या उम्मीद खुद ही समाप्त हो जाती है, लेकिन हमें यह जान लेना चाहिए कि इस वर्ल्ड में ऐसा कोई भी सफल व्यक्ति नहीं है जिसने कभी न कभी घोर असफलता का मुँह न देखा हो। महान लोगों की सफलता का सबसे बड़ा राज यही है कि उन्होंने कभी भी उम्मीद को अपने आप से अलग नहीं होने दिया।

सच्चे अर्थों में महाराजा

अवन्ती नरेश भोज सायं भ्रमण करते हुए गहन वन में जा पहुँचे। उस समय सूर्यास्त में थोड़ा ही समय बाकी था। सूर्यस्ति की स्वर्णिम रश्मियाँ वृक्षों के पत्तों को सुनहरे रंग में रंग रही थी। इस सुनहरी आभा से महाराजाधिराज भोज का शरीर भी रह रहकर दमक उठता। एकाकी भ्रमण कर रहे महाराज ने सामने से आते हुए लकड़हारे को देखा। उसके सिर पर लकड़ियों का भारी गठ्ठा था। देह से पसीना चू रहा था। कपड़े फटे पुराने व मैले कुचौले थे। ऐसा लग रहा था जैसे उसने कई दिनों से स्नान नहीं किया हो। फिर भी उसके चेहरे पर तेज था। स्वस्थ व सुडौल शरीर उसकी परिश्रमशीलता को प्रकट कर रहा था। राजा भोज ने उसे ध्यान से देखा किन्तु उसके मुख से ऐसा लगा जैसे उसने उन्हें देखा ही न हो। अपनी मस्ती में झूमता हुआ वह व्यक्ति अपने घर की ओर बढ़ता जा रहा था। उसकी इस मस्ती को देखकर महाराज ने लकड़हारे का मार्ग रोका और विस्मय हुआ।

पूछा तुम कौन हो ?

लकड़हारा अपने रास्ते पर चलता हुआ आनन्द मग्न हो बोल उठा मैं महाराजाधिराज हूँ। क्या तुम मुझे नहीं जानते? और अपनी बात की प्रतिक्रिया जाने बिना वह आगे कदम बढ़ाने लगा।

महाराज भोज के आश्चर्य का ठिकाना नहीं रहा। वह सोचने लगे वाह! कैसा अद्‌भुत व्यक्ति है, जो अवन्ति नरेश के सामने भी अपने को निश्चिन्तता से महाराजाधिराज कहता है। भोजराज उसके मार्ग के ठीक बीच में खड़े हो गए और विस्मय के साथ बोले यदि तुम महाराजाधिराज हो, तो बतलाओ तुम्हारी क्या आय है? अल्हड़ता से लकड़हारे ने कहा प्रतिदिन छह टके।

अब तो भोज का आश्चर्य और भी बढ़ गया। वह सोचने लगे। प्रतिदिन लाखों स्वर्ण मुद्राओं की आय के बावजूद भी मुझे शान्ति नहीं है और यह छह टके में भी स्वयं को महाराजाधिराज कहता है। उन्होंने अगला प्रश्न किया तो बतलाओ तुम्हारे खर्च का क्या हिसाब है? यदि तुम महाराजाधिराज हो तो खर्च की भी व्यवस्था होगी? उसका ब्यौरा भी तो बतलाओ। लकड़हारे ने भारी बोझ को नीचे गिरा दिया और ताल ठोककर खड़ा हो गया। उसने कहा मेरे छह टकों का लेखा जोखा भी बहुत व्यवस्थित है। मैं प्रतिदिन एक टका अपने बोहरे को, एक टका अपने आसामी को, एक टका मंत्री को तथा एक टका खजाने को देता हूँ। केवल एक टका अपने उपयोग में तथा एक टका अतिथि सत्कार में व्यय करता हूँ।

'आश्चर्य ने और अधिक आश्चर्य को उभार दिया। राजा भोज ने उससे सवाल किया तुम्हारा बोहरा कौन है?

लकड़हारे ने सहजता से उत्तर दिया- मेरे माता- पिता। उन्होंने खून पसीना एक करके मेरा भरण पोषण किया था। आखिर इसलिए कि बुढ़ापे में मैं उनकी सेवा करूँगा। बोहरा आसामी को इसी आशा में ही तो ऋण देता है कि समय पर ब्याज सहित मूल राशि भी लौट आएगी।

तुम्हारे आसामी कौन है? राजा ने कुछ तेज स्वर में पूछा।

लकड़हारे ने उसी मस्ती में कहा- मेरे पुत्र तथा पुत्रियाँ। अभी वे कमा नहीं सकते। अतः उनके भरण-पोषण का सारा दायित्व मेरे ऊपर है। बड़े होकर वे मेरे ऋण को चुकाएंगे। राजा भोज ने प्रसन्नता व्यक्त करते हुए कहा बहुत सुन्दर। परन्तु तुम्हारा मंत्री कौन है?

मंत्री का कार्य होता है मंत्रणा देना, सुख-दुख में साथ देना तथा उदासी व चिन्ता के समय धैर्य बंधाना। सर्वतो भावेन समर्पित होकर रहना। ऐसा व्यक्ति सहधर्मिणी के अतिरिक्त दूसरा कौन हो सकता है? लकड़हारे ने तत्काल उत्तर देते हुए स्पष्ट किया मेरी पत्नी ही मेरी मंत्री है।

राजा भोज का अगला प्रश्न था तुम्हारे पास खजाना भी है।

लकड़हारे ने बीच में ही बात को काटते हुए कहा, क्यों नहीं? खजाने के बिना भी भला किसी का काम चलता है? मेरा एक टका नियमित इसमें जाता है, ताकि आड़े वक्त पर काम आए। उसने अपने कथन को चालू रखते हुए कहा- एक टका में अपने शरीर पर भी खर्च करता हूँ। भूख प्यास व

शीत ताप आदि के निवारण के लिए अन्न तथा वस्त्र आदि की मुझे भी अपेक्षा होती है। अतिथि सत्कार भी मेरा परम धर्म है। मैं जिसे कभी नहीं भूलता हूँ। क्यों? समझे मेरा सारा लेखा जोखा।

लकड़हारे ने घूरकर राजा भोज को देखा और कहा, क्यों मैं हूँ न महाराजाधिराज? तुमने नाहक मेरा समय बर्बाद कर दिया। उसने लकड़ियों का गट्ठर उठाया और अपने घर की ओर प्रस्थान करने लगा।

लकड़हारे की चाल में वही मस्ती थी। उसके मुख पर आनन्द की अनोखी आभा थी। उसने यह जानने की रत्ती भर चिन्ता नहीं की कि वह जिस व्यक्ति से बात कर रहा है वह आखिर है कौन?

महाराज भोज के पाँव भी अपने महल की ओर मुड़ चले। चलते चलते वह सोच रहे थे, जो व्यक्ति परिश्रम से कमाता है आय से अधिक व्यय नहीं करता। एक-एक पैसे का व्यवस्थित हिसाब रखता है, वही सुखी है। ठीक ही तो कह रहा था यह लकड़हारा जो निश्चिन्तता से जीता है, व्यवस्था में रहता है, चिन्ता को नहीं ओढ़ता सही मायने में वही 'महाराजाधिराज' है।

पाँच दिनों का सप्ताह

पाँच दिन के सप्ताह को लेकर जापान की एक खबर काफी दिलचस्प और चौंकाने वाली है। जापान में नया श्रमिक कानून बना था जिसके अनुसार 48 घन्टे के कार्य सप्ताह के बजाय 40 घन्टे के कार्य सप्ताह को मानक बना दिया गया। लेकिन इस घोषणा पर न तो प्राइवेट कंपनियाँ सहमत हुई और न ही अर्ध-सरकारी विभागों ने यह नया कानून अपनाने में दिलचस्पी दिखाई। जापान के लोगों को सरकार का यह फैसला अच्छा नहीं लगा।

जापानी लोग मेहनती, कर्त्तव्यपरायण और अनुशासित होते हैं। उनकी अथक मेहनत ही है, जिसने जापान को राख के ढेर से उठाकर आर्थिक समृद्धि के शिखर तक पहुँचा दिया। लेकिन ऐसा नहीं है कि जापान में छुट्टियाँ नहीं होती। हर जापानी को साल में 15 दिन वेतन सहित छुट्टियाँ मिलती हैं, लेकिन श्रम मंत्रालय का कहना है कि हर जापानी औसतन आधी छुट्टियाँ ही ले पाता। 90 में से 6 जापानियों के पास फुर्सत नाम की कोई

चीज नहीं। रात-दिन काम ही काम। फुर्सत, सुकून न होने से उनकी सेहत पर भी विपरीत असर पड़ता है।

नया कानून लाने के पीछे मुख्य कारण था जिंदगी में फुर्सत की चाह आखिर, आठ घंटे काम का मतलब भी 'जापानियों के आठ घंटे से होता है, हिंदुस्तानियों के नहीं। अमेरिका और इंग्लैंड के श्रमिक यदि साल में 2 हजार घंटे काम करते हैं तो जापान के श्रमिक 2200 घंटे। बहुत से लोग काम में इसलिये भी पिले रहते हैं कि उन्हें भय रहता है कि उन्हें पदोन्नति के वक्त नीचा देखना न पड़े।

हम लोगों को उनसे प्रेरणा लेना चाहिये।

खिड़की

गंभीर रूप से बीमार दो व्यक्ति अस्पताल के एक ही कमरे में साथ-साथ भर्ती थे। उनमें से एक को फेफड़ों से पानी निकालने के लिए दिन में एक घंटा बैठने की इजाजत थी। उसका पलंग खिड़की के पास था। जबकि दूसरा पूरे दिन पीठ के सहारे लेटा रहता था। वे दोनों पत्नी, परिवार, घर, नौकरी, सेना में अपना सहयोग और छुट्टियों के बारे में बातें करते थे। खिड़की के पास वाला व्यक्ति हर दोपहर अपने साथी के लिए बाहर के दृश्यों का वर्णन किया करता था। दूसरा बाहरी दुनिया की गतिविधियों और रंगों की बातें सुनकर अपनी आँखें बंद करके उन दृश्यों की कल्पना करता था। एक दोपहर जब खिड़की के पास वाला व्यक्ति बाहर से गुजरने वाली परेड का वर्णन कर रहा था तो दूसरे के दिमाग में ख्याल आया कि ऐसा क्यों है कि अकेला यही सब कुछ देखकर खुश होता है और मैं कुछ भी नहीं देख सकता? दिन गुजरते गए। एक रात खिड़की के पास वाले व्यक्ति की तबियत बहुत बिगड़ी। वो मदद के लिए चिल्ला रहा था। लेकिन उसके साथ वाला व्यक्ति चुपचाप उसे धुँधली रोशनी में देखता रहा। उसने उसे मदद करने की कोई कोशिश नहीं की। पाँच मिनिट बाद शांति हो गई। उसकी मृत्यु हो चुकी थी। उसने अस्पताल के नौकर को बुलाया और बिना शोर और खलबली के शव को ले जाने को कहा। मौका पाकर दूसरे व्यक्ति ने नर्स को उसका पलंग खिड़की के पास लगा देने को कहा। नर्स ने उसे खिड़की के पास

खिसका दिया। उसे आराम से छोड़कर वह चली गई। उसके जाने के बाद दर्द के साथ धीरे-धीरे कोहनी का सहारा लेकर वह व्यक्ति खुद को उठाने की कोशिश करने लगा। वो बहुत खुशी महसूस कर रहा था कि अब वो उन दृश्यों का मजा ले सकेगा। उसने दृश्य देखने के लिए खिड़की से बाहर देखा तो सामने सिर्फ एक दीवार थी।

त्याग और बलिदान का यह रूप

बहुत पहले की बात है। वैशाली महानगर पूरे उत्साह से राज्य महोत्सव मनाने में व्यस्त था। अचानक उसी समय पहले से घात लगाए हुए शत्रुओं ने महानगर पर आक्रमण कर दिया। युद्ध में सेना को हार का मुँह देखना पड़ रहा था और शत्रु सेना प्रजाजनों पर जुल्म कर रही थी। नगरनायक महायापन विवश थे। वह यह दृश्य देखकर बहुत दुखी हो गए। कुछ सोच कर वह शत्रु पक्ष के सेनाध्यक्ष से मिलने चल दिए। उनके पास पहुँचते ही उन्होंने प्रजा पर हो रहे इस अत्याचार को रोकने का अनुरोध किया। शत्रु सेनानायक ने उनके सामने यह शर्त रखी कि तुम जितनी देर सामने बह रही नदी में डूबे रहोगे, हमारी सेना लूट-पाट और हिंसा बंद रखेगी।

यह शर्त सुनते ही नगरनायक उसे स्वीकार करने को तैयार हो गए। देखते देखते वह नदी में कूदं भी पड़े। शत्रु सेनानायक भी अपने वचन के पक्के थे। जब तक नगरनायक का सिर पानी के बाहर न दिखाई दिया, लूटपाट और संहार का सिलसिला बंद रहा। काफी समय बीत गया, लेकिन महायापन बाहर नहीं आए। उधर विशाल शत्रु सेना प्रतीक्षा करते करते थक गई थी। सेनानायक चकित थे। उन्होंने हारकर गोताखोरों को नगरनायक का पता लगाने को कहा। काफी खोजबीन के बाद नगरनायक का मृत शरीर एक चट्टान से लिपटा पाया गया। नगरनायक ने दोनों हाथों से चट्टान को मजबूती से पकड़ रखा था। मरने के बाद भी चट्टान से उनके हाथ नहीं छूटे। इस अनुपम त्याग और बलिदान से शत्रु सेनानायक का हृदय द्रवित हो उठा। वह सोचने लगे जिस राज्य में प्रजा के लिए ऐसे बलिदानी हैं, उस पर आक्रमण करना बिल्कुल 'ठीक नहीं। वह सेना लेकर अपने राज्य को लौट गए।

वैज्ञानिक के उपकरण

बात उन दिनों की है जब विश्वविख्यात वैज्ञानिक अल्बर्ट आइंसटीन जर्मनी छोड़ चुके थे। दुनिया भर में इस बात की खबर फैल चुकी थी। विभिन्न देशों के नामी विश्वविद्यालयों से उनको निमत्रंण मिला। मगर अपने बौद्धिक स्वभाव एवं शांत वातावरण के कारण उन्होंने चुना प्रिस्टन विश्वविद्यालय को। जब आइंस्टाइन पहली बार प्रिस्टन पहुँचे तो वहाँ के प्रशासनिक अधिकारी ने उनसे पूछा, आप अपने साथ में अपने पुराने उपकरण लाए होंगे, वे कहाँ हैं? कृपया बता दें, तो मैं उन्हें व्यवस्थित करके रख दूँ। आइंसटीन ने उस अधिकारी की तरफ देखा फिर अपनी खोपड़ी थपथपाई और मुस्कराते हुए कहा, मेरे सारे उपकरण इसी में हैं। उनको ऐसा करते देख अधिकारी हैरान-परेशान हो गया। असमंजस की स्थिति में उसने फिर पूछा, और आपकी प्रयोगशाला कहाँ बनानी है? यह सुनते ही आइंसटीन ने उसे अपना फाउंटेन पेन दिखाया और कहा, ये है मेरी प्रयोगशाला! मुझे अलग प्रयोगशाला की जरूरत नहीं है। मेरी प्रयोगशाला हमेशा मेरी जेब में रहती है। अधिकारी ने फिर प्रश्न किया, आपको किन-किन वस्तुओं की आवश्यकता है और मैं आपकी किस प्रकार से सेवा कर सकता हूँ? आइंस्टीइन ने सहजता से कहा, मुझे ज्यादा कुछ नहीं चाहिए, बस केवल एक ब्लैकबोर्ड, कुछ चॉक, कुछ पेपर और कुछ पेंसिलें चाहिए। अधिकारी उनके उपकरणों की सूची सुनकर आश्चर्य में पड़ गया। वह कुछ कहता तभी आइंस्टाइन ने फरमाइश की, इन चीजों के अलावा एक बड़ी सी टोकरी जरूर चाहिए। क्योंकि अपनी गणनाओं में मैं जगह-जगह गलतियाँ करूँगा और यदि टोकरी छोटी हुई तो वह जल्दी भर जाएगी। प्रशासनिक अधिकारी हतप्रभ रह गया। उसने यह बात विश्वविद्यालय के और लोगों को भी बताई। लोग आइंसटीन के प्रति श्रद्धा से भर उठे।

आवाज में पहचान

एक संन्यासी को दिखाई देना बिल्कुल बंद हो गया था। एक दिन वह कहीं जा रहा था। मार्ग में उसे पता लगा कि राजा की सवारी आने वाली है। थोड़ी देर में ही रास्ते के दोनों ओर लोग फूल मालाएँ लेकर खड़े होने लगे। संन्यासी की इच्छा भी इस दृश्य का अनुभव करने की हुई। वह देख भी नहीं सकता था, लेकिन सबसे आगे निकलकर खड़ा हो गया। राजा के रथ के आगे सिपाही, मंत्री और दरबारी चल रहे थे। सबसे आगे बाजा बजाते हुए एक दल था। कुछ देर में ही शाही सवारी एकदम करीब आ पहुँची। तभी एक सिपाही ने डपट कर सभी से कहा- दूर हटो। जवाब में निडर संन्यासी ने कहा- समझ गया।

मंत्रिमंडल के सदस्यों का समूह सामने आया तो उनमें से एक ने आगे आकर कहा- संन्यासी जी, जरा संभल कर! कहीं भीड़ में आप गिर न जाएं? संन्यासी ने जोर से कहा, समझ गया। तभी राजा की शाही सवारी आ पहुँची। राजा ने देखा कि एक तेजस्वी संन्यासी राह में खड़ा है। उन्होंने रथ रुकवाया और उतरकर संन्यासी के चरण स्पर्श कर विनम्रता से कहा, महाराज! आपको इस भीड़ में आने की क्या आवश्यकता थी। आदेश दे दिया होता मैं ही आपके दर्शन के लिए चला आता।

संन्यासी ने इस बार भी जोर से कहा- समझ गया, समझ गया। राजा यह सुनकर हैरान रह गया। उसने पूछ ही लिया, आप क्या समझ गए महाराज? संन्यासी ने कहा, राजन, हर व्यक्ति की आवाज में भी उसके व्यक्तित्व व गरिमा की झलक होती है। मैं देख तो नहीं सकता, लेकिन तीनों बार आवाज सुनकर ही समझ गया था कि पहला व्यक्ति आपका सिपाही था, दूसरा आपका मंत्री और तीसरी बार आप स्वयं।

अच्छे की तलाश

एक युवक ने एक संत से कहा, महाराज, मैं जीवन में सर्वोच्च शिखर पाना चाहता हूँ लेकिन इसके लिए मैं निम्न स्तर से शुरुआत नहीं करना चाहता। क्या आप मुझे कोई ऐसा रास्ता बता सकते हैं जो मुझे सीधा सर्वोच्च शिखर पर पहुँचा दे। संत बोले, अवश्य बताऊँगा। पहले तुम आश्रम के बगीचे से सबसे सुंदर गुलाब का फूल लाकर मुझे दो। लेकिन एक शर्त है। जिस गुलाब को तुम पीछे छोड़ जाओगे, उसे पलटकर नहीं तोड़ोगे।

युवक यह आसान सी शर्त मानकर बगीचे में चला गया। वहाँ एक से एक सुंदर गुलाब खिले थे। जब भी वह एक गुलाब तोड़ने के लिए आगे बढ़ता, उसे कुछ दूर पर उससे भी अधिक सुंदर गुलाब नजर आते और वह उसे छोड़ आगे बढ़ जाता। ऐसा करते-करते वह बगीचे के मुहाने पर आ पहुँचा। लेकिन यहाँ उसे जो फूल नजर आए वे एकदम मुरझाए हुए थे। आखिरकार वह फूल लिए बिना ही वापस आ गया। उसे खाली हाथ देखकर संत ने पूछा, क्या हुआ बेटा, गुलाब नहीं लाए? युवक बोला, बाबा, मैं बगीचे के सुंदर और ताजा फूलों को छोड़कर आगे और आगे बढ़ता रहा, मगर अंत में केवल मुरझाए फूल ही बचे थे। आपने मुझे पलटकर फूल तोड़ने से मना किया था। इसलिए मैं गुलाब के ताजा और सुंदर फूल नहीं तोड़ पाया। उस पर संत मुस्करा कर बोले, जीवन भी इसी तरह से है। इसमें शुरुआत से ही कर्म करते चलना चाहिए। कई बार अच्छाई और सफलता प्रारंभ के कामों और अवसरों में ही छिपी रहती है। जो अधिक और सर्वोच्च की लालसा पाकर आगे बढ़ते रहते हैं, अंत में उन्हें खाली हाथ लौटना पड़ता है। युवक उनका आशय समझ गया।

सबसे खुश पक्षी

जंगल में रहनेवाले कौवे को कोई कष्ट नहीं था और वह सुख-चैन से जी रहा था। फिर एक दिन उसने एक हंस को देखा। उजले धवल हंस को देखकर उसने सोचा, 'यह हंस कितना सफेद है! और मैं कैसा काला हूँ। यह हंस अवश्य ही दुनिया का सबसे खुश पक्षी होगा।' कौवे ने यह बात हंस से कही।

'"नहीं भाई, ऐसा नहीं है," हंस ने जवाब दिया, 'बहुत समय तक मुझे भी लगता रहा कि मैं दुनिया का सबसे सुंदर और सुखी पक्षी हूँ, लेकिन फिर एक दिन मैंने एक तोते को देखा, जिसके शरीर के दो रंगों की छटा अनूठी थी, जबकि मेरे पास तो केवल एक ही रंग है। अब मुझे लगता है कि तोता ही दुनिया का सबसे सुंदर और सुखी पक्षी है।'

कौवा तोते के पास गया। तोते ने कहा, 'जब तक मैंने मोर को नहीं देखा था तब तक मुझे अपने रूप-रंग पर बड़ा गुमान था। मोर जितना सुंदर तो कोई हो ही नहीं सकता। मेरे दोरंगी पंखों का मोर से कैसा मुकाबला!"

फिर कौवा मोर को खोजने चला। उसे मोर एक चिड़ियाघर में मिला जहाँ उसके पिंजरे के बाहर सैकड़ों लोग उसकी सुंदरता की सराहना कर रहे थे। जब लोग वहाँ से चले गए तो कौवे ने मोर से पूछा, 'मोर भइया, तुम कितने सुंदर हो! हजारों लोग रोज तुम्हें देखने यहाँ आते हैं। मुझे तो वे देखकर ही दुत्कार देते हैं। मुझे लगता है कि तुम दुनिया के सबसे सुखी और खुश रहने वाले पक्षी हो।'

मोर ने कहा, 'मुझे भी यही लगता था भाई, कि मैं दुनिया का सबसे सुंदर और खुश पक्षी हूँ, लेकिन मेरी सुंदरता ही मेरी शत्रु बन गई है। इसी के कारण अब मैं इस चिड़ियाघर में कैद हूँ।।। यहाँ सारे पशु-पक्षियों का मुआयना करने के बाद मैं इस नतीजे पर पहुँचा हूँ कि तुम्हें छोड़कर बाकी सभी पक्षी यहाँ कैद हैं। अब मुझे यह लगने लगा है कि मैं मोर न होकर एक कौवा होता तो आजाद होता और मनमर्जी से कहीं भी घूमता फिरता।

प्रेम-अहिंसा की शक्ति

एक राजा और उसके साथी वन में घूमने के लिए गए हैं। राजा के मन में आया कि किसी न किसी जानवर का शिकार करूँ किन्तु उस दिन कोई जानवर नहीं मिला। भटकते-भटकते अचानक एक हिरणों का समूह उन्हें कुछ दूर दिखाई पड़ा और राजा ने घोड़े को उनके पीछे भगाना प्रारम्भ कर दिया। तीर कमान हाथ में था। यह दृश्य देखकर साथ में चल रहे साथी दीवान को ठीक नहीं लगा। उसने सोचा कि भोले-भाले हिरणों जैसे निरपराध पशुओं के ऊपर यह अत्याचार ठीक नहीं है। इनकी रक्षा करना ही राजा का धर्म है। पर, आज वही इनका भक्षक बन रहा है। ऐसा विचार आते ही उस दीवान ने आवाज दी कि हे अनाथ हिरणों, ठहर जाओ। तुम्हारे इस समय भागने का कोई मतलब नहीं है। आज जब रक्षक ही तुम्हारा भक्षक बन रहा है तो तुम कहाँ जाकर अपने प्राण बचाओगे, तुम्हारा भागना व्यर्थ है।

ज्यों ही यह करुण भावनाओं से भरी आवाज हिरणों के कानों में पहुँची त्यों ही वे रुक गए। राजा चकित हो गया और तीर कमान चलाना भूलकर अपने साथी दीवान की ओर देखने लगा। वह सोच में डूब गया कि यह क्या मामला है। इसकी वाणी का यह कैसा चमत्कार है। भागते पशुओं का शिकार खेलना तो फिर भी ठीक है लेकिन इन ठहरे हुए पशुओं को कैसे मारूँ ? लड़ाई तो तभी उचित है जब चुनौती हो। सामने वाला बिना लड़े ही हार मान ले तो क्या लड़ाई। राजा विचार में डूबा खड़ा रह गया। साथी से पूछा कि बात क्या है, ये रुक कैसे गए?

साथी ने कहा, राजन! यह रुक गए हैं। आप व्यर्थ भाग रहे थे, अब चाहें तो शिकार करिए। राजा ने कहा कि नहीं पहले मैं यह जानना चाहता हूँ कि ये रुके कैसे? जीने की आशा ही छोड़ दी इन्होंने। अब बिल्कुल भय छोड़कर इतने पास आ गए, पहले तो काँप रहे थे, अब आनन्द के साथ खड़े हैं। यह बात क्या हुई? इनके कानों में तुमने क्या मन्त्र फूँक दिया। जब दो-तीन बार बड़ी उत्कंठा से राजा ने चकित होते हुए पूछा तो साथी ने कहा, आप सुनना चाहते हो, तो सुनिए। इन्हें रोकने में कारण है प्रेम की शक्ति, अहिंसा की शक्ति दया और करूणा की आवाज।

राजन! आप अपने पद की ओर जरा ध्यान दें। आपका कर्तव्य है प्रजा की रक्षा करना, प्रजा का पालन करना। आपने अपने हाथ में धनुष और वाण जो लिया है, वह निरपराध पशुओं की हिंसा के लिए नहीं, बल्कि उनकी रक्षा के लिए होना चाहिए। राजगद्दी पर बैठते समय आपने संकल्प लिया था कि अनाथ दीन-हीन प्राणियों की रक्षा करूँगा। क्या आप अपनी क्षत्रियता भूल गए?

ऐसे लोग कभी गरीब नहीं होते

एक बार गौतम बुद्ध एक गाँव में ठहरे हुए थे। लोग अपनी परेशानियों को लेकर उनके पास जाते और उनका हल लेकर खुशी-खुशी वहाँ से लौटते। उसी गाँव में सड़क के किनारे एक भिखारी बैठा करता था। वह बुद्ध के पास आने-जाने वाले लोगों को ध्यान से देखता। उसे बड़ा आश्चर्य होता कि लोग अंदर तो बड़ा दुखी चेहरा लेकर जाते हैं, लेकिन वापस आते हैं तो बड़े प्रसन्न दिखाई देते हैं। उस गरीब को लगा कि क्यों न वह भी अपनी समस्या को बुद्ध के सामने रखे। मन में यह विचार लिए एक दिन वह भी महात्मा बुद्ध के पास पहुँचा।

लोग पंक्तिबद्ध खड़े होकर उन्हें अपनी समस्याएँ बता रहे थे और वह मुस्कुराते हुए सबकी समस्याएँ हल कर रहे थे। जब उसकी बारी आई तो उसने सबसे पहले महात्मा को प्रणाम किया और कहा, भगवन, इस गाँव में लगभग सभी लोग खुश और समृद्ध हैं। फिर मैं ही क्यों गरीब हूँ? इस पर बुद्ध मुस्कुराते हुए बोले, तुम गरीब और निर्धन इसलिए हो क्योंकि तुमने आज तक किसी को कुछ दिया ही नहीं।

आश्चर्यचकित गरीब बोला, भगवन! मेरे पास भला दूसरों को देने के लिए क्या है? मेरा तो स्वयं का गुजारा बहुत मुश्किल से हो पाता है। लोगों से भीख माँग कर अपना पेट भरता हूँ। मैं लोगों को क्या दे सकता हूँ?

भगवान बुद्ध कुछ देर शांत रहे, फिर बोले, तुम बड़े अज्ञानी हो। औरों के साथ बाँटने के लिए ईश्वर ने तुम्हें इतना कुछ दिया है और तुम्हें खबर ही नहीं। थोड़ा सोचो, तो तुम्हें पता चलेगा कि ईश्वर ने कैसी बड़ी-बड़ी चीजें तुम्हें दी हैं जो तुम आसानी से दूसरों को दे सकते हो। सबसे पहले तो

मुस्कुराहट दी है, जिससे तुम लोगों में आशा का संचार कर सकते हो। मुँह से दो मीठे शब्द बोल सकते हो। दोनों हाथ से लोगों की मदद कर सकते हो। ईश्वर ने जिसको ये तीन चीजें दी हैं वह कभी गरीब और निर्धन हो ही नहीं सकता। निर्धनता का विचार व्यक्ति के मन में होता है। यह तो एक भ्रम है, इसे निकाल दो। यह सुनकर उस भिखारी का चेहरा चमक उठा।

जात-पाँत छिपै नहीं

एक बार अकबर बादशाह के दरबार में पाँच साधु आये। जब बादशाह ने उनसे उनकी जाति पूछी, तो उनमें से एक ने फौरन जवाब दिया, "जात-पाँत पूछै नहिं कोय।' अन्य चारों ने भी उसके कथन का समर्थन किया, मगर बादशाह को चैन कहाँ? उसने बीरबल से उनकी जाति मालूम करने को कहा।

बीरबल ने दूसरे दिन उन साधुओं को दरबार में बुलाकर उनसे प्रश्न किया, 'क्या आप लोग भगवान् को मानते हैं?" "बेशक!" सबने एक स्वर में उत्तर दिया। 'तो आप लोग कोई दोहा सुनाएँ," बीरबल ने उनसे कहा।

पहला साधु बोला "राम नाम लड्डू गोपाल नाम घी।

जब लगे भूख, घोल-घाल पी"

दूसरा बोला "रामनाम शमशेर पकड़ ले, कृष्ण कटारी बाँट दिया।

दया धर्म को ढाल बना ले, यम का द्वारा जीत लिया।"

तीसरा बोला "साहिब मेरा बानिया, सहज करे ब्यौपार। बिन डण्डी बिन पालड़े, तोले सब संसार।"

चौथा बोला "रामझरोखे बैठके, सबका मुजरा लेय।

जैसी जाकी चाकरी, ताको तैसी देय

पाँचवाँ बोला "जात-पाँत पूछै नहिं कोय। हरि को भजै सो हरि का होय"

तब बीरबल ने बादशाह से कहा, 'महाराज, पहला साधु ब्राह्मण है, दूसरा क्षत्रिय, तीसरा वैश्य, चौथा शूद्र और पाँचवाँ वर्णसंकर है।" बादशाह ने जब साधुओं से इस सम्बन्ध में पूछा, तो उन्होंने बीरबल का कथन सही बताया। तब बीरबल ने बताया, 'कोई भी व्यक्ति अपनी जाति नहीं छिपा सकता। इन्होंने जो दोहे कहे हैं, उनसे ही उनके कर्मों की झलक दिखाई देती है। ब्राह्मण लालची होते हैं, इसलिए ब्राह्मण- साधु के दोहे में 'लड्डु-घी' का

उल्लेख आया। इसी प्रकार क्षत्रिय-साधु के दोहे में 'शमशेर' 'कटार' और 'ढाल' का तथा वैश्य के दोहे में 'डण्डी और पलड़े' का उल्लेख था। यही बात शूद्र साधु की है, जिसके दोहे में 'चाकरी' और 'मुजरा' शब्द आये हैं। रहा पाँचवा साधु, तो वह वर्णसंकर होने के कारण अपनी जाति छिपाना चाहता है, इसीलिए 'जात-पाँत पूछे नहीं कोय' की रट लगा रहा है। बीरबल की चतुराई से बादशाह खुश हो गया।

उजड़े गाँव

महमूद गजनवी जिस प्रदेश को अपने कब्जे में करता, उसे लूटता तथा घरों में आग लगाकर गाँवों को उजाड़ बना डालता। उसे इसमें ही आनंद प्राप्त होता था। उसका एक चतुर मंत्री था। उसे महमूद का यह क्रूर कर्म बिलकुल पसंद न था, किन्तु वह मजबूर था। एक दिन उसने महमूद से कहा कि पीरबाबा की कृपा से उसे पशु-पक्षियों की भाषा समझ में आती है।

एक बार वे दोनों शिकार करने जंगल से जा रहे थे कि उन्हें एक वृक्ष पर दो उल्लू बैठे हुए दिखाई दिये, जो मुख से 'घू' 'घू' की आवाज निकाल रहे थे। वह मंत्री रुक गया और वहीं जाकर खड़ा हो गया। महमूद को मंत्री की बात याद आ गयी। उसने उससे प्रश्न किया कि वे दोनों उल्लू क्या कह रहे हैं? इस पर वह मंत्री बोला, "हुजूर, उनका संभाषण आपको बताने योग्य नहीं है। आप नाराज हो जाएँगे।" महमूद द्वारा क्षमा का आश्वासन पाकर वह चतुर मंत्री बोला, 'हुजूर, ये दोनों उल्लू सम्बन्धी होने जा रहे हैं। वर का पिता, वधू के पिता से दहेज के रूप में पचास उजड़े गाँव माँग रहा था। इस पर वधू- पिता बोला कि जब तक महमूद का राज्य कायम है, पचास क्या पाँच सौ उजड़े गाँव वह दहेज में दे सकता है।

महमूद को मंत्री का व्यंग्यार्थ मालूम हो गया। वह उससे बोला, "आज से महमूद किसी भी गाँव को नहीं उजाड़ेगा।

असली ज्ञान

मिस्र के प्राचीन विचारक अनस्तेशियस के आश्रम में पुस्तकों का विशाल संग्रह था। उस संग्रह में कई प्राचीन किताबें थीं। एक बार उनके आश्रम में आए संन्यासी ने उनका एक अमूल्य ग्रंथ चुरा लिया। यदि वे चाहते तो उस संन्यासी के पीछे अपने शिष्यों को भेजकर वह ग्रंथ हासिल कर सकते थे। लेकिन उन्हें डर था कि वह संन्यासी एक और पाप, झूठ बोलने का न कर दे। कुछ दिनों बाद एक धनी व्यक्ति वह ग्रंथ लेकर अनस्तेशियस के आश्रम में आया। उसने कहा, "मुझे दुर्लभ ग्रंथ एकत्र करने का शौक है। मुझसे इस ग्रंथ के बदले में एक संन्यासी मोटी रकम माँग रहा है। ऐसे में मुझे क्या करना चाहिए?''

अनस्तेशियस ने अपना ग्रंथ पहचान लिया। उन्होंने कहा, 'यह ग्रंथ अमूल्य है। इसे आप किसी भी मूल्य में खरीद लीजिए।"

धनी व्यक्ति ने संन्यासी से जाकर कहा, 'मैं मुँहमाँगी कीमत पर इसे खरीदने के लिए तैयार हूँ। ' लेकिन उस सेठ ने बातों ही बातों में अनस्तेशियस की सलाह के बारे में भी बता दिया।

यह सुनकर वह संन्यासी दंग रह गया। आज तक उसकी भलाई के बारे में किसी ने भी नहीं सोचा था और न ही उससे इतना प्यार भरा व्यवहार किया था। उसने धनी व्यक्ति से वह ग्रंथ वापस ले लिया और उसके पैसे लौटा दिए। वह संन्यासी सीधे अनस्तेशियस के आश्रम पहुँचा और विन्रम भाव से वह ग्रंथ अनस्तेशियस को लौटाना चाहा, लेकिन अनस्तेशियस ने कहा, "रख लो, शायद तुम्हें इसकी जरूरत है।''

संन्यासी ने कहा, "मैं यह ग्रंथ लौटाना चाहता हूँ और यहीं रहकर आपसे ज्ञान की प्राप्ति करना चाहता हूँ।''

अनस्तेशियस ने उस संन्यासी को आश्रम में रख लिया।

शिक्षा और उम्मीद

एक बेटा अपने वृद्ध पिता को रात्रि भोज के लिए एक अच्छे रेस्टोरेंट में लेकर गया। खाने के दौरान वृद्ध पिता ने कई बार भोजन अपने कपड़ों पर गिराया। रेस्टोरेंट में बैठे दूसरे खाना खा रहे लोग वृद्ध को घृणा की नजरों से देख रहे थे, लेकिन वृद्ध का बेटा शांत था।

खाने के बाद बिना किसी शर्म के बेटा, वृद्ध को वॉश रूम ले गया, उसके कपड़े साफ किए, उसका चेहरा साफ किया, उसके बालों में कंघी की, चश्मा पहनाया और फिर बाहर लाया।

सभी लोग खामोशी से उन्हें ही देख रहे थे। बेटे ने बिल पे किया और वृद्ध के साथ बाहर जाने लगा।

तभी डिनर कर रहे एक अन्य वृद्ध ने बेटे को आवाज दी और उससे पूछा- 'क्या तुम्हें नहीं लगता कि यहाँ अपने पीछे तुम कुछ छोड़ कर जा रहे हो?

बेटे ने जवाब दिया- "नहीं सर, मैं कुछ भी छोड़ कर नहीं जा रहा।"

'वृद्ध ने कहा- "बेटे, तुम यहाँ छोड़ कर जा रहे हो, प्रत्येक पुत्र के लिए एक शिक्षा (सबक) और प्रत्येक पिता के लिए उम्मीद (आशा)।"

दोस्तो! आमतौर पर हम लोग अपने बुजुर्ग माता-पिता को अपने साथ बाहर ले जाना पसंद नहीं करते और कहते हैं क्या करोगे! आप से चला तो जाता नहीं, ठीक से खाया भी नहीं जाता, आप तो घर पर ही रहो, वही अच्छा होगा।

क्या आप भूल गए जब आप छोटे थे और आप के माता-पिता आप को अपनी गोद में उठा कर ले जाया करते थे। आप जब ठीक से खा नहीं पाते थे तो माँ आपको अपने हाथ से खाना खिलाती थी और खाना गिर जाने पर डाँट नहीं प्यार जताती थी। फिर वही माँ-बाप बुढ़ापे में बोझ क्यों लगने लगते हैं? माँ-बाप भगवान का रूप होते हैं। उनकी सेवा कीजिए और प्यार दीजिए। क्योंकि एक दिन आप भी बूढ़े होंगे, फिर अपने बच्चों से सेवा की उम्मीद मत करना।

शास्त्री जी की सादगी

तत्कालीन प्रधानमंत्री लालबहादुर शास्त्री एक बार किसी अधिवेशन में शामिल होने भुवनेश्वर गए। अधिवेशन से पहले जब शास्त्रीजी स्नान कर रहे थे, तब दयाल महोदय इस भावना से कि शास्त्रीजी का अधिक समय कपड़े पहनने में व्यर्थ न जाए, सूटकेस से उनका खादी का कुर्ता निकालने लगे। उन्होंने एक कुर्ता निकाला तो देखा कुर्ता फटा हुआ था।

उन्होंने वह कुर्ता ज्यों का त्यों तह करके वापस रख दिया और उसके स्थान पर दूसरा कुर्ता निकाला। परंतु उन्हें देखकर और भी ज्यादा अचंभा हुआ कि दूसरा कुर्ता पहले की अपेक्षा अधिक फटा था और जगह-जगह से सिला हुआ भी था। उन्होंने सूटकेस के सारे कुर्ते निकाले तो देखा कि एक भी कुर्ता साबुत नहीं था। यह देखकर वह परेशान हो उठे। तभी शास्त्रीजी स्नान करके आ गए। उन्होंने दयालजी की परेशानी देखकर कहा, "इसमें चिंता की कोई बात नहीं। जाड़े में फटे और उधड़े कुर्ते कोट के नीचे पहने जा सकते हैं। इसमें कैसी परेशानी और शर्म।''

अधिवेशन के बाद शास्त्रीजी दयालजी के साथ कपड़े की एक मिल देखने गए। शोरूम में उन्हें बहुत खूबसूरत साड़ियाँ दिखाई गई। शास्त्रीजी ने कहा, "साड़ियां तो बहुत अच्छी हैं पर इनकी कीमत क्या है?''

मिल मालिक ने कहा, ''यह आठ सौ की और ये हजार रुपए की। 'शास्त्रीजी ने कहा, 'यह बहुत महँगी हैं, मुझ जैसे गरीब के मतलब की दिखाइए।''

''आपको तो ये साड़ियाँ हम भेंट करेंगे। आप देश के प्रधानमंत्री जो हैं। ''मिल मालिक ने कहा।''

"प्रधानमंत्री तो हूँ, पर मैं आपसे भेंट कभी नहीं लूँगा और साड़ियाँ भी अपनी हैसियत के मुताबिक ही खरीदूँगा। 'शास्त्रीजी ने कहा और उन्होंने अपनी हैसियत के अनुसार सस्ती साड़ियाँ ही अपने परिवार के लिए खरीदीं। लालबहादुर शास्त्री जैसे प्रधानमंत्री के विचारों के समक्ष दयालजी के साथ मिल मालिक भी नतमस्तक हो गए।

मनुष्यता

छह वर्ष का एक लड़का अपनी चार वर्ष की छोटी बहन के साथ छोटे बाजार से जा रहा था। अचानक उसे लगा कि उसकी बहन पीछे रह गई है। वह रुका, पीछे मुड़कर देखा, तो उसकी बहन एक खिलौने की दुकान के सामने खड़ी कोई चीज निहार रही थी।

लड़का पीछे आया और बहन से पूछा, "कुछ चाहिए तुम्हें?"

लड़की ने एक गुड़िया की तरफ उंगली उठाई। बच्चे ने एक जिम्मेदार बड़े भाई की तरह अपनी बहन को वह गुड़िया दे दी। बहन बहुत खुश हुई। दुकानदार यह सब देख रहा था, बच्चे का प्रगल्भ व्यवहार देखकर आश्चर्यचकित भी हुआ। अब वह बच्चा बहन के साथ काउंटर पर आया और दुकानदार से पूछा, 'सर, कितनी कीमत है इस गुड़िया की?'

दुकानदार ने बड़े प्यार और अपनत्व से बच्चे से पूछा, 'बताओ बेटे, आप क्या दे सकते हो?'

बच्चे ने अपनी जेब से वो सारी सीपें बाहर निकालकर दुकानदार को दे दीं, जो उसने थोड़ी देर पहले बहन के साथ समुंदर किनारे से बीनी थीं' दुकानदार ने उन्हें यूँ गिना जैसे पैसे गिन रहा हो। सीपें गिनकर वह बच्चे की तरफ देखने लगा तो बच्चा बोला, "सर कुछ कम है क्या?"

दुकानदार ने कहा, 'नहीं-नहीं, ये तो इस गुड़िया की कीमत से कहीं ज्यादा है। 'कहकर उसने चार सीपें रख लीं और बाकी बच्चे को वापस दे दीं। बच्चा खुशी से वो सीपें जेब में रख बहन को साथ लेकर चला गया।

दुकान का नौकर यह देख रहा था। उसने आश्चर्य से पूछा। 'मालिक, इतनी महँगी गुड़िया आपने केवल चार सीपों के बदले में दे दी, क्यों?'

दुकानदार बोला, "हमारे लिए ये केवल सीप है, लेकिन उस छह साल के बच्चे के लिए बेहद मूल्यवान हैं। क्योंकि अभी इस उम्र में वो नहीं जानता कि पैसे क्या होते हैं। पर जब वह बड़ा होगा और उसे याद आएगा कि उसने प्यारी सीपों के बदले बहन को गुड़िया खरीदकर दी थी, तो उसे मेरी याद जरूर आएगी। वह सोचेगा कि यह विश्व अच्छे मनुष्यों से भरा है। यही बात उसके अंदर सकारात्मक दृष्टिकोण बनाने में मदद करेगी और वो भी अच्छा इंसान बनने के लिए प्रेरित होगा।''

सबसे बड़ा धर्म

हिंदी के विख्यात लेखक, चिंतक व कुशल सम्पादक आचार्य महावीर प्रसाद द्विवेदी एक शाम घर लौट रहे थे कि एकाएक उनके कानों में किसी नारी की चीखें सुनाई दीं। वे तुरंत चीखों की ओर बढ़े। वहाँ जाकर उन्होंने देखा कि एक अछूत महिला को सांप ने काटा है। द्विवेदी जी ने तुरंत पास में पड़ी दरांती उठायी और सांप के काटे स्थान पर एक चीरा लगाया और वहाँ का जहरीला खून निकाल दिया। जहर शरीर में आगे न फैले इसके लिए उन्होंने अपने जनेऊ को तोड़कर उसे घाव के ऊपरी भाग पर कसकर बांध दिया।

घटना का पता गाँव के ब्राह्मणों को लगा तो वे एकत्रित होकर द्विवेदी जी के पास आये और कहा, "तुमने अछूत महिला के शरीर पर पवित्र जनेऊ का धागा बांधकर जनेऊ और ब्राह्मण समाज का अपमान किया है। यह घोर पाप है। तुमने सारे समाज को कलंकित किया है।..''

द्विवेदी जी ने बड़ी विनम्रता से कहा, 'इस संसार में मानव सेवा से बड़ा कोई धर्म नहीं है। मैं मानव सेवक के लिए जनेऊ ही नहीं, अपना खून, माँस, हड्डियां भी दे सकता हूँ।"

सच्चाई का पुरस्कार

गोपाल कृष्ण गोखले को महात्मा गांधी का राजनीतिक गुरु मानते हैं। बाल्यकाल से ही वे एक अच्छे, योग्य, सत्यवादी छात्र माने जाते थे। एक बार स्कूल में अध्यापक ने पूरी कक्षा को पाँच प्रश्न होमवर्क के लिए दिए। अगले दिन जब कॉपियाँ चेक की गई तो केवल एक छात्र के पाँचों गणित प्रश्न ठीक पाए गए। यह बालक था गोपाल कृष्ण गोखले।

अध्यापक बहुत प्रसन्न हुए। उन्होंने इस छात्र को खड़ा किया। सारी कक्षा में सराहना की गई। फिर इस उपलब्धि के लिए अध्यापक ने पुरस्कृत करना चाहा। इतना सुनते ही बालक रोने लगा। अध्यापक ने कारण पूछा तो बालक ने स्पष्ट किया 'मुझे पाँचवा प्रश्न बड़ा कठिन लगा। जब मैं उसे हल नहीं

कर सका तो बड़े भाई की सहायता ली, वरना मेरा पाँचवा उत्तर गलत होता। इसलिए मैं आपके द्वारा घोषित पुरस्कार के योग्य नहीं हूँ।"

अध्यापक ने जब यह सुना तो गोपाल कृष्ण के पास चले गए। उसे गले से लगाकर सच बोलने के लिए उसकी पीठ थपथपाई। उन्होंने उसे सत्यवादिता के लिए पुरस्कार देकर उत्साहित किया। बड़े होकर भी गोपाल कृष्ण गोखले ने सच बोलने की अपनी आदत को सदैव बनाए रखा। कभी भी झूठ का सहारा नहीं लिया।

भूख

बाबा पोटली में एक मोटी रोटी लेकर रोज खेत की ओर निकल पड़ते। यह उनकी सुबह की शुरुआत होती। इस सिलसिले में परिवर्तन आया। वे एक की बजाय दो रोटी लेकर जाने लगे। बहुओं ने सोचा-बाबा की भूख बढ़ गयी है। कुछ दिनों के बाद बाबा तीन रोटियाँ लेकर खेत की ओर निकलते। बहुओं में कानाफूसी हुई- ''बाबा की भूख बढ़ती जा रही है।'' बहुओं की बातें बेटों तक पहुँची।

बेटों ने सोचा- 'इस उम्र में बाबा इतना काम क्यों करते हैं? तीन-तीन मोटी रोटियाँ पचा लेते हैं।'' छोटे बेटे की जिज्ञासा बढ़ी। एक दिन वह अपने बाबा के पीछे हो लिया।

बाबा स्कूल के पास से गुजरते हुए पेड़ के नीचे रुके। उन्हें रुका देखकर चार लड़के दौड़कर आये। बाबा ने अपनी पोटली से दो रोटियाँ निकाली। उसके चार टुकड़े किए। चारों को बाँट दिये। बच्चे रोटियाँ लेकर स्कूल की ओर दौड़े। यह उनकी दिनचर्या का हिस्सा बन गया था।

बस्ती के बाहर छोटी-सी बस्ती है। चारों के माँ बाप खदान में गिट्टी तोड़ते हैं। अल सुबह घर छोड़ देते हैं। बच्चों को बाबा की रोटी का ही सहारा रहता है। छोटे बेटे ने महसूस किया- ''बाबा की भूख पहले से बढ़ गयी है। पर कितनी प्यारी है यह भूख!''

जीवन की सार्थकता

एक राजा काफी वृद्ध और बीमार हो चला था। उसका जीवन दवाओं के सहारे ही चल रहा था। इस दौरान एक ज्योतिषी उसके पास आया और उसने कहा कि राजा का जीवन बस एक माह शेष है। इससे राजा और चिंतित हो गया। उसकी बीमारी और बढ़ गई। उन्हीं दिनों एक संत राजा को देखने आए। राजा ने उन्हें सारी बात बताई तो वे हंसकर बोले, आप तो अमर हैं। इस पर राजा को बेहद आश्चर्य हुआ। उसने संत से कहा मेरा शरीर तो जर्जर हो चुका है। यह कभी भी टूट सकता है फिर मैं अमर कैसे हो सकता हूँ। कृपया विस्तार से समझाएं। यह सुनकर संत राजा को एक जुलाहे के यहाँ ले गए। संत ने जुलाहे से पूछा। तुम कपड़ा तो बनाते हो पर बेचारी रूई के अस्तित्व को क्यों मिटाते हो। इस पर जुलाहा बोला। यदि समय रहते रूई का उपयोग न किया जाए तो वायु और रेत इसको नष्ट कर देंगी। मैं तो इन्हें कपड़े में बदल इन्हें समाज के लिए उपयोगी बना रहा हूँ। अब संत ने राजा को समझाया, राजन दुनिया की हर वस्तु का एक न एक दिन मिटना तय है। इसलिए उनका सर्वोत्तम प्रयोग किया जाना चाहिए। इसी में उसकी सार्थकता है। शरीर का भी एक दिन नष्ट होना तय है। उसे स्थाई रूप से बचाया नहीं जा सकता। इसलिए उसके बचने की चिंता छोड़कर हमें उसका दूसरों के हित में प्रयोग करना चाहिए। मनुष्य जब तक जिए सुख से जिए। राजा संत का आशय समझ गया। वह मृत्यु की चिंता छोड़कर राजकाज में फिर से मन लगाने लगा। धीरे-धीरे वह स्वस्थ हो गया।

माँ का दिल

माँ ने अपने बेटे को बड़े ही नाजो अंदाज से पाला। उसकी पढ़ाई के लिये उसने घर-घर जा कर बर्तन, कपड़े धोये। क्योंकि बचपन से ही बेटे के सिर से उसके पिता का साया उठ गया था। बच्चा जैसे-जैसे बड़ा होता गया, उसकी पढ़ाई का खर्चा भी बढ़ता गया। इसीलिए माँ ने सोचा कि दो-चार घर काम करके गुजारा तो होगा नहीं, इसीलिए माँ ने मशीन खरीद कर दिन रात कपड़ों की सिलाई करके बेटे को इंजीनियर बनाया।

माँ का भी सपना था कि बेटा इंजीनियर बने और उसका सपना पूरा हुआ। उसे अपने जैसी ही बहू की जरूरत थी। यह माँ अपने बेटे की शादी के सपने देखने लगी। उसकी जिंदगी अब उसकी न रह कर, उसने बेटे के नाम कर दी क्योंकि इसके स्वर्गीय पति किसी की बेटी की इज्जत भरे चौराहे पर बचाते हुए गुंडागर्दी के शिकार हो गये थे। उन दरिंदों ने भरे चौराहे पर चाकू भोंक कर उसके पति को मार डाला। तब से वह इस संसार में अपनी जीवन नैया अपने एकलौते बेटे के सहारे चला रही थीं।

बेटा इंजीनियर की परीक्षा प्रथम श्रेणी में उत्तीर्ण हुआ वह भी मेरिट में माँ की खुशियों का ठिकाना नहीं रहा। वह सारे मोहल्ले में मिठाई बाँट रही थी। उसने सोचा कि अब मेरे सारे सपने साकार होंगे। वह उसके आगे की पढ़ाई के लिए और मेहनत करने लगी।

उसका बेटा अगली पढ़ाई उसी शहर में करने लगा। उसी कालेज में पढ़ते वक्त उसका प्रेम एक धनी लड़की के साथ हो गया। वह दिन रात उसके बारे में सोचता रहता। माँ के प्रति उसका प्रेम कम हो गया। वह लड़की देखने में बेहद खूबसूरत थी, लेकिन उसकी माँगें अजीब थी।

एक दिन मौका पाकर उस लड़की ने अपने प्रेमी को अजमाना चाहा और अपने प्रेमी से वह बोली 'आप मेरे खातिर क्या कर सकते हैं।' प्रेमी वे सभी वायदे दोहराने लगा, जो एक प्रेमी अपनी प्रेमिका से कहता है। तब उसकी प्रेमिका ने उससे एक अलग तरह की माँग रखी। वह बोली की अगर आप मुझे सच्चा प्यार करते हैं, तो आप मुझे आपकी माँ का दिल दीजिए।

लड़का प्यार में पूरा अंधा हो गया था। वह दौड़ते-दौड़ते घर पहुँचा और उसने चाकू उठा कर सीधे माँ की पेट में घुसा दिया। माँ कुछ कहती, उसके पहले ही उसने चाकू से कई वार किये। उस अभागी माँ ने तत्काल दम तोड़ दिया। तब उसका बेटा माँ का दिल निकाल कर तत्काल प्रेमिका को देने के लिये घर से निकला, लेकिन जल्दबाजी में वह बीच सड़क पर ठोकर खाकर गिर गया और उसकी माँ का दिल उसके हाथों से छिटक कर दूर जा गिरा। बेटे की यह हालत देखकर उस माँ के दिल से आवाज आई 'बेटे तुझे कहीं चोट तो नहीं आई।'

ये होता है माँ का प्यार।

उद्‍यम का पाठ

किसी नगर में एक व्यापारी रहता था। उसके व्यापार का लगातार प्रसार हो रहा था, जिससे उसकी संपत्ति में वृद्धि हो रही थी। एक दिन व्यापारी ने सोचा कि अपनी संपत्ति का आकलन किया जाए। उसने हिसाब लगाया तो उसे पता चला कि उसके पास करोड़ों की राशि जमा हो चुकी है। उसने सोचा कि कुछ पैसे दान-पुण्य में लगाए जाएं। लेकिन यह तय नहीं कर पा रहा था कि उसे किस कार्य में लगाया जाए। वह चाहता था कि उसके धन का सदुपयोग हो और उसे पुण्य प्राप्त हो। काफी सोचकर उसने तय किया कि वह नगर में धर्मशालाएं, मंदिर और अनाथालय बनवाएगा। यह निर्णय कर वह शुभ मुहूर्त निकलवाने एक महात्मा के पास पहुँचा और उन्हें अपनी योजना कह सुनाई। व्यापारी को लगा कि महात्मा जी यह सुन प्रसन्न होंगे और उसे शाबाश देंगे लेकिन इसके विपरीत वे गंभीर होकर कुछ सोचने लगे। थोड़ी देर बाद उन्होंने कहा, 'भाई तुम्हारे पास जितनी संपत्ति है करीब उतने ही लोग देश में ऐसे है जो अपाहिज, अनाथ हैं या निठल्ले हैं। ये लोग या तो भीख माँगकर गुजारा करते हैं या मंदिरों, अनाथालयों और धर्मशालाओं की शरण लेते हैं या फिर चोरी करते हैं। इसलिए तुम्हारा धन कुछ ही दिनों में समाप्त हो जाएगा और तुम्हें पुण्य भी नहीं मिलेगा।

व्यापारी दुविधा में पड़ गया। उसने हाथ जोड़कर कहा, 'फिर आप ही कोई रास्ता निकालें।' महात्मा ने कहा, 'सेठ, मेरी समझ से तुम अपने सोचे गए तरीके में थोड़ा परिवर्तन कर दो, तो निश्चय ही तुम्हारा ध्येय सफल हो जाएगा।' व्यापारी ने उत्सुकता से पूछा, 'वह कैसे महाराज?' महात्मा ने मुस्कुराते हुए कहा, 'तुम धर्मशालाओं, मंदिरों और अनाथालयों के स्थान पर विद्यालय, उद्योग और चिकित्सालय खुलवाओ क्योंकि जब लोग स्वस्थ होंगे शिक्षित होंगे तभी वे उद्यमी होंगे। जब वे उद्यम करेंगे तो भिक्षावृत्ति, चोरी और लूटपाट का अंत होगा। लोगों को दया दान देने से ज्यादा उन्हें उद्यमी बनाने की आवश्यकता है।

व्यर्थ का खून नहीं

भारत के जिस राज्य पर सिकन्दर हमला करना चाहता था, उसी राज्य का राजा जब बिना बुलाए उससे मिलने आया तो सिकन्दर का सीना गर्व से फूल गया। उसने समझा कि वह राजा आत्मसमर्पण करने आया है। बातों के दौरान उस राजा ने पूछा- ''हमने तो आपका कोई अपकार नहीं किया है, फिर भला आप हम पर आक्रमण क्यों करना चाहते हैं?''

सिकन्दर ने गर्व भरा जवाब दिया- 'ठीक है, हम तुम पर आक्रमण नहीं करेंगे किन्तु तुम्हें सात साल तक 'कर' देना होगा।'

राजा ने सिकन्दर को समझाया कि 'इतने सारे धन के रहते हुए मामूली-सी कर की रकम से आपका क्या बन बिगड़ जाएगा?' बात सिकन्दर के गले उतर गई। दोनों ने मित्रता स्वीकार कर ली। तब राजा ने सिकन्दर को सम्पूर्ण सेना सहित प्रीतिभोज पर आमंत्रित किया।

अपने दल-बल सहित जब सिकन्दर राज्य की सीमा पर पहुँचा तो एक विशाल सेना ने घेर लिया। सिकन्दर तिलमिला उठा और बोला- "तुमने हमारे साथ विश्वासघात किया है।"

लेकिन राजा का उत्तर सुनकर शर्म से सिकन्दर का सिर झुक गया। उसने जवाब दिया- "मैं अपनी सेना की इस छोटी-सी टुकड़ी के साथ आपके स्वागत के लिए आया हूँ, युद्ध हेतु नहीं आपको शायद यह गलतफहमी है कि अपनी सैन्य दुर्बलता की वजह से हमने आपके साथ मैत्री की है, लेकिन वास्तविकता तो यह है कि हम हिन्दुस्तानी व्यर्थ में खून बहना और बहाना पसन्द नहीं करते।''

हिंसा का डर

एक महान मुस्लिम संत हुई हैं राबिया। एक बार वह एक जंगल में घूमने गयी। वह बड़े प्रेम से इधर-उधर उड़ने वाले पक्षियों और घूमने वाले जंगली पशुओं को देखने लगी। इतने में बहुत से जानवर उसके आस-पास आकर इकट्ठे हो गये। कुछ तो उसके बदन पर ही बैठ गये। यह देख राबिया को बड़ा सुख मिला।

तभी कहीं से एक दूसरे संत हसन बसरी उधर आ निकले। उन्होंने दूर से ही यह दृश्य देखा तो आश्चर्य चकित हो गये, उनकी खुशी का ठिकाना न रहा। लेकिन जैसे ही वे राबिया के निकट पहुँचे, सारे जानवर भाग गये और पक्षी इधर-उधर उड़ गये।

हसन बसरी को यह देख बुरा लगा। उन्होंने दुःखी मन से राबिया से इसका कारण जानना चाहा। वे बोले, "राबिया, यह क्या बात है कि इतने जानवर और परिन्दे तुम्हारे पास जमा हो गये थे और बड़ी मुहब्बत से तुम्हें घेरे हुए थे, पर मेरे आते ही सब ऐसे भाग छटे जैसे मैं कोई खूंखार आदमी होहूँ।''

राबिया ने पूछा, "तुम क्या खाते हो?' हसन बसरी बोले, "उससे तुम्हें क्या काम ?" राबिया बोली, 'काम है तभी तो पूछा है।''

हसन बसरी ने जवाब दिया, ''मैं गोश्त खाता हूँ।''

''राबिया ने कहा, गोश्त खाते हो और चाहते हो कि जानवर और परिन्दे तुम्हारे पास आवें। यह कैसे हो सकता है कि जिन्हें तुम मारते हो वे तुमसे डरें नहीं और भागें नही। जल्लाद से किसे डर नहीं लगता? किसे अपनी जान प्यारी नहीं होती?''

यह सुन हसन बसरी की आँखें खुल गयीं।

सुई की पीड़ा

माली के हाथों पड़कर सुई मन-ही-मन फूल उठी। एक अभूतपूर्व उत्साह में भरकर उसने शताधिक पुष्पों के हृदय विदीर्ण कर डाले। अपनी इस विजय पर गर्व में चूर होकर उसने यह भी नहीं देखा कि अन्ततः उसे कुछ भी नहीं मिला है। माली ने उसे एक ओर खोंस दिया है।

अपनी इस उपेक्षा पर दुःखी होकर सूई ने धागे को ललकारा-"दुष्ट! इन सुन्दर फूलों पर मेरा अधिकार है। मैंने इनका शिकार किया है, तू क्यों इन्हें बटोरता है?''

फूलों ने उत्तर दिया- "तुम अपने विजयमद में चूर होकर छली ही रही। डोरा पहुँचा, समवेदना की मृदुता और व्यवहार का लचीलापन लिए, वह हमारे हृदय में स्थान पा गया। मारने वाले से बचाने वाला श्रेष्ठ है।''

सादगी

मौर्य साम्राज्य में एक बार यूनान के राजदूत का आना हुआ तो उसने मौर्य साम्राज्य के महामंत्री चाणक्य की प्रशंसा प्रत्येक मनुष्य से सुनी। उसे भी चाणक्य से मिलने की इच्छा हुई।।

दरबारी से पता पूछने के बाद राजदूत चाणक्य से मिलने के लिए उनके निवास स्थान गंगा के किनारे चल दिया। वहाँ पहुँचने के बाद देखा, गंगा के किनारे एक आकर्षक व्यक्तित्व का धनी लंबा चौड़ा पुरुष नहा रहा था। जब वह आदमी नहा कर कपड़े धोने लगा तो राजदूत ने पास जाकर उस व्यक्ति से पूछा कि क्या आप चाणक्य का घर जानते हैं। इस पर उस व्यक्ति ने सामने एक झोपड़ी की ओर इशारा किया।।

राजदूत को भरोसा ही नहीं हुआ कि किसी राज्य का महामंत्री इस साधारण सी झोपड़ी में रहता होगा। फिर भी वह झोपड़ी की ओर चल पड़ा। भीतर जाकर उसने झोपड़ी को खाली पाया। यह देख राजदूत को लगा कि गंगा के किनारे मिले उस व्यक्ति ने उससे मजाक किया है। ऐसा सोचकर वह मुड़ने लगा तो क्या देखता है कि वही व्यक्ति उसके सामने खड़ा है। यह देखकर राजदूत कहने लगा, आपने तो कहा था कि चाणक्य यहीं रहते हैं लेकिन यहाँ तो कोई नहीं है।

उस व्यक्ति ने कहा, मैं ही चाणक्य हूँ कहिए क्या प्रयोजन है?

राजदूत हैरान रह गया। कहने लगा, मौर्य साम्राज्य के महामंत्री और इतनी सरल दिनचर्या! वह भी झोपड़ी में निवास! विश्वास ही नहीं होता। चाणक्य ने सादगी से जवाब दिया, अगर मैं महलों और राजभवन की सुविधाओं के बीच रहने लग जाऊं तो प्रजा के हिस्से में झोपड़ी आ जाएगी। इसलिए मैं प्रजा धर्म का निर्वहन करते हुए यहाँ रहता हूँ।

आत्मपरीक्षण

एक महात्मा बहुत ज्ञानी और अंतर्मुखी थे। अपनी साधना में ही लीन रहते थे। एक बार एक लड़का उनके पास आया और उसने कहा, "हे महात्मा आप मुझे अपना शिष्य बना लीजिए।"

बुढ़ापा आ रहा है यह सोचकर उन्होंने उसे शिष्य बना लिया। शिष्य बहुत चंचल प्रकृति का था। ध्यान में उसका मन नहीं लगता था। गुरु ने कई बार उसे समझाने की चेष्टा की पर सफलता नहीं मिली।

लड़का बहुत ही आलसी प्रवृत्ति का था। उसने एक दिन गुरु देव से कहा, "मुझे कोई चमत्कार सिखा दें।" गुरु ने कहा, "वत्स! चमत्कार कोई काम की वस्तु नहीं है।" पर शिष्य अपनी बात पर अड़ा रहा।

बालहठ के सामने गुरुजी को झुकना पड़ा। उन्होंने अपने झोले में से एक पारदर्शी डंडा निकाला और शिष्य के हाथ में उसे थमाते हुए कहा, 'यह लो चमत्कार। इस डंडे को तुम किसी व्यक्ति के सामने करोगे, उसके दोष इसमें प्रकट हो जाएंगे।"

शिष्य डंडे को पाकर बहुत प्रसन्न हुआ। गुरु ने शिष्य के हाथ में डंडा क्या थमाया, मानो बंदर के हाथ में तलवार थमा दी। कोई भी व्यक्ति उस आश्रम में आता, शिष्य हर आगंतुक के सामने उस डंडे को घुमा देता। फलतः उसकी कमजोरियाँ उसमें प्रकट हो जातीं और शिष्य उनका दुष्प्रचार शुरू कर देता। गुरुजी सारी बात समझ गए।

एक दिन उन्होंने शिष्य से कहा, "एक बार डंडा अपनी ओर भी घुमाकर देख लो, इससे स्वयं का परीक्षण हो जाएगा।" शिष्य को बात जँची, उसने फौरन डंडा अपनी ओर किया। लेकिन देखा कि उसके भीतर तो दोषों का अंबार लगा है। वह तत्काल गुरु के चरणों में गिर पड़ा और क्षमा माँगते हुए बोला, "आज से मैं दूसरों के दोष देखने की भूल नहीं करूँगा।"

जिक्र जरूर होगा

''एक बार जंगल में आग लगी, तो सारे पशु-पक्षी घबराकर इधर-उधर भागने लगे। लेकिन एक चिड़िया पास की नदी तक जाती, वहाँ से अपनी चोंच में पानी भरकर लाती और उस दावानल पर चोंच भर पानी गिराती। उसे ऐसा करते देख कई पशु-पक्षी हँसते कि चोंच भर पानी से क्या वह चिड़िया जंगल की आग बुझा लेगी? इस पर चिड़िया कहती कि बुझा पाऊँगी या नहीं, यह मैं नहीं जानती, लेकिन जब कभी जंगल में लगी आग का जिक्र किया जाएगा, तो इस बात का भी जिक्र जरूर होगा कि एक चिड़िया थी, जिसके पास अपने दूसरे पशु-पक्षियों की तरह ही जान बचाकर भागने का विकल्प था, लेकिन वह भागी नहीं और अपनी क्षमता के अनुरूप जंगल की आग बुझाने में लगी रही।

सुल्तान और शेख

बहुत समय पहले ऑटोमन साम्राज्य का सुल्तान इस्तांबुल के एक महान सूफी शेख के दर्शन के लिए गया। वह शेख के ज्ञान और चरित्र से बहुत प्रभावित हो गया और शेख के समागम में नियमित रूप से उपस्थित होने लगा।

एक दिन सुल्तान ने शेख से कहा, "मुझे आपसे और आपके सत्संग से बहुत प्रीति हो गई है। एक सुल्तान के रूप में मैं आपके लिए कुछ करना चाहता हूँ। कृपा करके मुझे बताएं कि मैं आपके लिए क्या करूँ जिससे आपको प्रसन्नता हो।''

सुल्तान की यह पेशकश सामने खुले पड़े खजाने के माफिक थी क्योंकि वह पृथ्वी का सबसे धनी और शक्तिशाली व्यक्ति था।

शेख ने कहा- ''जी, एक चीज है जो आप मेरे लिए कर सकते हैं। कृपया यहाँ दोबारा नहीं आइए।''

सुल्तान यह सुनकर स्तब्ध हो गया। उसने शेख से पूछा- "क्या मुझसे कोई गलती हो गई है? मुझसे जो कुछ भी जाने-अनजाने हुआ हो मैं उसके लिए आपसे माफी माँगता हूँ।''

शेख ने उत्तर दिया- 'नहीं, मुझे आपसे नहीं बल्कि अपने दरवेशों से समस्या है। आपके यहाँ आने से पहले वे केवल ईश्वर की प्रार्थना और उपासना में ही रत रहते थे। अब आपको यहाँ अपने इतने करीब पाकर उनके मन में आपको अनुग्रहीत करके आपसे अनुदान और पारितोषिक पाने की इच्छा पनपने लगी है। मैंने आपको यहाँ और आने से इसलिए मना किया है क्योंकि मुझे यह लगता है कि हम अभी आत्मिक स्तर पर इतने परिपक्व नहीं हैं कि आपकी उपस्थिति से प्रभावित न हो सकें।

एकाग्रता

संस्कृत के विख्यात विद्वान प्रोफेसर पाल डायसन के निमंत्रण पर विवेकानंद स्विट्जरलैंड से जर्मनी गए। चर्चा के दौरान प्रोफेसर डायसन किसी काम से उठकर गए। थोड़ी देर बाद लौटे तो देखा कि विवेकानंद कविता की किताब के पन्ने पलट रहे हैं। इस काम में वे इतने तल्लीन थे कि उन्हें प्रोफेसर की आहट भी नहीं सुनाई दी। पुस्तक समाप्त हो गई तो स्वामीजी ने उन्हें अपने पास बैठे देखा। बोले, क्षमा कीजिएगा, मैं पढ़ रहा था। लिहाजा आपको देख न सका। लेकिन डायसन को संदेह हुआ कि स्वामीजी ने जानबूझकर उन्हें उपेक्षित किया, इसलिए विवेकानंद ने उन्हें पुस्तक की कविताएं सुनानी शुरू कर दीं। प्रोफेसर महोदय विस्मित होकर बोले- यह कैसे संभव है कि सौ पृष्ठों की पुस्तक आधे घंटे में याद हो जाए। विवेकानंद ने कहा- एकाग्रता की साधना ही योग है। एकाग्र चित्त से जब आप किसी काम में लगते हैं, आधा काम शुरू में ही हो जाता है।

ज्ञान की कीमत

अरब के दार्शनिक अबू अली त्याग तपस्या की प्रतिमूर्ति थे। एक अमीर व्यक्ति उनके पास आया। वह बोला, मैं आपके चरणों में बैठकर अध्ययन करना चाहता हूँ। अबू अली बोले, तुम्हें पढ़ाऊँगा, पर मेहनताने के रूप में सौ अशर्फी हर माह तुम्हें मुझे देनी होगी।

अमीर उन्हें त्याग और तपस्या की प्रतिमूर्ति समझता था। अशर्फियाँ माँगने पर उसे दुख हुआ, किंतु उसने अशर्फियाँ देना स्वीकार कर लिया।

शिक्षा पूरी करने के बाद अमीर घर लौटने की आज्ञा माँगने पहुँचा। अबू अली ने आलमारी से थैली निकाली और बोले, ''इसमें तुम्हारे द्वारा दी गयी अशर्फियाँ हैं। इन्हें साथ ले जाओ।''

अमीर व्यक्ति ने कहा, ''जब आपको मेहनताना नहीं लेना था तो अशर्फी देने की शर्त क्यों रखी।''

उस्ताद बोले, ''मैं यह परखना चाहता था कि तुम ज्ञान की कीमत देने की इच्छा रखते हो या नहीं। जो कीमत नहीं दे सकता उसे किसी से कुछ पाने का हक नहीं है।''

बुद्ध संतुष्ट हुए

बुद्ध भगवान प्रार्थना के लिए बैठने जा ही रहे थे तभी एक शिष्य उनके पास आकर बोला- ''गुरु जी, आप मेरी मदद कीजिए।'' पूछने पर उसने कहा- 'देखिये, मेरे कपड़े जर-जर हो गये हैं, तन भी ठीक से नहीं ढकता। दूसरी जोड़ी का और बुरा हाल है।'' उन्होंने तुरंत उस शिष्य को दो जोड़ी वस्त्र दिला दिये। शिष्य खुश हो उछलता हुआ चला गया। कोई पंद्रह दिन बाद गुरु जी जब, उस शिष्य से मिले तो पूछा- वत्स, तुमने पुराने कपड़े का क्या किया?' लड़के ने कहा कि उसने उन्हें ओढ़ने-बिछाने के काम में ले लिया है। तब गुरु जी ने पूछा कि वे वस्त्र जो तुम पहले बिछाते थे उनका क्या हुआ? उनके टुकड़े कर के पाकशाला में दे दिये जहाँ उन्हें गर्म कड़ाहों को पकड़ कर उठाने के काम लिया जा रहा है। फिर पूछने पर कि उन कड़ाहों को पकड़ने वाले कपड़ों का क्या हुआ, उत्तर मिला- गुरु जी, वे अब वहाँ की फर्श पोंछने के काम आ रहे हैं और पहले पोंछने के काम वाले कपड़ों में केवल तागे ही बचे हैं, वे आश्रम में उजाला करने वाले दीपकों में बत्ती का काम कर रहे हैं। संतुष्टि की मुस्कान बिखेरते हुए बुद्ध वहाँ से आगे बढ़ गये।

सिर का मूल्य

एक राजा अपने हाथी के साथ नगर से बाहर घूमने निकला। घूमते-घूमते उनकी नजर सामने वृक्ष के नीचे बैठे एक संत पर गई। राजा ने श्रद्धावश

उनके चरणों में अपना सिर झुकाया और कुछ देर तक उनसे ज्ञान-ध्यान की बातें करते रहे। जब राजा वहाँ से आगे बढ़े तो महामंत्री ने कहा, ''राजन! आपका इस तरह सिर झुकाना ठीक नहीं है, क्योंकि यह शीश मूल्यवान है। यह हमारे राज्य की प्रतिष्ठा का प्रतीक है, इस पर राज्य का ताज रखा है।'' सुनकर राजा खामोश हो गए।

कुछ दिनों बाद राजा ने मरे हुए कुछ पशुओं के सिर मँगवाए और सेवकों को उन्हें बेच आने के लिए कहा। महामंत्री को एक आदमी की खोपड़ी मँगाकर दी और उन्हें भी बेचकर आने का आदेश दिया। पशुओं के सिर तो साज-सज्जा के कारण बिक गए, किंतु मनुष्य की खोपड़ी कौन खरीदता? वह नहीं बिकी। निराश महामंत्री ने शाम को आकर सम्राट से कहा, राजन! मानव खोपड़ी देखकर सभी डर जाते हैं। इस पर सम्राट ने उसे बिना मूल्य ही खोपड़ी दे आने को कहा। हुक्म मानकर महामंत्री पुनः बाजार चल पड़े, किंतु मुफ्त में भी वह खोपड़ी किसी ने नहीं ली। निराश महामंत्री ने राजा को बताया कि इसे तो कोई मुफ्त में भी नहीं लेना चाहता। राजा बोले, यह नफरत सिर्फ इसी खोपड़ी से है अथवा किसी भी मनुष्य की खोपड़ी को लोग नफरत से ही देखते हैं, चाहे वह किसी की भी हो। उचित अवसर देखकर राजा ने कहा, यदि मेरा सिर बाजार ले जाओ तब तो तुम्हें अवश्य अच्छा मूल्य मिलेगा। अचानक इस आदेश पर महामंत्री चिंतित हो गया। सम्राट भाँप गए, उन्होंने मृदु स्वर में कहा, घबराओ नहीं कोई परेशानी हो तो बताओ।

महामंत्री ने कहा, क्षमा करें महाराज! आपकी खोपड़ी से भी लोग घृणा करेंगे, तो राजा ने कहा यदि ऐसा सिर जिससे देखकर कोई लेने को तैयार नहीं है तो भला उस सिर को यदि किसी के श्रीचरणों में झुकाएं तो क्या हानि है?

धर्म और परोपकार

श्रीकृष्ण से एक बार लोगों ने प्रश्न किया कि लोग युधिष्ठिर को धर्मराज क्यों कहते हैं? इस पर श्रीकृष्ण ने एक कथा सुनाई। महाभारत युद्ध चल रहा था। पांडवों ने एक बार महसूस किया कि युधिष्ठिर शाम में कहीं गायब हो जाते हैं। वे यह पता लगाने में जुट गए। कुछ दिनों बाद पता चला

कि वह रोज इस समय वेश बदलकर कहीं चले जाते हैं। एक दिन पांडवों ने इस रहस्य का पता लगाने के लिए उनका पीछा किया तो देखा कि वह युद्ध क्षेत्र में पड़े घायलों की सेवा कर रहे हैं। उनके भाइयों ने पूछा कि वह वेश बदलकर ऐसा क्यों करते हैं? इस पर युधिष्ठिर ने कहा कि इनमें से कई कौरव पक्ष के हैं। यदि मैं प्रकट रूप में होता तो वे मुझे अपना कष्ट नहीं बताते और मुझे सच्ची सेवा के अधिकार से वंचित रहना पड़ता। यह घटना सुनाने के बाद श्रीकृष्ण बोले, धर्म और परामार्थ अन्योन्याश्रित है। इसी से युधिष्ठिर धर्मराज कहलाते हैं। युधिष्ठिर के भीतर सच्ची करुणा है। युद्धरत रहकर भी यह मानव सेवा के धर्म से विचलित नहीं हुए।

उसूल

एक नगर में रहने वाले एक पंडित जी की ख्याति दूर-दूर तक थी। पास ही के गाँव में स्थित मंदिर के पुजारी का आकस्मिक निधन होने की वजह से उन्हें वहाँ का पुजारी नियुक्त किया गया था। एक बार वह अपने गंतव्य की ओर जाने के लिए बस में चढ़े। उन्होंने कंडक्टर को किराए के रुपये दिए और सीट पर जाकर बैठ गए।

कंडक्टर ने जब किराया काटकर रुपये वापस दिए तो पंडित जी ने पाया कि कंडक्टर ने उन्हें दस रुपये ज्यादा दे दिए हैं। पंडित जी ने सोचा कि थोड़ी देर बाद कंडक्टर को रुपये वापस कर दूँगा। कुछ देर बाद उनके मन में विचार आया कि वे बेवजह दस रुपये जैसी मामूली रकम को लेकर परेशान हो रहे हैं। आखिर ये बस कंपनी वाले भी तो लाखों कमाते हैं। बेहतर है इन रुपयों को भगवान की भेंट समझकर अपने पास ही रख लिया जाए। वे इनका सदुपयोग ही करेंगे। मन में चल रहे इस विचार के बीच उनका गंतव्य स्थल आ गया। बस से उतरते ही उनके कदम अचानक ठिठके। उन्होंने जेब में हाथ डाला और दस का नोट निकाल कर कंडक्टर को देते हुए कहा, 'भाई तुमने मुझे किराए के रुपये काटने के बाद भी दस रुपये ज्यादा दे दिए थे।'

कंडक्टर मुस्कराते हुए बोला, ''क्या आप ही गाँव के मंदिर के नए पुजारी हो?'' पंडित जी के हामी भरने पर कंडक्टर बोला, मेरे मन में कई दिनों से आपके प्रवचन सुनने की इच्छा है। आपको बस में देखा तो ख्याल आया कि चलो देखते हैं कि मैं ज्यादा पैसे लौटाऊँ तो आप क्या करते हैं, अब

मुझे पता चल गया कि आपके प्रवचन जैसा ही आपका आचरण है जिससे सभी को सीख लेनी चाहिए। ये बोलकर कंडक्टर ने गाड़ी आगे बढ़ा दी।

पंडित जी बस से उतरकर पसीना-पसीना थे। उन्होंने दोनों हाथ जोड़कर भगवान से कहा, "हे प्रभु! तेरा लाख लाख शुक्र है जो तूने मुझे बचा लिया। मैंने तो दस रुपये के लालच में तेरी शिक्षाओं की बोली लगा दी थी पर तूने सही समय पर मुझे थाम लिया..." सबक: अपने उसूलों पर अडिग रहें, ईश्वर किसी भी घड़ी आपकी परीक्षा ले सकता है।

विनम्रता का मतलब कमजोरी नहीं

किसी महापुरुष ने कहा है कि यदि जीवन में ऊँचाई चाहिए, तो अपने अन्दर के अहंकार को निकाल कर खुद को हल्का कीजिये, क्योंकि ऊँचा वही उठ सकता है, जो हल्का होता है। हमारे जीवन में कई ऐसे मौके आते हैं, जो हमें अहंकारी और कटु होने को प्रेरित करते हैं। लेकिन इतिहास गवाह है कि उन लोगों ने ही अपने जीवन में ऊँचाइयाँ हासिल की, जिन्होंने अपनी विनम्रता से लोगों को प्रभावित किया। कई बार हम ऐसा सोचते हैं कि विनम्रता कमजोरी की निशानी है और इससे हमारी छवि एक कमजोर व्यक्ति की बनती है। यह सोचना गलत है, क्योंकि जो लोग सफलता मिलने पर विनम्रता को त्याग देते हैं, उन्हें पतन की ओर जाने से कोई नहीं रोक सकता। एक बार अमेरिका के पूर्व राष्ट्रपति अब्राहम लिंकन किसी शहर में भाषण देने गए। लोग बड़ी संख्या में उनको सुनने के लिए आये हुए थे। भाषण के बीच एक महिला बोली, "अरे, यह जो राष्ट्रपति है न, इसका बाप एक मोची था और उसने कई बार मेरे जूते ठीक किये हैं, मेरे जूते ठीक करने वाले का बेटा अब भाषण देने आया है।"

यह सुनते ही लिंकन के सुरक्षाकर्मी उस महिला की ओर लपके, लेकिन लिंकन ने उनको इशारे से मना कर दिया। इसके बाद लिंकन ने उस महिला से कहा, "मैं आपका बेहद शुक्रगुजार हूँ कि आपने मेरा असली परिचय यहाँ इतने लोगों से करा दिया, अब यदि आपकी इजाजत हो तो क्या मैं आपसे एक सवाल पूछ सकता हूँ?" महिला ने कहा, "पूछिए"। लिंकन बोले 'जब मेरे पिता ने आपके जूते को ठीक किया, तो आपको उनका काम कैसा लगा?

मेरे पिता के काम से आपको कोई शिकायत तो नहीं हुई? ''महिला बोली ''मुझे उनके काम से कोई शिकायत या परेशानी नहीं हुई, क्योंकि मैं देखती थी कि वे अपना काम बेहद मेहनत और ईमानदारी से करते थे, और मुझे उनका काम पसंद था, इसी कारण मैं अपने सारे जूते उनको ही ठीक करने देती थी। 'जवाब सुनकर लिंकन मुस्कुराये और बोले' मैडम, जिस प्रकार मेरे मोची पिता ने अपने काम से आपको कभी भी किसी शिकायत का मौका नहीं दिया, उसी प्रकार मैं भी अपने पिता की ही तरह अपना काम बहुत मेहनत और ईमानदारी से करूँगा और आपको कभी भी कोई शिकायत का मौका नहीं दूँगा।'' लिंकन का जवाब सुनकर महिला की आँखें नम हो गयी और वहाँ आये लोग देर तक खड़े होकर ताली बजाकर लिंकन का अभिवादन करते रहे। कहने की जरूरत नहीं कि अपने आचार-विचार और विनम्रता से अब्राहम लिंकन आज भी दुनिया के सबसे लोकप्रिय राजनेता माने जाते हैं।

आत्मसंतोष सर्वोपरि

एक गरीब व्यक्ति एक महात्मा के पास गया और बोला, महाराज मेरा अधिकतर जीवन गरीबी में ही गुजर गया। अब आखिरी समय में मैं भी अमीरी का स्वाद चखना चाहता हूँ।.. कृपया मेरी मदद करें। व्यक्ति की बात सुनकर महात्मा मुस्कुरा दिए और बोले, कल तुम इसी समय मेरे पास अपना और अपनी कोई भी.... एक इच्छा बताना। मैं उसे अवश्य पूरा कर दूँगा। यह सुनकर व्यक्ति खुशी-खुशी अपनी झोपड़ी में लौट गया। रात भर वह विचार करता रहा कि मैं कल कौन-सी इच्छा पूरी करने बताऊँ? कभी सोचता महल की फरमाइश करूँ? कभी सोचता राजा बन जाऊँ? इसी उधेड़बुन में सुबह हो गई। सुबह वह महात्मा के पास पहुँचा। महात्मा उसे देख मुस्कुराए तथा बोले बताओ मैं तुम्हारी कौन-सी एक इच्छा पूरी करूँ? महात्मा की बात सुनकर वह व्यक्ति बोला महाराज रातभर मैं इसी उधेड़बुन में लगा रहा कि कौन-सी इच्छा पूरी करूँ? लेकिन मुझे लगा कि एक इच्छा अनेक इच्छाओं को जन्म दे देती है। इसलिए सबसे अच्छी और मन को संतोष देने वाली इच्छा तो आत्मसंतुष्टि है। इसलिए आप मेरी यही इच्छा पूरी कर दीजिए कि मेरे अंदर आत्मसंतोष रहे और कभी भी असंतोष की भावना मुझे गलत मार्ग

पर चलने को प्रेरित न करे। व्यक्ति की बात सुनकर महात्मा मुस्करा कर बोले- तथास्तु! इसके बाद वह व्यक्ति संतुष्ट होकर अपने घर चला गया और मेहनत मजदूरी करके... ही जीवन बिताने लगा।

अहंकार

मारवाड़ के तेरापंथ के आचार्य भीरवण अपने प्रवचनों में अक्सर कहा करते थे कि उसी साधु का समाज पर प्रभाव पड़ सकता है, जो स्वयं सदाचारी, संयमी और विनीत हो। जिसकी कथनी और करनी में अंतर होता है, वह साधु कहलाने का अधिकारी नहीं है। आचार्य जी का एक शिष्य विद्वान और कवि भी था। श्रोता उसके प्रवचन सुनकर बहुत प्रभावित होते थे। उसकी कविताओं की बहुत प्रशंसा होने लगी। प्रशंसा और प्रसिद्धि ने शिष्य के हृदय में अहंकार पैदा कर दिया। वह दावा करने लगा कि आचार्य भीरवणजी के शिष्यों में वही सबसे योग्य है और वही उनका असली उत्तराधिकारी है। आचार्य ने अनुभव किया कि कवि शिष्य अहंकार के वशीभूत होकर अन्य साधुओं की अवहेलना करने लगा है, सो उन्होंने संयम की मूर्ति युवाचार्य भारीमल को उत्तराधिकारी मनोनीत कर दिया। आचार्य जी के अहंकारी शिष्य को जब इसके बारे में पता चला तो वह द्वेष की आग में जलने लगा। उसने अपने एक विश्वस्त मुनि को आचार्य जी के पास भेजा। उस मुनि ने आचार्य जी से कहा, ''गुरुवर ! आचार्य भारमल भोले हैं। वह अपने प्रवचन से श्रोताओं को आकर्षित नहीं कर सकते जबकि कवि मुनि प्रभावी वक्ता हैं। इसलिए उन्हें ही आपका उत्तराधिकारी मनोनीत किया जाना चाहिए था। ''आचार्य जी ने मुस्कराते हुए कहा, ''थोथी विद्वत्ता या आकर्षित करने की क्षमता से ही कोई गुरु पद का अधिकारी नहीं हो सकता। अहंकार विद्वत्ता को लील लेता है, अतः साधु को विनम्र और शांत होना चाहिए।''

उपकार

दो मित्र रेगिस्तान में चल रहे थे। दोनों में विवाद हो गया। एक मित्र ने दूसरे के गाल पर थप्पड़ जड़ दिया। दूसरा मित्र बहुत आहत हुआ परंतु

बिना कुछ कहे उसने रेत पर लिख दिया- 'आज मेरे साथी ने मुझे थप्पड़ मारा।' दोनों आगे बढ़े। काफी दूर चलने पर उन्हें एक नदी मिली। उन्होंने स्नान करने का मन बनाया। अचानक दूसरा मित्र दलदल में धंस गया और डूबने लगा, परंतु पहले मित्र ने बचा लिया। दूसरे मित्र ने इस घटना को वहीं पर पड़े एक पत्थर पर लिख दिया- 'मेरे मित्र ने मेरी जान बचायी।' पहले मित्र ने जब यह देखा तो उससे रहा न गया और पूछने लगा- -"मित्र, जब मैंने तुम्हें थप्पड़ मारा तो तुमने रेत पर लिखा, किंतु जब मैंने तुम्हारी जान बचायी तो पत्थर पर लिखा, ऐसा क्यों?" दूसरे मित्र ने उत्तर दिया, "जब कोई आघात पहुँचाता है, तब हमें रेत पर लिखना चाहिए। उसे क्षमा रूपी वायु अपने आप ही मिटा देगी। परंतु जब कोई उपकार करता है तब हमें पत्थर पर खोद देना चाहिए, ताकि उसे कभी भुलाया न जा सके।

सीख

एक युवक ने शास्त्रों का मनन किया। अच्छी तरह रट लिया। उसे अहंकार हो गया। अतः एक दिन उसने अपने गुरु से कहा, ''गुरुजी, हमें कुछ और सिखाइए। ''गुरु बोले, ''वत्स, सभी तरफ सिखाया ही तो जा रहा है। प्रकृति, नदी, पहाड़... सभी कुछ सिखा रहे हैं। चिंतन करो और सीख लो।'

एक दिन वह शिव्य एक पेड़ के नीचे बैठा था, तभी एक सूखा पत्ता सामने आ गिरा। उसे देखकर वह खुशी से पागल हो गया और आश्रम आकर सभी से बोला, 'मैं सीख गया, मैं सीख गया... सभी पूछने लगे, 'क्या सीखा भाई, कहां से सीखा?' इस पर उसने कहा, 'मैंने तो बस पेड़ के पत्ते को गिरते देखा और सीख गया'

'अरे भाई! हम तो रोज सूखे पत्ते को गिरते देखते हैं, पर हम तो कुछ भी नहीं सीखते... ऐसा क्या सीख लिया तुमने !'

उसने कहा, 'भाई, सूखा पत्ता गिरा तो मेरे भीतर भी कुछ गिरा। मुझे लगा कि कल मैं भी सूखे पत्ते की तरह गिर जाऊंगा। जब सूखे पत्ते की तरह गिर जाना ही है, तो फिर इतनी अकड़ क्यों? इतना घमंड क्यों?' उसके गुरु भी यह सुन रहे थे। उन्होंने उसे गले लगा लिया।

वक्त के पाबंद

महात्मा गांधी समय के बड़े पाबंद थे। एक बार उन्हें एक सभा में भाषण देने का निमंत्रण मिला। निमंत्रण देने वाले सज्जन ने ठीक साढ़े तीन बजे गांधीजी को लेने के लिए आने का वादा किया।

अगले दिन अपनी आदत के अनुसार गांधी जी ठीक साढ़े तीन बजे तैयार हो गए, पर कोई उन्हें लेने के लिए नहीं आया। वे आश्रम से बाहर आए और आश्रम की साइकिल उठाकर तेजी से सभास्थल की ओर बढ़ चले और वहाँ पहुँचकर तय समय के अनुसार चार बजे भाषण देना शुरू कर दिया।

इधर, निमंत्रण देने वाले महाशय कार लेकर गांधीजी के आश्रम पहुँचे। उन्होंने गांधीजी को इधर-उधर देखा, परंतु उनका कोई पता नहीं चला। आखिर वे कार से ही सभा स्थल पहुँचे।

वहाँ जाकर देखते हैं कि गांधी जी भाषण दे रहे हैं। निमंत्रण देने वाले सज्जन ने भाषण समाप्त होने पर बड़ी शर्मिंदगी से माफी माँगी तो गांधीजी बोले- अरे भाई, आपको वक्त की पाबंदी का ध्यान नहीं रहा, पर मुझे था। सुनकर सज्जन गांधीजी की वक्त की पाबंदी के कायल हो गए।

परिस्थितियों का सम्मान

एक घर के पास काफी दिनों से एक बड़ी इमारत का काम चल रहा था। वहाँ रोज मजदूरों के छोटे-छोटे बच्चे एक दूसरे की शर्ट पकड़ कर रेल-रेल का खेल खेलते थे। रोज कोई बच्चा इंजन बनता और बाकी बच्चे डिब्बे बनते थे।

इंजन और डिब्बे वाले बच्चे रोज बदल जाते पर केवल चड्ड़ी पहना एक छोटा बच्चा हाथ में रखा कपड़ा घुमाते हुए रोज गार्ड बनता था।

एक दिन मैंने देखा कि उन बच्चों को खेलते हुए रोज देखने वाले एक व्यक्ति ने कौतूहल से गार्ड बनने वाले बच्चे को पास बुलाकर पूछा- "बच्चे, तुम रोज गार्ड बनते हो। तुम्हें कभी इंजिन, कभी डिब्बा बनने की इच्छा नहीं होती?" इस पर वो बच्चा बोला- "बाबूजी, मेरे पास पहनने के लिए कोई

शर्ट नहीं है तो मेरे पीछे वाले बच्चे मुझे कैसे पकड़ेंगे और मेरे पीछे कौन खड़ा रहेगा? इसीलिए मैं रोज गार्ड बनकर ही खेल में हिस्सा लेता हूँ।"

ये बोलते समय मुझे उसकी आँखों में पानी दिखाई दिया। वो बच्चा माँ-बाप से गुस्सा होकर रोते हुए बैठ सकता था। परन्तु ऐसा न करते हुए उसने परिस्थितियों का समाधान ढूँढ़ा। उस छोटे से बच्चे ने जीवन का एक बड़ा पाठ मुझे पढ़ाया कि हम जीवन की समस्याओं से निराश ना हों और शिकायत करने की बजाय उनका समाधान ढूँढ़ने की कोशिश करें।

आनंद

एक सूफी फकीर की ख्याति सुनकर एक व्यक्ति ज्ञान-प्राप्ति के लिए उसके पास पहुँचा। वहाँ उसने देखा कि एक हाथ में टोकरी उठाए संत दूसरे हाथ से पक्षियों को दाना चुगाने में व्यस्त थे। वह मजे से चुगा रहे थे, पक्षी थे।

व्यक्ति ने देखा, दाना चुगाते हुए संत बच्चों की तरह खुश हो रहे थे।। संत पक्षियों को दाना चुगाते रहे। वह व्यक्ति देखता रहा।

बहुत देर तक संत ने उसकी तरफ देखा ही नहीं। परेशान होकर वह व्यक्ति संत के निकट पहुँचा। संत ने बिना उसकी ओर देखे, टोकरी उसे थमा दी और कहा, 'अब तुम पक्षियों के साथ आनंद लो।'

आध्यात्मिक साधना का रहस्य जानने के लिए संत के पास आया व्यक्ति हैरान था। संत उसकी परेशानी समझ गए। बोले, 'स्वयं की परेशानियों को भुलाकर जीव मात्र को आनंद पहुँचाने का प्रयत्न ही जीवन के आनंद का रहस्य है, और हर सिद्धि का भी। यदि तुम स्वयं आनंद पाना चाहते हो तो दूसरों को आनंद देना सीखो। यह साध लोगे तो समझ लो साधना पूरी हो गई। आध्यात्मिक जीवन का अर्थ ही दूसरों को सुख बाँटना है। तभी परमात्मा का वैभव बरसता है।'

भीतर का कलुष

कुरुक्षेत्र के मैदान में अंतिम सांस लेने से पहले भीष्म पितामह जब कौरवों और पांडवों को उपदेश दे रहे थे तो द्रौपदी को हंसी आ गई। पितामह

ने इस हंसी का कारण पूछा तो द्रौपदी ने कहा- 'तात, आज आप अहिंसा, सत्य और प्रामाणिकता की शिक्षा दे रहे हैं। अब तक इतना रक्त बहा, इतने वीर मारे गए, और आप मौन रहे!'

तब भीष्म ने द्रौपदी की जिज्ञासा शांत करते हुए कहा था- ''दुर्योधन का अन्न खाते रहने से मेरा मन विकृत हो गया था। मुझे अपने कर्तव्य का बोध नहीं रहा था। अर्जुन तीरों से मेरे शरीर का विकृत रक्त बह गया। मन स्वस्थ हो गया। अब मैं अपने आपको उपदेश देने के लिए योग्य समझता हूँ।''

गुरुजी ने यह कथा सुनाने के बाद शिष्यों से कहा था- ''भीष्म के भीतर का कलुष अर्जुन के तीरों से नहीं, आत्मनिरीक्षण से मिटा था। यह आत्मनिरीक्षण मनुष्य का स्वभाव बन जाना चाहिए।"

सत्संग का लाभ

बहुत समय पहले की बात है। एक गुरु अपने शिष्यों के साथ घूमने जा रहे थे। वे अपने शिष्यों से बहुत स्नेह करते थे और उन्हें सदैव प्रकृति के समीप रहने की शिक्षा दिया करते थे। रास्ते में एक शिष्य पत्थर से ठोकर खाकर गिर पड़ा। गुरु ने उसे सहारा देकर उठाया। शिष्य ने क्रोध से उस पत्थर को ठोकर मारी, जिससे उसके पैर में फिर से दर्द हुआ। गुरुजी ने उसे समझाया, "तुमने ढेले को मारा, ढेले ने तो तुम्हें नहीं मारा। अगर तुम देखकर चलते तो तुम्हें चोट नहीं लगती। तुम्हें चाहिए था कि ढेला राह से हटाकर किनारे कर देते, ताकि किसी दूसरे को चोट न लगे।" इस पर शिष्य ने गुरु जी से क्षमा माँगी और उस पत्थर को राह से हटा दिया।

आगे बढ़कर एक उपवन दिखाई दिया। फूलों की महक से आकर्षित होकर गुरु जी वहाँ जाकर बैठ गए। उन्होंने गुलाब के पौधे के नीचे से एक मिट्टी का ढेला उठाया और शिष्य को सूँघने के लिए कहा, 'गुरु जी, इससे तो गुलाब के फूल की खुशबू आ रही है।'' शिष्य ने चहकते हुए कहा।

गुरु जी ने पूछा, "मिट्टी में तो कोई गंध नहीं होती। फिर फूलों की सुगंध कैसे आई?"

शिष्य ने कहा, "गुरु जी, आपने ही तो एक बार बताया था कि मिट्टी की अपनी कोई गंध नहीं होती। वह जिस वस्तु के संपर्क में आती है वैसी

ही गंध अपना लेती है। जैसे वर्षा की बूंदों का साथ पाकर वह सोंधी गंध फैलाती है, वैसे ही गुलाब की पंखुड़ियों की खुशबू इस क्यारी की मिट्टी ने अपना ली। इसी कारण यह ढेला भी महक उठा है।"

गुरु ने प्रसन्नतापूर्वक कहा, "हाँ वत्स, इसलिए मनुष्य को प्रकृति से सीखते रहकर सत्संग का लाभ उठाना चाहिए।"

धर्म का पाखंड क्यों?

एक ब्राह्मण धर्म-कर्म में निमग्न रहता था। उसने जीवनभर पूजा-पाठ किए बिना कभी भी अन्न ग्रहण नहीं किया था। जब वृद्धावस्था आई तो वह बीमार पड़ गया और अपना अंत समय निकट जानकर विचार करने लगा, "काश! प्राण निकलने से पूर्व मुझे गंगाजल की एक बूँद मिल जाती तो मेरे पापों का नाश हो जाता और मुझे मुक्ति मिल जाती।"

तभी कबीरदास घूमते-घामते उस ब्राह्मण के घर पहुँचे और उसकी कुशल-क्षेम पूछकर कुछ सेवा करने की अभिलाषा व्यक्त की। उस ब्राह्मण ने कहा, "बेटा, मैं सेवा करवाने का इच्छुक तो नहीं हूँ लेकिन तुम्हारी सेवा भावना है तो मुझे एक लोटा गंगाजल लाकर दे दो। मैं मरने से पूर्व गंगाजल का सेवन कर पापों से मुक्ति चाहता हूँ।"

कबीरदास गंगा किनारे गए और अपने ही लोटे में गंगाजल ले आए। ब्राह्मण ने जब देखा कि कबीरदास अपने लोटे में ही गंगाजल लाए हैं तो वह बोला, "तुम्हें अपने लोटे में गंगाजल लाने के लिए किसने कहा था। जुलाहे के लोटे से गंगाजल ग्रहण कर मैं पापों से कैसे मुक्त हो सकूँगा। इससे तो मेरा धर्म भी भ्रष्ट हो जाएगा।"

कबीरदास बोले, "हे ब्राह्मण देवता! जब गंगाजल में इतनी ही शक्ति नहीं है कि वह जुलाहे के लोटे को पवित्र कर सके, तब आपको उस जल से कैसे मुक्ति मिल पाएगी?"

कबीरदास का प्रश्न सुनकर वह ब्राह्मण निरुत्तर हो गया और निर्निमेष उनकी ओर ही देखने लगा।

कबीर की हाजिरजवाबी

कबीरदास बाल्यावस्था से ही विलक्षण बुद्धि थे। उनकी प्रत्येक बात तर्कपूर्ण व सत्य होती थी, इसीलिए वह गुरु रामानंदजी को प्रिय थे।

यह किस्सा तब का है जब श्राद्ध पक्ष चल रहा था और रामानंदजी को अपने पितरों का श्राद्ध करना था।

ऐसा माना जाता है कि पितरों की पसंद की चीजें श्राद्ध में बनाई जाएँ तो पितर संतुष्ट होते हैं। इसलिए रामानंदजी ने कबीरदास को कहा, 'जाओ, गाय का दूध ले आओ।"

कबीरदास दूध लेने चले। मार्ग में एक मृत गाय पड़ी थी। उन्होंने घास को उस मृत गाय के आगे रखा और दूध के लिए पात्र लेकर वहीं खड़े रहे।

श्राद्ध का समय निकला जा रहा था। जब कबीरदास दूध लेकर गुरु के पास नहीं पहुँचे, तब रामानंदजी अपने अन्य शिष्यों के साथ उन्हें ढूँढ़ने चले। मार्ग में उन्हें मृत गाय के पास कबीरदास खड़े दिखाई दिए। उन्होंने पूछा, "तुम यहाँ क्यों खड़े हो?''

कबीरदास बोले, ''गुरुदेव ! यह गाय न तो घास चर रही है और न ही दूध दे रही है।"

इतना सुनकर रामानंदजी ने कबीरदास के सिर पर हाथ रखते हुए कहा, "पुत्र! मृत गाय भी कहीं घास चरकर दूध दे सकती है?"

कबीरदास ने तुरंत प्रतिप्रश्न किया, "तब आपके वह पूर्वज जो वर्षों पूर्व मृत हो चुके हैं, दुग्धपान कैसे कर सकते हैं?'' रामानंदजी अपने शिष्य की तर्कपूर्ण बात सुनकर मौन हो गए और उन्हें हृदय से लगा लिया।

परहित काजे जो करे...

एक प्रसिद्ध संत मृत्यु के उपरांत स्वर्ग लोक पहुँचे। वहाँ द्वार पर चित्रगुप्त अपने हिसाब की बहियाँ लेकर बैठे थे। उन्होंने साधु का नाम, पता- ठिकाना पूछा। इस पर साधु गर्व सहित बोले, ''क्या आप नहीं जानते कि मैं धरती का प्रसिद्ध अमुक संत हूँ?"

"आपने जीवन में क्या किया?" चित्रगुप्त ने पूछा।

मैं जीवन के प्रारंभिक आधे भाग में तो लोगों से प्रेम करता रहा और दुनियादारी के चक्कर में डूबा रहा। जीवन के अंतिम आधे भाग में मैंने सब कुछ छोड़कर तपस्या की और पुण्य लाभ किया।''

चित्रगुप्त बोले, "भाई तुम्हारे पुण्य तो जीवन के प्रारंभिक भाग में ही हुए हैं, पिछले भाग में तो कुछ भी नहीं हैं।''

संत ने कहा, "यह तो उल्टी बात है। प्रारंभिक जीवन तो मैंने संसार से प्रेम करने में बिताया, जहां तक हो सका सबकी सहायता की, लेकिन अंतिम जीवन में एकांत में रहकर परमात्मा की आराधना की तपस्या की।"

चित्रगुप्त ने समझाते हुए कहा, भाई! धरती पर प्रेम, आत्मीयता एवं दूसरों के हित में लगे रहना ही पुण्य है, पूजा है और उसी के कारण तुम्हें स्वर्ग की प्राप्ति हुई है।"

सबसे बड़ा धर्म

एक राजा था, उसके चार बेटे थे। एक दिन राजा ने उन्हें बुलाकर कहा, "जाओ, किसी धर्मात्मा को खोज लाओ। जो सबसे बड़े धर्मात्मा को लाएगा, उसी को गद्दी पर बिठा दूँगा।" चारों लड़के चले गए। कुछ दिन बाद लड़का लौटा। वह अपने साथ एक सेठ को लाया था। उसने राजा से कहा, "यह सेठ जी खूब दान-पुण्य करते है, इन्होंने मंदिर बनवाए हैं, तालाब खुदवाए हैं, प्याऊ लगवाई हैं, नित्य साधु-संतों को भोजन करवाते हैं।" राजा ने इनका सत्कार किया और वह चले गए। इसके बाद दूसरा लड़का एक दुबले-पतले ब्राह्मण को लाया। बोला, ''इन्होंने चारों धामों और सातों पीढ़ियों की पैदल यात्रा की है। व्रत करते हैं और झूठ नहीं बोलते।'' राजा ने उन्हें भी दक्षिणा देकर विदा किया। फिर तीसरा लड़का एक और साधु को लेकर आया। आते ही साधु ने आसन लगाया और आँखें बंद करके ध्यान करने लगा। लड़के ने कहा, "यह बड़े तपस्वी हैं। रात-दिन में सिर्फ एक बार खाते हैं, और वह भी दूब, गरमी में पंचाग्नि तापते हैं। जाड़ों में शीतल जल में खड़े होते हैं।" राजा ने उनका स्वागत किया तत्पश्चात वे भी प्रस्थान कर गए।

चौथा लड़का जब लौटा तो अपने साथ मैले-कुचौले कपड़े पहने एक देहाती को लाया। बोला, "यह एक कुत्ते के घाव धो रहे थे। मैं इन्हें नहीं जानता। आप ही पूछ लीजिए कि यह धर्मात्मा हैं या नहीं।"

राजा ने पूछा, "क्या तुम धरम-करम करते हो?"

वह बोला, "मैं अनपढ़ हूँ। धरम-करम क्या होता है, नहीं जानता। कोई बीमार होता है तो सेवा कर देता हूँ। कोई माँगता है तो अन्न दे देता हूँ।" "राजा ने कहा, "यही सबसे बड़ा धर्मात्मा है। सबसे बड़ा धर्म बिना किसी इच्छा के असहायों की सेवा करना है।"

कठोरता छोड़ो, विनम्रता अपनाओ

जीवन के आखिरी क्षणों में एक साधु ने अपने शिष्यों को पास बुलाया। जब सब उनके पास आ गए, तब उन्होंने अपना पोपला मुँह पूरा खोल दिया और बोले देखो मेरे मुँह में कितने दाँत बच गए हैं? शिष्य एक स्वर में बोल उठे- महाराज आपका तो एक भी दाँत शेष नहीं बचा। साधु बोला- देखो मेरी जीभ तो बची हुई है। सबने उत्तर दिया हाँ, आपकी जीभ अवश्य बची हुई है। इस पर सबने कहा पर यह हुआ कैसे? मेरे जन्म के समय जीभ थी और आज मैं यह चोला छोड़ रहा हूँ तो भी यह जीभ बची हुई है। ये दांत पीछे पैदा हुए, ये जीभ से पहले कैसे विदा हो गए? इसका क्या कारण है, कभी सोचा है? शिष्यों ने उत्तर दिया हमें मालूम नहीं। महाराज, आप ही बतलाइए। उस समय मृदु आवाज में संत ने समझाया- यही रहस्य बताने के लिए मैंने तुम सबको इस बेला में बुलाया है। इस जीभ में माधुर्य था, मृदुता थी और खुद भी कोमल थी, इसलिए वह आज भी मेरे पास है, परंतु मेरे दांतों में शुरू से ही कठोरता थी,

इसलिए वे पीछे आकर भी पहले खत्म हो गए। इसलिए दीर्घजीवी होना चाहते हो, तो कठोरता छोड़ो और विनम्रता अपनाओ। एक शिष्य ने गुरु से इसका कोई दूसरा उदाहरण बताने को कहा। संत ने कहा- क्या तुमने बेंत या बांस नहीं देखा है। आंधी भी उसका कुछ नहीं बिगाड़ सकती, जबकि तनकर खड़े रहने वाले पेड़ धराशायी हो जाते है। उनकी बात सुनकर शिष्यों को समझ में आ गया कि विनम्रता से सभी काम बन जाते हैं। गुरु ने सुनाया- नमे सुनाया-नमे सो आम्बा-आमली, नमे से दाड़म दाख। एरंड बेचारा क्या नमे, जिसकी ओछी शाख? इसी तरह गुरुनानक देव ने भी कहा है कि जो व्यक्ति छोटा बनकर रहता है, यानी विनम्रता का व्यवहार करता है, उसका

कभी कोई कुछ नहीं बिगाड़ सकता, लेकिन जो बड़ा बनने की कोशिश करता है वह कभी-कभी टूट ही जाता है। गुरुनानकदेव जी ने कहा था- नानक नन्हे बने रहो जैसी नन्ही दूब, बड़े पेड़ बह जाएंगे, दूब खूब की खूब।

दूसरा दीपक

एक बार की बात है, मगध साम्राज्य के सेनापति किसी व्यक्तिगत काम से चाणक्य से मिलने पाटलिपुत्र पहुँचे।

शाम ढल चुकी थी, चाणक्य गंगा तट पर अपनी कुटिया में, दीपक के प्रकाश में कुछ लिख रहे थे।

कुछ देर बाद जब सेनापति भीतर दाखिल हुए, उनके प्रवेश करते ही चाणक्य ने सेवक को आवाज लगायी और कहा, कृपया इस दीपक को ले जाइए और दूसरा दीपक जला कर रख दीजिये।"

सेवक ने आज्ञा का पालन करते हुए ठीक वैसा ही किया।

जब चर्चा समाप्त हो गयी तब सेनापति ने उत्सुकतावश प्रश्न किया- "हे महाराज! मेरी एक बात समझ नही आई! मेरे आगमन पर आपने एक दीपक बुझवाकर रखवा दिया और ठीक वैसा ही दूसरा दीपक जला कर रखने को कह दिया।। जब दोनों में कोई अंतर न था तो ऐसा करने का क्या औचित्य है?"

इस पर चाणक्य ने मुस्कुराते हुए सेनापति से कहा- "भाई पहले जब आप आये तब मैं राज्य का काम कर रहा था, उसमे राजकोष का खरीदा गया तेल था, पर जब मैंने आपसे बात की तो अपना दीपक जलाया क्योंकि आपके साथ हुई बातचीत व्यक्तिगत थी मुझे राज्य के धन को व्यक्तिगत कार्य में खर्च करने का कोई अधिकार नही, इसीलिए मैंने ऐसा किया।" उन्होंने कहना जारी रखा- "स्वदेश से प्रेम का अर्थ है अपने देश की वस्तु को अपनी वस्तु समझकर उसकी रक्षा करना.. ऐसा कोई काम मत करो जिससे देश की महानता को आघात पहुँचे, प्रत्येक देश की अपनी संस्कृति और आदर्श होते हैं। उन आदर्शों के अनुरूप काम करने से ही देश के स्वाभिमान की रक्षा होती है। सबक: अपने देश के संसाधनों का निजी प्रयोजनों से प्रयोग न करना भी देशप्रेम का ही अंग है।

पेन्सिल

एक बालक अपनी दादी माँ को एक पत्र लिखते हुए देख रहा था। अचानक उसने अपनी दादी माँ से पूछा, "दादी माँ!" आप मेरी शरारतों के बारे में लिख रही हैं? आप मेरे बारे में लिख रही हैं, ना "यह सुनकर उसकी दादी माँ रुकीं और बोलीं" बेटा मैं लिख तो तुम्हारे बारे में ही रही हूँ लेकिन जो शब्द मैं यहाँ लिख रही हूँ उनसे भी अधिक महत्व इस पेन्सिल का है जिसे मैं इस्तेमाल कर रही हूँ। मुझे पूरी आशा है कि जब तुम बड़े हो जाओगे तो ठीक इसी पेन्सिल की तरह होगे।''

यह सुनकर वह बालक थोड़ा चौंका और पेन्सिल की ओर ध्यान से देखने लगा, किन्तु उसे कोई विशेष बात नजर नहीं आयी। वह बोला, किन्तु मुझे तो यह पेन्सिल बाकी सभी पेन्सिलों की तरह ही दिखाई दे रही है। "इस पर दादी माँ ने उत्तर दिया, बेटा! यह इस पर निर्भर करता है कि तुम चीजों को किस नजर से देखते हो। इसमें पाँच ऐसे गुण हैं, जिन्हें यदि तुम अपना लो तो तुम सदा इस संसार में शांतिपूर्वक रह सकते हो।"

"पहला गुण: तुम्हारे भीतर महान से महान उपलब्धियाँ प्राप्त करने की योग्यता है, किन्तु तुम्हें यह कभी भूलना नहीं चाहिए कि तुम्हें एक ऐसे हाथ की आवश्यकता है जो निरन्तर तुम्हारा मार्गदर्शन करे। हमारे लिए वह हाथ ईश्वर का हाथ है जो सदैव हमारा मार्गदर्शन करता रहता है।"

"दूसरा गुण: बेटा! लिखते लिखते लिखते बीच में मुझे रुकना पड़ता है और फिर कटर से पेन्सिल की नोक बनानी पड़ती है। इससे पेन्सिल को थोड़ा कष्ट तो होता है, किन्तु बाद में यह काफी तेज हो जाती है और अच्छी चलती है। इसलिए बेटा! तुम्हें भी अपने दुखों, अपमान और हार को बर्दाश्त करना आना चाहिए, धैर्य से सहन करना आना चाहिए। क्योंकि ऐसा करने से तुम एक बेहतर मनुष्य बन जाओगे।"

तीसरा गुण: बेटा! पेन्सिल हमेशा गलतियों को सुधारने के लिए रबर का प्रयोग करने की इजाजत देती है। इसका यह अर्थ है कि यदि हमसे कोई गलती हो गयी तो उसे सुधारना कोई गलत बात नहीं है। बल्कि ऐसा करने से हमें न्यायपूर्वक अपने लक्ष्यों की ओर निर्बाध रूप से बढ़ने में मदद मिलती है।''

"चौथा गुण: बेटा! एक पेन्सिल की कार्य प्रणाली में मुख्य भूमिका इसकी बाहरी लकड़ी की नहीं अपितु इसके भीतर के ''ग्रेफाइट्स की होती है। ग्रेफाईट या लेड की गुणवत्ता जितनी अच्छी होगी, लेख उतना ही सुन्दर होगा। इसलिए बेटा! तुम्हारे भीतर क्या हो रहा है, कैसे विचार चल रहे हैं, इसके प्रति सदा सजग रहो।''

"अंतिम गुण: बेटा! पेन्सिल सदा अपना निशान छोड़ देती है। ठीक इसी प्रकार तुम कुछ भी करते हो तो तुम भी अपना निशान छोड़ देते हो।"

अत: सदा ऐसे कर्म करो जिन पर तुम्हें लज्जित न होना पड़े अपितु तुम्हारा और तुम्हारे परिवार का सिर गर्व से उठा रहे। अत: अपने प्रत्येक कर्म के प्रति सजग रहो।

सबक: छोटी-से-छोटी चीज भी गूढ़ ज्ञान दे सकती है।

छोटी सी बात

'वाशिंगटन में एक बड़ी इमारत थी जिसकी तीसवीं मंजिल पर हार्नवे नामक एक कंपनी का ऑफिस था उसमें अनेक कर्मचारी काम करते थे। एक दिन इमारत की लिफ्ट-खराब हो गई। उसे ठीक करने में काफी समय लगना था। हालांकि तीसवीं मंजिल पर सीढ़ियों से चढ़ना आसान नहीं था। बावजूद इसके हार्नवे के कर्मचारियों ने सीढ़ियों से दफ्तर पहुँचने का फैसला किया।

कर्मचारियों को यह सोच-सोच कर ही पसीना चढ़ा आ रहा था कि इतनी सीढ़ियाँ आखिर वे कैसे चढ़ेंगे? तभी एक कर्मचारी बोला, अगर हम सोचते- सोचते सीढ़ियाँ चढ़ेंगे तो थक जाएंगे। क्यों न हम मनोरंजक चुटकुले सुनाते और आपस में बातें करते हुए आगे बढ़ें। इस पर सब सहमत हो गए। सभी एक बढ़कर एक चुटकुले सुनाते हुए सीढ़ियां चढ़ने लगे।

इन कर्मचारियों के बीच में कंपनी का चपरासी भी था। वह भी कुछ बोलना चाहता था, लेकिन जैसे ही वह बोलने के लिए अपना मुंह खोलता, सब उसे चुप करा देते और कहते, तुम बाद में बोलना। सत्ताइसवीं मंजिल की सीढ़ियाँ चढ़ते चढ़ते सभी कर्मचारियों के चुटकुलों का स्टॉक खत्म हो चुका था। ऐसे में, उनमें से एक सीनियर कर्मचारी ने चपरासी से कहा, चल भाई, अब तू भी सुना ही दे। बड़ी देर से तू कुछ सुनाना चाह रहा था।

चपरासी बड़ी सहजता से बोला, साहब मैं, तो बस ये कहना चाहता था कि आप दफ्तर की चाबी लाना भूल गए हैं। यह सुनकर सभी कर्मचारियों ने अपना सिर पकड़ लिया। यह देखकर एक कर्मचारी ने कहा, कभी किसी को कमतर नहीं आंकना चाहिए। हम सभी इसकी उपेक्षा कर रहे थे, पर यह तो एक जरूरी बात बताना चाह रहा था। इसके बाद सभी ने तय किया कि वे कभी किसी को छोटा नहीं समझेंगे।

क्या तुम मनुष्य हो

एक साम्राज्ञी ने अपनी मृत्यु के बाद कब्र के पत्थर पर निम्न पंक्तियां लिखने का आदेश दिया था: "इस कब्र में अपार धनराशि गड़ी हुई है। जो व्यक्ति अत्यधिक निर्धन और अशक्त हो, वह इसे खोद कर प्राप्त कर सकता है।"

उस कब्र के पास से हजारों दरिद्र और भिखमंगे निकले, लेकिन उनमें से कोई भी इतना दरिद्र नहीं था कि धन के लिए किसी की कब्र खोदे। एक अत्यंत बूढ़ा और दरिद्र भिखमंगा तो उस कब्र पास ही वर्षों से रह रहा था और उधर से निकलने वाले प्रत्येक दरिद्र व्यक्ति को उस पत्थर की ओर इशारा कर देता था।

फिर अंततः वह व्यक्ति भी आ पहुँचा जिसकी दरिद्रता इतनी थी कि वह उस कब्र को खोदे बिना नहीं रह सका। वह व्यक्ति कौन था? वह एक सम्राट था और उसने उस देश को अभी-अभी जीता था। वहाँ आते ही उसने कब्र को खोदने का कार्य शुरू कर दिया। उसने थोड़ा भी समय खोना ठीक नहीं समझा। पर उस कब्र में उसे क्या मिला? अपार धनराशि की जगह मिला मात्र एक पत्थर, जिस पर खुदा हुआ था: 'मित्र, क्या तुम मनुष्य हो?'

निश्चय ही जो मनुष्य है, वह मृतक को सताने के लिए कैसे तैयार हो सकता है! लेकिन जो धन के लिए जीवित को भी मृत बनाने को सहर्ष तैयार हो, उसे इससे क्या फर्क पड़ता है! निराश और अपमानित हो उस कब्र से लौटते समय उस सम्राट ने वहाँ रहने वाले बूढ़े "मैं कितने वर्षों से प्रतीक्षा करता भिखमंगे को जोर से हंसते हुए देखा। वह भिखमंगा कह रहा था, अंततः आज पृथ्वी पर जो दरिद्रतम निर्धन और सर्वाधिक अशक्त व्यक्ति है, उसके भी दर्शन हो गए।"

प्रेम जिस हृदय में नहीं है, वही दरिद्र है, वही दीन है, वही अशक्त है। प्रेम शक्ति है, प्रेम संपदा है, प्रेम प्रभुता है। प्रेम के अतिरिक्त जो किसी और संपदा को खोजता है, एक दिन उसकी ही संपदा उससे पूछती है: "क्या तुम मनुष्य हो?"

संत गाडगे महाराज

यह घटना सन् 1907 के आस-पास की है। अमरावती के पास ऋषमोचन नामक गाँव में एक बहुत बड़ा मेला लगा हुआ था। मेले में हजारों लोग आए हुए थे। इस वजह से वहाँ सफाई का नामोनिशान न-था। सभी लोग यह सोच रहे थे कि मेले में इतने लोग हैं और सफाई कोई अकेले उन्हीं की जिम्मेदारी नहीं है।

वे भोजन की जूठी पत्तलों, दोनों ओर मिट्टी के बर्तनों को जहां-तहां फेंके जा रहे थे। गंदगी बढ़ती जा रही थी और किसी का इस ओर ध्यान नहीं था। वहाँ एक युवा संत गाडगे महाराज भी उपस्थित थे। वह चारों ओर गंदगी देखकर अकेले ही झाड़ू लेकर सार्वजनिक स्थल पर सफाई करने में जुट गए। यह देखकर दर्शनार्थियों के मन में कौतूहल के साथ-साथ उनके प्रति आदर का भाव जागृत हुआ और वहाँ भीड़ लग गई। भीड़ को एकत्रित देखकर गाडगे महाराज बोले, आप मुझे इस तरह हैरत से क्यों देख रहे हैं? मैं कोई अजूबा नहीं हूँ, न ही मैं कोई अनोखा काम कर रहा हूँ। फर्क इतना है कि जिस सफाई को आप केवल अपने घरों तक सीमित रखना चाहते हैं, उसी सफाई को मैं पूरे देश में फैलाना चाहता हूँ। गंदगी के कारण ही महामारी और असंख्य बीमारियाँ पनपती हैं। इसमें हम सभी का हाथ होता है और बीमारी की चपेट में आने वाले भी हम ही होते हैं। लेकिन हम जागते तभी हैं जब इसकी चपेट में आते हैं। मुझमें और आप में इतना अंतर जरूर है कि मैं पहले ही जागरूक हो गया हूँ और यहाँ सफाई कर रहा हूँ। गाडगे महाराज की बातें सुनकर वहाँ मौजूद दर्शनार्थियों की नजरें झुक गईं। इसके बाद सभी श्रद्धालु झाड़ू लिए सफाई में जुट गए।

सर्वश्रेष्ठ शासक का पुरस्कार

एक बार सम्राट अशोक ने सर्वश्रेष्ठ शासक का पुरस्कार देने का निर्णय किया। सभी शासक नियत समय पर राज दरबार में आ पहुँचे। अशोक ने उन्हें अपनी उपलब्धियों के बारे में बताने को कहा। एक राज्य के शासक ने कहा कि उसके शासनकाल में राज्य की आय दोगुनी हो गई है। दूसरे शासक ने बताया कि उसके शासनकाल में स्वर्ण मुद्राओं के भंडार स्थापित हो गए हैं। किसी ने कहा कि उसने आधुनिक शास्त्रों के निर्माण की व्यवस्था की है। सबने तरह-तरह से अपनी सफलताएं गिनाईं। अंत में एक शासक ने सकुचाते हुए कहा, न तो मेरे राजकोष में स्वर्ण मुद्राओं के भंडार लगे हैं, न आय दोगुनी हुई है और न ही आधुनिक शस्त्र एकत्र हुए हैं।

मेरे शासनकाल में तो राजकोष और कम हो गया। है क्योंकि पिछले दिनों मैंने प्रजा को अधिक से अधिक सुविधा देने के आदेश दिए हैं। मैंने राजकोष का धन पाठशालाएं और अस्पताल खुलवाने में लगा दिया है। मेरे राज्य में वृक्ष लगाने पर भी काफी खर्च किया गया है। युवाओं को रोजगार दिलाने का प्रयास हुआ हैं। इससे प्रजा प्रसन्न है। इसके अलावा मेरी कोई उपलब्धि नहीं है। अशोक ने उसे विजेता घोषित करते हुए कहा, वास्तव में तुम ही सच्चे व सर्वश्रेष्ठ शासक हो। एक शासक का प्रमुख कर्त्तव्य अपनी प्रजा को सुखी बनाना और उसकी जीविका के साधन उपलब्ध कराना है। दूसरे शासकों ने वह सब हासिल करने की कोशिश की जिससे राज्य सत्ता ताकतवर बने। राज्यतंत्र शक्तिशाली हो और प्रजा कमजोर, यह मुझे स्वीकार नहीं है। तुमने मेरा आदर्श आत्मसात किया है, इसका मुझे संतोष है। दूसरे शासकों को भी इस पर ध्यान देना चाहिए। यह सुनकर अन्य शासकों के सिर शर्म से झुक गए।

नीयत खराब है

राजा जंगल में भटक गया। प्यास से व्याकुल हो गया। आखिर एक गन्ने के खेत में पहुँचा। खेत में बुढ़िया बैठी थी। राजा ने कहा- 'बुढ़िया माँ! प्यास लगी है, रस पिलाओगी।'

उसने कहा- 'हाँ बेटा! पिलाऊंगी।' एक गन्ना हाथ में लिया, रस निकाला प्याला भर गया और उसको दे दिया। पीया, बड़ा मीठा लगा। राजा ने सोचा- 'इतना बढ़िया रस है, इतना मीठा है और इस पर कर नहीं है, अवश्य कर लगाना चाहिए। भीतर में परिवर्तन शुरू हुआ, कहा- 'बुढ़िया माँ! एक प्याला और पिलाओगी। "पूरा गन्ना पीला किंतु इस बार प्याला आधा ही भरा। राजा ने कहा- "यह क्या हुआ पहली बार तो प्याला भर गया था, इस बार आधा ही हुआ।" बुढ़िया बोली- ''लगता है मेरे देश के राजा की नीति खराब हो गई है।''

आप निष्कर्ष निकालें-इधर गन्ने का रस और उधर राजा की नीति-दोनों का संबंध है। आदमी बदला, आदमी के भीतर का भाव बदला तो गन्ने का रस भी बदल गया। जब बाहर का परिवर्तन होता है तब मान लें-भीतर में भी परिवर्तन हो रहा है। भीतर में परिवर्तन हो रहा है तो समझ लें-प्रकृति में भी परिवर्तन हो रहा।

भिखारी की सीख

एक व्यक्ति भीख माँगकर अपना गुजारा करता था। उसका वृद्ध शरीर इतना जर्जर हो चुका था कि उसकी एक-एक हड्डी गिनी जा सकती थी। उसकी आँखों की ज्योति लगभग जा चुकी थी और शरीर में कुष्ठ हो गया था। एक युवक रोज उस भिखारी को देखता। उसे देखकर युवक के मन में घृणा और दया के भाव एक साथ उमड़ते थे। वह सोचता, कि इसके जीने का क्या फायदा? जीवन से इसे इतना लगाव क्यों है? ईश्वर इसे मुक्ति क्यों नहीं दे देते?

एक दिन जब उससे नहीं रहा गया, तो वह भिखारी के पास जाकर बोला कि बाबा तुम्हारी इतनी बुरी हालत है, फिर भी तुम जीना चाहते हो और भीख माँगते हो। तुम ईश्वर से यह प्रार्थना क्यों नहीं करते कि वह तुम्हें इस नारकीय जीवन से मुक्त कर दे। इस पर भिखारी कुछ देर तक मौन रहा फिर बोला कि बेटा, जो तुम कह रहे हो वही बात मेरे मन में भी उठती है। मैं ईश्वर से बार-बार यही प्रार्थना करता हूँ। पर वह मेरी सुनता ही नहीं। शायद वह चाहता है कि मैं इसी धरती पर बना रहूँ ताकि दुनिया वाले मुझे देखें और समझें कि एक दिन मैं उन्हीं की तरह था, लेकिन कभी वह दिन भी आ सकता है जब किसी कारणवश वे भी मेरी ही तरह हो जाएं। इसलिए किसी को भी अपने ऊपर किसी भी तरह का अभिमान नहीं करना चाहिए। इंसान की जिंदगी में सब दिन हमेशा एक से नहीं रहते। युवक भिखारी के शब्दों में छिपी बातों का मर्म समझ गया। उसे लगा कि भिखारी ने उसकी आँखें खोल दी हैं। इसके बाद जीवन भर उसने फिर किसी के जीवन को हेय समझने की गलती नहीं की।

सजगता

संत भीखण के जीवन की घटना है। वे एक रात्रि प्रवचन दे रहे थे। आसोजी नाम का एक श्रावक सामने बैठा नींद ले रहा था। भीखण ने उससे पूछा- 'आसोजी! नींद लेते हो?" आसोजी ने आँखें खोलीं और कहा- "नहीं महाराज!"

थोड़ी देर बाद नींद फिर वापस लौट आई। भीखणजी ने फिर पूछा- "आसोजी, सोते हो?" फिर मिला वही उत्तर- ''नहीं महाराज''। नींद में डूबा आदमी सच कब बोलता है ! और बोलना भी चाहे तो बोल कैसे सकता है? नींद फिर से आ गई।

इस बार भीखण ने जो पूछा वह अद्भुत था। उसमें बहुत गहरा अर्थ है। प्रत्येक को स्वयं से पूछने योग्य वह प्रश्न है। वह अकेला प्रश्न ही बस सारे तत्व-चिंतन का केंद्र और मूल है। भीखणजी ने जोर से पूछा- "आसोजी! जीते हो?"

आसोजी तो सो रहे थे। निद्रा में सुनाई दिया होगा कि वही पुराना प्रश्न है। नींद में "जीते हो", "सोते हो" जैसा ही सुनाई दिया होगा! आँखें मिचमिचाई और बोले- "नहीं महाराज!"

भूल से सही उत्तर निकल गया। निद्रा में जो है, वह मृत के ही अतुल्य है। प्रमादपूर्ण जीवन और मृत्यु में अंतर ही क्या हो सकता है? जाग्रत ही जीवित है। जब तक हम विवेक और प्रज्ञा में जागते नहीं हैं, तब तक हम जीवित भी नहीं हैं।

जो जीवन को पाना चाहता है उसे अपनी निद्रा और मूर्च्छा छोड़नी होगी। साधारणतः हम सोये ही हुए हैं। हमारे भाव, विचार और कर्म सभी मूर्छित हैं। हम उन्हें इस प्रकार किए जा रहे हैं। जैसे कि कोई और हमसे करा रहा हो। जैसे कि हम किसी गहरे सम्मोहन में उन्हें कर रहे हों। जागने का अर्थ है कि मन और काया से कुछ भी मूर्छित न हो, जो भी हो वह पूरी जागरूकता और सजगता में हो। ऐसा होने पर अशुभ असंभव हो जाता है और शुभ सहज ही फलित होता है।

ज्ञान प्राप्ति का अर्थ

गौतम बुद्ध आम लोगों का विवेक जगाने के लिए उनका निमंत्रण निसंकोच स्वीकार कर लेते थे। एक बार एक किसान ने उन्हें अपने गाँव आने का निमंत्रण दिया। बुद्ध ने हामी भर दी। वह ठीक समय किसान के गाँव पहुँचे। वहाँ लोगों को मालूम था कि गौतम बुद्ध आने वाले हैं, इसलिए उन्होंने उनके प्रवचन का आयोजन कर रखा था। बुद्ध प्रवचन देने लगे, लेकिन तभी किसान का बैल बीमार हो गया।

उसे बैल की सेवा में लगना पड़ा। वह उसके लिए जड़ी-बूटी की व्यवस्था करने लगा। साथ ही उसे बुद्ध के प्रवचन में न पहुँचने की चिंता भी थी। उलझन के बावजूद वह अपने बैल की देखभाल में लगा रहा। इसका अच्छा असर हुआ और बैल के प्राण बच गए। बैल के इलाज के बाद वह प्रवचन सभा में पहुँचा। तब तक प्रवचन समाप्त हो चुका था। किसान को अंत में पहुँचता देख लोग बुद्ध से किसान की शिकायत करते हुए बोले, देखिए, यह कितना स्वार्थी है कि आपके प्रवचन का आयोजन कर स्वयं ही गायब रहा।

इस पर किसान ने हाथ जोड़ते हुए अपनी विपदा बुद्ध को कह सुनाई। सारी बात सुनने के बाद बुद्ध बोले, इसने प्रवचन सुनने की जगह अपने दायित्व को महत्व देकर यह सिद्ध कर दिया कि वह मेरे विचार के मूल तत्व को समझता है। यदि बैल मर जाता तो किसान का प्रवचन सुनना बेकार हो जाता। तब मेरे प्रवचन का भी कोई मूल्य नहीं रह जाता। ज्ञान प्राप्ति का अर्थ जीवन के "दायित्वों से भागना नहीं है, बल्कि उसे ढंग से समझना और निभाना है। हर समय व्यक्ति को अपनी विवेक बुद्धि से ही कार्य करना चाहिए। सभी लोग उनके प्रवचन का सही अर्थ समझ गए।

राष्ट्रगान का सम्मान

जापान में एक चोर एक अमीर के घर चोरी करने घुसा। सेठ सोया हुआ था। यह देखकर चोर ने सारा कीमती सामान एक बैग में भरा। तभी सेठ की नींद टूट गई। वह डरते-डरते दूसरे कमरे की ओर बढ़ा। वहाँ चोर को कीमती सामान बैग में भरते देखकर सेठ की सिट्टी-पिट्टी गुम हो गई। उसे समझ नहीं आ रहा था कि चोर को काबू कैसे करे। फोन भी उसी कमरे में था, जहाँ चोर सामान बटोर रहा था। तभी उसकी नजर पलंग के पास रखे ग्रामोफोन पर जा पहुँची। उसके दिमाग तेजी से काम किया और उसने ग्रामोफोन पर जापान के राष्ट्रगान का रिकॉर्ड लगा दिया।

चोर ने जब अपने देश के राष्ट्रगान की धुन सुनी तो वह फौरन सावधान की मुद्रा में खड़ा गया। चोर को उस मुद्रा में देख कर सेठ ने चोर के हाथ-पांव बांध दिए और पुलिस को फोन कर दिया। पुलिस ने आकर चोर को गिरफ्तार कर लिया। गवाही के लिए अमीर को अदालत बुलाया। सेठ ने बताया कि किस प्रकार उसने राष्ट्रगान की धुन बजाकर चोर को पकड़ा था। अदालत के साथ-साथ वहाँ उपस्थित लोग भी चोर का राष्ट्रप्रेम सुनकर दंग रह गए। चोर ने चोरी की अपनी मजबूरी बताई तो अदालत ने उसे बाइज्जत बरी कर दिया, लेकिन अमीर को दो साल की सजा सुना दी। अमीर हैरानी से बोला कि पर मैंने क्या अपराध किया है? जज ने कहा कि तुमने राष्ट्रगान का अपमान किया है। राष्ट्रगान के समय तुम सावधान की मुद्रा में खड़े न होकर चोर को बांध रहे थे। यह सुनकर सेठ ने अदालत से माफी माँगी।

जीवन की कीमत

एक दिन एक व्यक्ति एरिजोना इलाके से गुजर रहा था। उसी समय अचानक तेज आंधी और वर्षा होने लगी। व्यक्ति की कार में गैस खत्म हो गई। वह एक गैस स्टेशन पर अपनी गैस भरवाने के लिए रुका। भारी बारिश के बीच वह गाड़ी में बैठा रहा और वहीं से गैस भरने वाले व्यक्ति को निर्देश देता रहा। जब उसकी गाड़ी में गैस भर गई तो वह गैस भरने वाले कर्मचारी से बोला, मुझे माफ करना। मैंने तुम्हें इतनी बारिश में कष्ट दिया। बमुश्किल तुम मेरी गाड़ी में गैस भर पाए हो। यह सुनकर गैस भरने वाला कर्मचारी मुस्करा कर बोला, कोई बात नहीं सर। आपको माफी माँगने की कोई जरूरत नहीं है। मैंने आपकी गाड़ी में खुशी-खुशी गैस भरी है। मुझे इस काम में कोई भी तकलीफ नहीं हुई। गैस भरने वाले कर्मचारी की बात सुनकर गाड़ी का मालिक गैस भरने वाले से ही बोला, अरे भारी तूफान और बारिश है और तुम कहते हो कि गैस भरते हुए जरा भी परेशानी नहीं हुई। गैस कर्मचारी मुस्करा कर बोला, जी सर, सचमुच कोई परेशानी नहीं हुई है। दरअसल मैंने हर हाल में खुश रहना सीख लिया है। अब गाड़ी का मालिक और हैरान हुआ। वह बोला, तुम हर समय खुश रहते हो। क्या कोई व्यक्ति हर हाल में खुश रह सकता है? कर्मचारी बोला, बिल्कुल! यदि कोई व्यक्ति मौत को अपने करीब से देख ले तो वह हर हाल में खुश रह सकता है। वियतनाम युद्ध के दौरान शत्रुओं की घेराबंदी में जब पल-पल मौत मेरी ओर बढ़ रही थी, मैंने उसी समय निश्चय कर लिया था कि यदि मैं जीवित बच गया तो अपने जीवन के हर पल को जिंदादिली और खुशी से जिऊंगा। मैं जीवित बच गया और इसके बाद मैंने जीवन के हर पल को नेकी, ईमानदारी और जिंदादिली से जीना शुरू कर दिया। मुझे जीवन का महत्व पता है। गैस कर्मचारी की बात सुनकर गाड़ी का मालिक भावुक हो गया। वह गाड़ी से बाहर निकला और तेज बारिश में उस कर्मचारी को गले लगाकर बोला, आज तुमने मुझे जीवन को अच्छी तरह से जीने की एक बहुत बड़ी सीख दी है। इसके बाद वह गैस कर्मचारी को सलाम ठोंक कर आगे बढ़ गया।

उपदेश तथा आचरण में अन्तर

कम्बोज के सम्राट् तिंग-भिंग की राजसभा में एक दिन एक बौद्ध भिक्षु आया और कहने लगा, "महाराज! मैं त्रिपिटिकाचार्य हूँ। पन्द्रह वर्षों तक सारे बौद्ध जगत् का तीर्थाटन करके मैंने सद्धर्म के गूढ़ तत्त्वों का रहस्योद्‌घाटन किया है। मैं आपके राज्य का पट्टपुरोहित बनने की कामना से आया हूँ। मेरी इच्छा है कि कम्बोज का शासन भगवान् के आदेशानुसार संचालित हो।"

यह सुन सम्राट मुस्कराये और बोले, "आपकी सदिच्छा मंगलमयी है, किन्तु आपसे एक प्रार्थना है कि आप धर्मग्रंथों की एक और आवृत्ति कर डालें।" भिक्षु को क्रोध आया, किन्तु साक्षात् सम्राट जानकर वह अपने क्रोध को व्यक्त न कर सका। उसने सोचा, "क्यों न एक आवृत्ति और कर लूँ। सम्राट को रुष्ट कर राजपुरोहित के प्रतिष्ठित पद को क्यों हाथ से जाने दूँ।"

दूसरे वर्ष वह सम्राट् के सम्मुख उपस्थित हुआ तो सम्राट ने फिर कहा "भगवन, एकान्त जीवन के साथ एक बार और धर्मग्रन्थों का परायण करें, तो श्रेयस्कर होगा।"

भिक्षु के क्रोध की सीमा न रही, किन्तु सामने सम्राट होने के कारण कुछ न कर सकता था। अपमान के दंश से पीड़ित एकान्तवास के लिए वह नदीतट पर गया। कोलाहल से दूर नदीतट पर प्रार्थना करने में उसे बड़ा ही आनंद प्राप्त हुआ। अब तो उसने अपना आसन वहीं जमाया और एकाग्रचित्त से भगवान की प्रार्थना में लीन रहने लगा।

साल भर बाद सम्राट तिंग-भिंग अपनी समस्त प्रजा के साथ नदीतट पर उपस्थित हुए। उन्होंने भिक्षुक को तन-मन की सुध भूले आनंदातिरेक में भगवान् की प्रार्थना में लीन पाया। उन्होंने प्रार्थना की, "भगवन, चलिये, धर्माचार्य के आसन को सुशोभित कीजिये।"

भिक्षु की धर्माचार्य बनने की महत्त्वाकांक्षा भस्मसात् हो चुकी थी, पांडित्य के अहंकार का स्थान आत्मज्ञान के आनंद ने ले लिया था। उसके अधरों पर मंद मुसकान बिखर गयी। वह बोला, "राजन्! सद्धर्म उपदेश की नहीं आचरण की वस्तु है। उपदेश में अहंकार है और आचरण में आनंद।

मैंने यहाँ आकर आचरण में ही आनंद पाया। भगवान् के आदेश बड़े स्पष्ट हैं। वहाँ आचार्य की जरूरत नहीं। भगवान् ने एक ही वाक्य में सब कह दिया है। 'अप्प दीपो भव' अर्थात् 'अपने स्वयं के दीपक बनो।' मुझे राज-पुरोहित का पद नहीं चाहिए।'

पक्षपात ना कीजिए

रामशास्त्री प्रभुणे का पेशवा बड़ा आदर करते थे और राजकाज में उनकी बराबर सलाह ली जाती थी। दानाध्यक्ष का भार भी उन्हें ही सौंपा गया था।

एक बार वे भिक्षुकों को दक्षिणा बाँट रहे थे कि आगन्तुकों में उन्हें अपने सगे भाई दिखाई दिये। जब उनकी बारी आयी, तो समीप बैठे नाना फड़नवीस ने कहा, "मैं समझता हूँ, आपको अपने बन्धु को बीस रुपये दक्षिणा देनी चाहिए।"

'मेरे भाई कोई विशेष विद्वान नहीं, साधारण ही हैं। इसलिए दूसरे ब्राह्मणों की तरह इन्हें भी दो रुपये देना ही ठीक होगा। रामशास्त्री के पास भाई-भतीजे के लिए किसी प्रकार के पक्षपात की कतई गुंजाइश नहीं है।" रामशास्त्री ने स्पष्ट जवाब दिया।

नाना फड़नवीस चुप हो गये, क्योंकि वे रामशास्त्री के करारी और दृढ़निश्चयी स्वभाव से भलीभाँति परिचित थे। रामशास्त्री ने भाई को दो रुपये दिये और वे भी उसे लेकर चुपचाप चलते बने।

व्यवहार

दक्षिण अफ्रीका का राष्ट्रपति बनने के बाद एक बार नेल्सन मंडेला अपने सुरक्षा कर्मियों के साथ एक रेस्तरां में खाना खाने गए। सबने अपनी-अपनी पसंद का खाना आर्डर किया और खाना आने का इंतजार करने लगे।

उसी समय मंडेला की सीट के सामने वाली सीट पर एक व्यक्ति अपने खाने का इंतजार कर रहा था। मंडेला ने अपने सुरक्षाकर्मी से कहा कि उसे भी अपनी टेबल पर बुला लो। ऐसा ही हुआ। खाना आने के बाद सभी खाने लगे, वो आदमी भी खाने लगा, पर उसके हाथ खाते हुए कांप रहे थे।

खाना खत्म कर वो आदमी सिर झुका कर रेस्तरां से बाहर निकल गया। उस आदमी के जाने के बाद मंडेला के सुरक्षा अधिकारी ने मंडेला से कहा कि वो व्यक्ति शायद बहुत बीमार था, खाते वक्त उसके हाथ लगातार कांप रहे थे और वह खुद भी काँप रहा था।"

मंडेला ने कहा, "नहीं ऐसा नहीं है। वह उस जेल का जेलर था, जिसमें मुझे कैद रखा गया था। जब कभी मुझे यातनाएं दी जाती थीं और मैं कराहते हुए पानी माँगता था तो ये मेरे ऊपर पेशाब करता था। मैं अब राष्ट्रपति बन गया हूँ, उसने समझा कि मैं भी उसके साथ शायद वैसा ही व्यवहार करूँगा। पर मेरा चरित्र ऐसा नहीं है। मुझे लगता है बदले की भावना से काम करना विनाश की ओर ले जाता है। वहीं धैर्य और सहिष्णुता की मानसिकता हमें विकास की ओर ले जाती है।"

अच्छे और बुरे विचार

सभा में एक व्यापारी को देखते ही राजा भोज के मन में विचार आया कि कुछ ऐसा किया जाए जिससे इसकी सारी संपत्ति राजकोष में जमा हो जाए। व्यापारी के जाने के बाद राजा को बड़ा खेद हुआ- मैं प्रजा के साथ न्यायप्रिय रहता हूँ, आज मेरे मन में ऐसा विचार क्यों आया? उन्होंने मंत्री को अपनी उलझन बताई। उसने कुछ दिन माँगा।

मंत्री वेश बदलकर व्यापारी के पास पहुँचा और उससे मित्रता की। बातचीत में पता चला कि उस व्यापारी के पास उत्तम कोटि के चंदन का बड़ा भंडार जमा हो गया है। वह चंदन बिक नहीं रहा है, जिससे उसका काफी धन फंसा पड़ा है। मंत्री ने पूछा, क्या हानि से बचने का कोई उपाय नहीं? व्यापारी हंसकर कहने लगा, अगर राजा भोज की मृत्यु हो जाए तो उनके दाह संस्कार में खप सकता है ये चंदन। उस स्थिति में यह पूरा माल बिक जाएगा। मंत्री को राजा के प्रश्न का उत्तर मिल चुका था।

मंत्री ने कहा, तुम आज से प्रतिदिन राजा का भोजन पकाने के लिए चालीस किलो चंदन राजरसोई भेज दिया करो। पैसे उसी समय मिल जाएंगे। अब व्यापारी मन ही मन राजा के दीर्घायु होने की कामना करने लगा ताकि वह लंबे समय तक चंदन बेचता रहे। कुछ दिन बाद वह व्यापारी फिर आया सभा में राजा के दर्शन के लिए। उसे देखकर राजा के मन में विचार आया

कि यह कितना आकर्षक व्यक्ति है। राजा ने मंत्री से कहा, यह व्यापारी पहली बार आया था तो मेरे मन में बुरे भाव आए थे। आज अच्छे भाव आए। बिना कुछ किए मेरे मनोभावों में इतना बड़ा परिवर्तन कैसे हो गया? मंत्री ने उत्तर दिया, महाराज! यह जब पहली बार आया था तब आपकी मृत्यु की कामना रखता था। अब यह आपके लंबे जीवन की कामना करता है। जैसी अपनी भावना होती है, वैसा ही प्रतिबिंब दूसरे के मन पर पड़ता है।

ईश्वर से साक्षात्कार

एक चोर अक्सर एक साधु के पास आता और उससे ईश्वर से साक्षात्कार का उपाय पूछा करता था, लेकिन साधु टाल देता था। वह बार-बार यही कहता कि वह इसके बारे में फिर कभी बताएगा, लेकिन चोर पर इसका असर नहीं पड़ता था। वह रोज पहुँच जाता। एक दिन चोर का आग्रह बहुत बढ़ गया। वह जमकर बैठ गया।

उसने कहा कि वह बगैर उपाय जाने वहाँ से जाएगा ही नहीं। साधु ने चोर को दूसरे दिन सुबह आने को कहा। चोर ठीक समय पर आ गया। साधु ने कहा, "तुम्हें सिर पर कुछ पत्थर रखकर पहाड़ पर चढ़ना होगा। वहाँ पहुँचने पर ही ईश्वर के दर्शन की व्यवस्था की जाएगी।" चोर के सिर पर पाँच पत्थर लाद दिए गए और साधु ने उसे अपने पीछे-पीछे चले आने को कहा। इतना भार लेकर वह कुछ दूर ही चला तो उस बोझ से उसकी गर्दन दुखने लगी। उसने अपना कष्ट कहा तो साधु ने एक पत्थर फिंकवा दिया। थोड़ी देर चलने पर शेष भार भी कठिन प्रतीत हुआ तो चोर की प्रार्थना पर साधु ने दूसरा पत्थर भी फिंकवा दिया। यही क्रम आगे भी चला। ज्यों-ज्यों चढ़ाई बढ़ी, थोड़े पत्थरों को ले चलना भी मुश्किल हो रहा था। चोर बार-बार अपनी थकान व्यक्त कर रहा था। अंत में सब पत्थर फेंक दिए गए और चोर सुगमतापूर्वक पर्वत पर चढ़ता हुआ ऊंचे शिखर पर जा पहुँचा। साधु ने कहा, 'जब तक तुम्हारे सिर पर पत्थरों का बोझ रहा, तब तक पर्वत के ऊंचे शिखर पर तुम्हारा चढ़ सकना संभव नहीं हो सका। पर जैसे ही तुमने पत्थर फेंके वैसे ही चढ़ाई सरल हो गई। इसी तरह पापों का बोझ सिर पर लादकर कोई मनुष्य ईश्वर को प्राप्त नहीं कर सकता।' चोर

ने साधु का आशय समझ लिया। उसने कहा, ''आप ठीक कह रहे हैं। मैं ईश्वर को पाना तो चाहता था पर अपने बुरे कर्मों को छोड़ने के लिए तैयार नहीं था।'' उस दिन से चोर पूरी तरह बदल गया।

महाराष्ट्र के प्रसिद्ध संत एकनाथ के गुरु स्वामी जनार्दनजी ने एक दिन उनको आश्रम के हिसाब-किताब की जिम्मेदारी दे दी। गुरुजी के आदेश को गुरु सेवा समझ एकनाथ निष्ठापूर्वक आश्रम के नित्य प्रतिदिन के काम में लगे रहते थे। उनकी कोशिश रहती थी कि आश्रम के सभी कार्य समयानुसार हो सकें और दान से मिला धन व्यर्थ में ना खर्च हो। एक दिन शाम के वक्त एकनाथ आश्रम के कार्य में खर्च हुए धन का हिसाब देख रहे थे। हिसाब में एक पाई का अंतर आ रहा था। बार-बार कोशिश के बाद भी मिलान सही नहीं हो पा रहा था, पता ही नहीं चल रहा था कि चूक कहां हो गई।

जोड़-घटाव

उस गलती को दूर करने के लिए एकनाथ लगातार जोड़ घटाव करते रहे और रात के तीन पहर बीत गए। उधर गुरुदेव की नींद अचानक खुली तो पाया कि एकनाथ अपने बिस्तर पर नहीं है, बल्कि वहीं दूसरे कमरे में दिये की रोशनी में है। गुरुजी उस कमरे के दरवाजे के पास पहुँचे, तब भी एकनाथ हिसाब मिलाने में व्यस्त थे। संयोग ऐसा कि इधर गुरु दरवाजे पर आकर खड़े हुए, उधर उन्हें उस एक पाई का हिसाब मिल गया। गुरु की उपस्थिति से बेखबर एकनाथ खुशी से ताली बजाते हुए नाचने लगे। नाचते-नाचते ही गुरुदेव पर नजर पड़ी तो तत्काल उन्हें प्रणाम किया। गुरु ने नाचने का कारण पूछा तो संत एकनाथ ने अपनी एक पाई की भूल मिलने पर खुश होने की बात बताई।

यह सुनकर गुरु स्वामी जनार्दन नाथ बोले, एक पाई की भूल मिलने पर तुम इतने प्रसन्न हो रहे हो। इस संसार में मनुष्य न जाने कितनी गलतियां करता रहता है, अगर उसे यह बात समझ में आ जाए और वह उन सब गलतियों को ठीक कर ले तब उसे कितना आनंद मिलेगा, सोचो! गुरु के मुख से निकले इन शब्दों को सुनते ही एकनाथ को ज्ञान की कुंजी मिल गई। गुरु के इस एक वाक्य ने जीवन भर उनका पथ प्रदर्शन किया।

ऐसी मिल सजा

यह तब की बात है कि जब महात्मा गांधी दक्षिण अफ्रीका के डरबन नगर में वकालत करते थे। उसी शहर में एक प्रसिद्ध पारसी सेठ रुस्तमजी भी रहते थे। एक दिन रुस्तमजी महात्मा गांधी के पास आए और खुद पर हुए कर चोरी के मुकदमे के बारे में गांधी जी को बताया। रूस्तमजी चाहते थे कि महात्मा गांधी उनका मुकदमा लड़ें। उन्होंने अपने मन की बात गांधी जी से बताई। महात्मा गांधी ने रुस्तमजी से कहा कि यदि आपने कर की चोरी की है तो सारी बात मुझे सच-सच बता दीजिए।

गांधीजी की बात का रुस्तमजी पर ऐसा प्रभाव पड़ा कि उन्होंने उनके सामने यह कबूल किया कि उन्होंने इस समय ही नहीं, बल्कि पहले भी कई बार कर की चोरी की है। यह सुनकर गांधीजी ने कहा, यदि यही सच्ची बात आप अदालत में भी कह दें और इस बात का मुझे पूरा आश्वासन दें तभी मैं आपका मुकदमा लड़ सकता हूँ। रुस्तमजी ने अपनी स्वीकृति प्रदान की और गांधीजी उस मुकदमे को लड़ने के लिए तैयार हो गए। इजलास में गांधीजी ने कटघरे में खड़े रुस्तमजी से दो सवाल किए, क्या आपने कर की चोरी की है और क्या आपने इससे भी पहले कर की चोरी की है?

रुस्तमजी का उत्तर था, जी हाँ, मैंने पहले भी की है और अनेक बार कर की चोरी की है। इसके पश्चात् रुस्तमजी ने सिलसिलेवार सारी विगत अदालत के सामने पेश कर दी। तब गांधीजी ने जज से कहा, जज साहब, मेरे मुवक्किल ने सारी बातें सच-सच कह दी। हैं क्योंकि उसका हृदय परिवर्तन हो चुका है। अब आपको अधिकार है कि आप इसे योग्य सजा दें। जज पर गांधीजी की सत्यनिष्ठा का ऐसा प्रभाव पड़ा कि जज ने रुस्तमजी को कोई सजा नहीं दी, और रुस्तमजी ने भी फिर भविष्य में कभी कर की चोरी नहीं की।

इसमें छिपा है गूढ़ रहस्य

कुछ दिनों से गांधीजी के कमरे में तीन बंदरों वाला खिलौना रखा हुआ था। लोग आते और उस खिलौने को देखते। एक दिन एक व्यक्ति ने उनसे

पूछा, बापूजी, आपने यह तीन बंदरों वाला खिलौना सजाकर क्यों रखा है? जरूर इसके पीछे कोई गहरा राज है, क्योंकि आप साधारण खिलौने रखने वालों में से नहीं हैं। व्यक्ति की बात सुनकर गांधीजी मुस्कुराए और बोले, भाई, तुम्हारा अंदाजा बिल्कुल ठीक है। ये तीनों बंदर मेरे गुरु हैं। दरअसल यह खिलौना महादेव भाई को एक चीनी ने दिया था। वहाँ से यह मेरे पास आ गया। मैंने इस खिलौने को ध्यान से देखा तो मुझे इसमें गूढ़ रहस्य छिपा नजर आया। यदि इस रहस्य को व्यक्ति अपने जीवन में उतार ले तो उसका जीवन धन्य हो सकता है।

यह सुनकर वह व्यक्ति बोला, बापू, फिर तो मुझे भी वह रहस्य बताइए न! गांधीजी बोले, पहले बंदर ने अपना मुख बंद कर रखा है। यह कहता है कि कभी झूठ मत बोलो, किसी की बुराई मत करो। दूसरा बंदर, जो आंखें बंद किए है, वह कहता है कि अपनी आंखों से कोई बुराई मत देखो। तीसरा बंदर, जो कान बंद किए है, वह हमें सिखाता है कि हम बुरी बात न सुनें, क्योंकि बुरी बातें या निंदा से मन का चैन छिन जाता है। अतः इससे बचना चाहिए।

गांधीजी के बंदर के खिलौने का रहस्य जानकर वह व्यक्ति दंग रह गया। वह बोला, वाकई बापू, इस बंदर के खिलौने में तो बड़ी गूढ़ बातें छिपी हैं। उसकी बात सुनकर गांधीजी मुस्कुराकर बोले, इस खिलौने का न केवल बाहरी रूप सुंदर है, बल्कि भीतरी रूप भी मानव कल्याणकारी है। इसलिए इस खिलौने को मैं तो अपना गुरु मानता हूँ। वह व्यक्ति बोला, मैं भी आगे से इस खिलौने को अपना गुरु मानूंगा और आपने जो बातें बताई हैं, उन पर जीवन में अमल करने की कोशिश करूंगा।

शून्य होने से खत्म हो जाता है अहम

बुद्ध एक गाँव में भिक्षु भिक्षुणियों के पास बैठे थे। शांति छाई हुई थी। वहाँ बुद्ध के एक विशेष शिष्य थे सारिपुत्र। बुद्ध ने उनसे कहा, सारिपुत्र! अब तुम स्वयं बुद्ध हो गए हो, यहाँ से दूर जाकर मेरे संदेश को लोगों तक पहुँचाओ। सारिपुत्र नमस्कार करके चलने लगे। इसी बीच बुद्ध के दूसरे बड़े शिष्य आनंद कहने लगे, भंते! मुझे सारिपुत्र की तरह दूर न भेज देना। मैं

आपके चरणों में ही रहना चाहता हूँ। इस पर बुद्ध ने आनंद से कहा, तू समीप नहीं है इसलिए समीप रहना चाहता है। सारिपुत्र कहीं भी रहे, वह मेरे ही समीप रहेगा। उसके और मेरे बीच का फासला अब कोई फासला नहीं रहा।

बुद्ध से विदा लेकर सारिपुत्र अलग-अलग स्थान पर जाकर बुद्ध के संदेश देने लगे। वह रोजाना प्रातः उठते ही सर्वप्रथम उस दिशा की ओर सिर झुकाते थे, जिस प्रदेश में बुद्ध भ्रमण कर रहे होते। बुद्ध के जो शिष्य सारिपुत्र के साथ थे, वे उनसे पूछते, सारिपुत्र, अब तो तुम भी स्वयं बुद्ध हो गए हो, तुम किसके चरणों में सिर झुकाते हो? अब इसकी क्या जरूरत है? सारिपुत्र इस प्रश्न का जवाब देते, जिनके कारण मैं शून्य हुआ, जिनके कारण मेरा अहं खत्म हुआ, मैं उनके चरणों में सिर झुकाता हूँ। शिष्य प्रश्न करते, बुद्ध तो बहुत दूर हैं, यहाँ से, तुम्हारा प्रणाम उन तक कैसे पहुँचेगा? सारिपुत्र बोले, यदि वह मुझसे दूर होते तो मैं उन्हें छोड़कर ही नहीं आता। उन्हें छोड़कर इसी भरोसे से आ सका कि अब कहीं भी रहूँ, वह मेरे पास हैं।

सारिपुत्र ने इसे विस्तार से समझाया, एक संबंध है बाहर का, जो शरीर से होता है। शरीर कितने ही निकट हो, तो भी दूरी बनी रहती है। आंतरिक समीपता ही एक- दूसरे के नजदीक ले आती है। अगर मैं कहूँ कि मैं नहीं हूँ, बुद्ध ही है या कहूँ कि मैं हूँ, बुद्ध नहीं है तो यह एक ही बात है।

माँ की महानता

एक दिन थॉमस अल्वा एडिसन जो कि प्राइमरी स्कूल का विद्यार्थी था, अपने घर आया और एक कागज अपनी माँ को देते हुए बताया- "मेरे शिक्षक ने इसे दिया है और कहा है कि इसे अपनी माताजी को ही देना।"

उक्त कागज को देखकर माँ की आँखों में आँसू आ गए। जब एडिसन ने पूछा कि "इसमें क्या लिखा है..?" तो सुबकते हुए आँसू पोंछ कर बोलीं- "इसमें लिखा है कि आपका बच्चा जीनियस है, हमारा स्कूल छोटे स्तर का है और शिक्षक बहुत प्रशिक्षित नहीं हैं, इसलिए इसे आप स्वयं शिक्षा दें।" कई वर्षों के बाद माँ का स्वर्गवास हो गया। थॉमस अल्वा एडिसन दुनिया के प्रसिद्ध वैज्ञानिक बन गए। उन्होंने कई महान आविष्कार किए। एक दिन वह अपनी पारिवारिक वस्तुओं को देख रहे थे। अलमारी के एक कोने में

उन्होंने कागज का एक टुकड़ा पाया। उत्सुकतावश उसे खोलकर देखा और पढ़ने लगे। यह वही कागज था। उसमें लिखा था- "आपका बच्चा बौद्धिक तौर पर कमजोर है और उसे अब और इस स्कूल में नहीं आना है।"

एडिसन अवाक रह गए और घंटों रोते रहे। फिर अपनी डायरी में लिखा- "एक महान माँ ने बौद्धिक तौर पर कमजोर बच्चे को सदी का महान वैज्ञानिक बना दिया।"

हृदय परिवर्तन

एक चोर किसी सेठ के घर चोरी करने के लिए रात में घुसा तो उसे तब तक जाग रहे सेठ-सेठानी की बातचीत सुनाई दी। सेठ कह रहा था, "हमारे पास जो धन-दौलत है, उसने हमें दुःख ही दिया है। राजा, मंत्री, सेनापति सभी मुझसे धन छीनने के नए-नए तरीके निकालते रहते हैं। दिन-रात भय सताता है कि कहीं किसी झूठे आरोप में न फंसा दें। फिर चोर डाकुओं का भी डर हर वक्त बना रहता है। हमारे रिश्तेदार भी संपत्ति हड़पने के लिए षड्यंत्रों में लगे रहते हैं। संपत्ति ने मानसिक शांति हर ली है।" सेठानी ने सहमति जताते हुए कहा, "मेरी तो इच्छा है कि शेष जीवन काशी जाकर भजन-पूजन में बिताएं।" सेठ ने प्रश्न किया, "मगर इस दौलत का क्या करें?"" सेठानी बोली, "कल गुरुकुल में सबसे पहले जो विद्यार्थी मिले, उसी को अपनी संपत्ति दान कर देंगे।"

चोर ने सोचा कि ये अपनी संपत्ति दान कर ही रहे हैं, फिर चोरी क्यों करूं? कल गुरुकुल में पहला विद्यार्थी बनकर खड़ा हो जाऊँगा।

अगले दिन वह गुरुकुल के द्वार पर सबसे पहले खड़ा हो गया। उसके पीछे अन्य विद्यार्थी खड़े हो गए। किंतु सेठ-सेठानी ने उल्टी ओर से (अर्थात् अंतिम छात्र) से पूछना शुरू किया। पहले विद्यार्थी ने उनसे संपत्ति दान करने का कारण पूछा। सेठ ने कहा, "हमें महसूस हो गया है कि धन-संपत्ति मुसीबतों की जड़ है।"

तब विद्यार्थी चिढ़कर बोला, "तो यह मुसीबत आप मेरे गले में क्यों डालना चाहते हैं? मुझे आपकी धन-संपत्ति नहीं चाहिए।" हर विद्यार्थी ने यही जवाब दिया।

विद्यार्थियों की इस गहराई को देख चोर को स्वयं के लोभ पर ग्लानि हुई और उसने भी संपत्ति लेने से इनकार कर दिया। चोरी करना छोड़कर वह उसी दिन से गुरुकुल का विद्यार्थी बन गया।

अमृत फल

एक बालक बहुत देर से फल खाने की जिद कर रहा था पर पिता उसकी माँग पूरी नहीं कर पा रहे थे क्योंकि उनके पास पैसे नहीं थे। बालक थककर चुप हो गया था। आखिरकार, दिनभर की मेहनत-मजदूरी के बाद जब पिता के पास कुछ पैसे आए तो उन्होंने अपने लाडले की इच्छा पूरी करने के लिए उसको कुछ पैसे दिए। बालक बहुत खुश होकर फल लेने बाजार गया।

बच्चे को रास्ते में कुछ लोग ऐसे दिखाई दिए जिनके शरीर पर कपड़े नहीं थे। वो लोग काफी फटेहाल थे और उनकी हालत देखकर लग रहा था कि उन्होंने काफी दिनों से कुछ नहीं खाया है। बालक फल खरीदने की खुशी में उछलता- कूदता चला जा रहा था, लेकिन जैसे ही उसकी नजर बदतर हालत में रह रहे लोगों पर पड़ी उसके कदम ठिठक गए।

बच्चे का हृदय पसीजा और उसने उन लोगों से पूछा कि वे लोग क्या करते हैं? वे बेबस लोग एकटक बच्चे की ओर देखते रहे, क्योंकि वह करना तो बहुत कुछ चाहते थे, लेकिन उनको काम नहीं मिल रहा था। बच्चे ने तुरंत अपने पैसे उन लोगों को दे दिए। बच्चा जब घर वापस आया तो उसके पिता ने उससे फलों के बारे में पूछा तो उसने कहा कि "पिताजी आज तो मैं अमर फल लाया हूँ।" पिता ने उससे फल दिखाने को कहा। बच्चे ने कहा कि "पिताजी मुझे रास्ते में कुछ गरीब लोग दिखाई दिए। जिनके शरीर पर पहनने लायक वस्त्र भी नहीं थे इसलिए मैने अपने पैसे उनको दे दिए। अगर मैं फल लाता तो उसकी मिठास तो कुछ ही दिनों तक रहती, लेकिन उनकी सेवा से मुझे अमर फल की प्राप्ति हुई है।" पिता यह सुनकर बहुत खुश हुए। बालक आगे चलकर महान संत बना।

सच्चा हीरा

एक बार एक आदमी किसी राजा के दरबार पहुँचा और उसने कहा, महाराज, मेरे पास दो रत्न हैं, जिनमें से एक बेशकीमती हीरा और दूसरा साधारण काँच का टुकड़ा। यदि आपके दरबार में किसी ने यह बता दिया कि कौन सा काँच है और कौन सा सच्चा हीरा, तो मैं यह हीरा आपके खजाने में दे दूँगा, अन्यथा आपको पाँच हजार स्वर्ण मुद्राएं मुझे देनी होंगी।

राजा को यह चुनौती पसंद आई और दरबारियों को हीरे और काँच में फर्क करने का आदेश दिया। बड़े से बड़ा सूझ-बूझ वाला दरबारी आया, लेकिन कोई भी हीरे की परख नहीं कर पाया। अंत में राजा ने हार मान ली और पाँच हजार स्वर्ण मुद्राएं उस व्यक्ति को दे दीं। अब वह आदमी दूसरे राज्य पहुँचा और वहाँ भी उसने यही शर्त रखी, लेकिन वहाँ भी कोई फर्क नहीं कर सका और शर्त के मुताबिक राजा को पाँच हजार सोने की मुद्राएं देनी पड़ीं।

इसी प्रकार वह आदमी राज्यों का भ्रमण करता और अपनी शर्त रखता। हर बार वह स्वर्ण मुद्राएं जीत कर आगे बढ़ जाता। उस समय ठंड का समय था और एक राजा ने अपना दरबार खुले मैदान में लगाया था, ताकि दरबारी धूप का आनंद लेते हुए कामकाज निपटा सकें।

वह आदमी दरबार में पहुँचा और अपनी शर्त दोहरायी। यह भी राजा ने उसकी चुनौती स्वीकार कर ली। राजा ने विद्वानों को भी असली और नकली हीरे में फर्क करने का आदेश दिया, लेकिन यहाँ भी कोई फर्क नहीं कर सका। राजा उदास हो गया और उसने खजांची को खजाने से पाँच हजार मुद्राएं लाने का आदेश दिया। तभी एक दरबारी, जो जन्म से अंधा था, उसने कहा, महाराज, खजांची को भेजने से पहले एक बार मुझे इन हीरों को परखने का अवसर दिया जाए। राजा तैयार हो गया। वह अंधा दरबारी बारी-बारी से दोनों को छूकर एक टुकड़े की तरफ इशारा करके बोला, महाराज, यह सच्चा हीरा, और दूसरा वाला साधारण काँच का टुकड़ा है, जिसका कोई मोल नहीं।

हीरे वाले आदमी की आँखें चमकी और वह बोला, बिल्कुल सही कहा आपने। लेकिन आपने इसे पहचाना कैसे? उस अंधे आदमी ने जो जवाब

दिया, उसे सुन कर वहाँ राजा सहित सभी की आँखें खुली की खुली रह गई। वह बोला, जो भी सच्चा हीरा होता है, वह धूप में भी ठंडा रहता है, जबकि साधारण काँच थोड़ी सी गर्मी मिलते ही गरम हो उठता है, बिल्कुल हम इंसानों की तरह। सबक: यदि हम बड़ी सफलता मिलने पर दिमाग से शांत रहते हैं, तो हम उच्च कोटि के इंसान हैं, और यदि, हमारा दिमाग थोड़ी सी सफलता मिलते ही सातवें आसमान पर उड़ने लगे, तो यह समझने की जरूरत है कि कहीं हम उस रास्ते और साधारण कांच की तरह तो नहीं।

मोची का लालच

एक दिन सेठ व्यापार के सिलसिले में विदेश गया और घर लौटते वक्त उसकी तबीअत बहुत खराब हो गयी। लेकिन पैसे की कोई कमी तो थी नहीं सो देश विदेशों से डॉक्टर, वैद्य, हकीमों को बुलाया गया, लेकिन कोई भी सेठ की बीमारी का इलाज नहीं कर सका। अब सेठ की तबीअत दिन प्रतिदिन खराब होती जा रही थी। वह चल फिर भी नहीं पाता था। एक दिन वह घर में "अपने बिस्तर पे लेटा था अचानक उसके कान में मोची के भजन गाने की आवाज सुनाई दी, आज मोची के भजन कुछ अच्छे लग रहे थे। सेठ कुछ ही देर में सेठ इतना मंत्रमुग्ध हो गया कि उसे ऐसा लगा जैसे वो साक्षात परमात्मा से मिलन कर रहा हो। मोची के भजन सेठ को उसकी बीमारी से दूर लेते जा रहे थे कुछ देर के लिए सेठ भूल गया कि वह बीमार है उसे अपार आनंद की प्राप्ति हुई। कुछ दिन तक यही सिलसिला चलता रहा, अब धीरे-धीरे सेठ के स्वास्थ्य में सुधार आने लगा। एक दिन उसने मोची को बुलाया और कहा मेरी बीमारी का इलाज बड़े-बड़े डॉक्टर नहीं कर पाये, लेकिन तुम्हारे भजन ने मेरा स्वास्थ्य सुधार दिया ये लो 1000 रुपये इनाम, मोची खुश होते हुए पैसे लेकर चला गया, लेकिन उस रात मोची को बिल्कुल नींद नहीं आई वो सारी रात यही सोचता रहा कि इतने सारे पैसों को कहाँ छुपा कर रखूं और इनसे क्या क्या खरीदना है? इसी सोच की वजह से वो इतना परेशान हुआ कि अगले दिन काम पर भी नहीं जा पाया। अब भजन गाना तो जैसे वो भूल ही गया था, मन में खुशी थी पैसे

की। अब तो उसने काम पर जाना ही बंद कर दिया और धीरे-धीरे उसकी दुकानदारी भी चौपट होने लगी। इधर सेठ की बीमारी फिर से बढ़ती जा रही थी। एक दिन मोची सेठ के बंगले में आया और बोला सेठ जी आप अपने ये पैसे वापस रख लीजिये, इस धन की वजह से मेरा धंधा चौपट हो गया, मैं भजन गाना ही भूल गया। इस धन ने तो मेरा परमात्मा से नाता ही तुड़वा दिया। मोची पैसे वापस करके फिर से अपने काम में लग गया।

जीवन का सबसे बड़ा सच

यूनानी दार्शनिक अफलातून के पास हर दिन कुछ लोग ज्ञान प्राप्त करने के लिए आते थे। लेकिन वह खुद को कभी ज्ञानी नहीं मानते थे। उनका मानना था कि इंसान कभी भी ज्ञानी कैसे हो सकता है, वह तो हमेशा सीखता ही रहता है। एक दिन उनके एक मित्र ने उनसे कहा, आपके पास दुनिया भर के विद्वान ज्ञान लेने आते हैं और वे आपसे बातें करते हुए अपना जीवन धन्य समझते हैं। आपकी एक बात मुझे आज तक समझ नहीं आई, इतना कहते-कहते वह चुप हो गया। इस पर अफलातून बोले, तुम्हें किस बात की शंका है जाहिर तो करो।

मित्र ने कहा, आप खुद बड़े विद्वान और ज्ञानी हैं, फिर भी मैंने देखा है कि आप हर समय दूसरों से शिक्षा लेने को तत्पर रहते हैं, वह भी बड़े उत्साह और उमंग के साथ। इससे बड़ी बात है कि आपको साधारण व्यक्ति से भी सीखने में कोई परेशानी नहीं होती। आप उनसे भी सीखने को तत्पर रहते हैं। आपको भला सीखने की जरूरत क्या है? कहीं आप लोगों को खुश करने के लिए तो उनसे सीखने का दिखावा नहीं करते हैं? अफलातून जोर-जोर से हंसने लगे। इस पर मित्र ने पूछा, ऐसा क्यों? अफलातून ने जवाब दिया कि इंसान अपनी पूरी जिंदगी में कुछ भी पूरा नहीं सीख सकता। वह हमेशा कुछ न कुछ अधूरा ही रहता है और फिर हर इंसान के पास कुछ न कुछ ऐसा जरूर है जो दूसरों के पास नहीं है। इसलिए हर किसी को हर किसी से सीखते रहना चाहिए और फिर हर बात और अनुभव किताबों में तो नहीं मिलते क्योंकि बहुत कुछ ऐसा है जो लिखा नहीं गया है जबकि

वास्तविकता में रहकर और लोगों से सीखते रहने की आदत आपको पूरा नहीं तो पूर्णता के करीब जरूर ले जाती है। सीखने की कला आ जाए तो समझो जीने का तरीका आ गया।

रस्सी का बल और हाथी की ताकत

एक बार एक व्यक्ति शहर के रास्ते चलते चला जा रहा था। तभी उसे राह किनारे लगा एक सर्कस दिखाई दिया, वह उसके बाहर रुक गया और वहाँ रस्सी से बँधे हुए एक हाथी को देखने लगा और सोचने लगा, कि यह रस्सी का बल तो हाथी की ताकत से बहुत कम है, फिर यह ताकतवर जानवर आखिर ऐसे कैसे इस रस्सी से बँधा रह सकता है। वह सोच रहा था कि जो हाथी जाली, मोटे चैन या कड़ी को भी तोड़ देने की शक्ति रखता है वह एक साधारण रस्सी से बँधे होने पर भी कुछ नहीं कर रहा है। उस व्यक्ति ने तभी देखा कि हाथी के पास एक ट्रेनर मास्टर आया। यह देखकर वह व्यक्ति ट्रेनर के पास गया और पूछा, यह हाथी अपनी जगह से इधर-उधर क्यों नहीं भागता या रस्सी क्यों नहीं तोड़ता है। ट्रेनर ने हंसते हुए जवाब दिया, जब यह हाथी छोटा था तब भी हम इसी रस्सी से इसे बांध ते थे। जब यह हाथी छोटा था तब यह बार- बार इस रस्सी को तोड़ने की कोशिश करता था, पर कभी तोड़ नहीं पाया और बार-बार कोशिश करने के कारण हाथी को यह विश्वास हो गया कि रस्सी को तोड़ना असंभव है। जबकी आज वह रस्सी को तोड़ने की ताकत रखता है फिर भी वह यह सोच कर कोशिश ही नहीं करता कि पूरा जीवन में इस रस्सी को तोड़ नहीं पाया तों अब क्या 'तोड़ पाऊँगा। अब उस व्यक्ति को समझ आया कि उस हाथी की तरह हममे से भी कई लोग ऐसे हैं जो अपनी जिंदगी में, कोशिश करना छोड़ चुके हैं, क्योंकि बस वह पहले से ही बार-बार कोशिश करने पर असफलता प्राप्त कर चुके होते हैं। उन्हें बार-बार कोशिश करते रहना चाहिए।

खुशी की तलाश

एक दिन नसरुद्दीन गाँव के बाहर बैठा हुआ था कि किसी दूसरे शहर के एक आदमी से उसकी भेंट हुई...

नसरुद्दीन ने उसके आने का प्रयोजन पूछा।

कुछ देर वार्तालाप के बाद उस व्यक्ति ने नसरुद्दीन से कहा, "मेरे पास सब कुछ है, धन दौलत और खुशियों के सारे साधन भी। लेकिन फिर भी मैं खुश नहीं हूँ। मैं अक्सर खुशी की तलाश में निकल पड़ता हूँ।"

नसरुद्दीन ने उससे सवाल किया, "तो क्या वो तुम्हें मिली?" "नहीं !" उस व्यक्ति ने नसरुद्दीन को जवाब दिया।

इस पर नसरुद्दीन ने बातों ही बातों में उसके हाथ से उसके बैग को छीना और वहाँ से नौ दो ग्यारह हो गया। वह आदमी नसरुद्दीन के पीछे तब तक दौड़ा जब तक कि नसरुद्दीन उसकी आँखों से ओझल नहीं हो गया।

नसरुद्दीन ने थोड़ा आगे जाकर बैग को सड़क पर रखा जहां से वह उस आदमी को दिखाई दे सके और खुद एक पेड़ के नीचे छुप कर बैठ गया। थोड़ी देर बाद उस व्यक्ति ने उसे ढूँढ लिया और उसे पीटने ही वाला था कि नसरुद्दीन ने उस बैग की तरफ उसे इशारा किया तो उस आदमी के चेहरे पर मुस्कान फैल गई और बैग मिल जाने की खुशी में वो नाचने लगा।

कुछ देर बाद उस व्यक्ति ने नसरुद्दीन से ऐसा करने की वजह पूछी तो नसरुद्दीन ने उसे जवाब दिया, "यह एक तरीका था तुम्हारी खुशियों से मुलाकात करवाने का। तुम तो कह रहे थे तुम्हें आज तक वो आनंद नहीं मिला जो तुम चाहते थे और अभी तुम खुशी से नाच रहे थे।"

इस पर उस व्यक्ति को अहसास हुआ कि सच में खुशियाँ तो हमारे आसपास ही हैं। हम केवल फालतू की भागदौड़ में जिंदगी को खो देते हैं। अगर हम अपने आसपास ही खुशियों की तलाश करें तो जान जाएंगे कि वो हमसे दूर कभी थी ही नहीं।

मोह

एक राजा को फूलों का शौक था। उसने सुंदर, सुगंधित फूलों के पच्चीस गमले अपने शयनखंड के प्रांगण में रखवाए थे। उनकी देखभाल के लिए एक नौकर रखा गया था। एक दिन नौकर से एक गमला टूट गया।

राजा को पता चला तो वह आगबबूला हो गया। उसने आदेश दिया कि नौकर को फाँसी दे दी जाए। मंत्री ने राजा को बहुत समझाया, लेकिन राजा ने एक न मानी। फिर राजा ने नगर में घोषणा करवा दी कि जो कोई टूटे हुए गमले की मरम्मत करके उसे ज्यों का त्यों बना देगा, उसे मुंहमाँगा पुरस्कार दिया जाएगा। कई लोग अपना भाग्य आजमाने के लिए आए लेकिन असफल रहे। एक दिन एक महात्मा नगर में पधारे। उनके कान तक भी गमले वाली बात पहुँची। वह राजदरबार में गए और बोले- "राजन तेरे टूटे गमले को जोड़ने की जिम्मेदारी मैं लेता हूँ। लेकिन मैं तुम्हें समझाना चाहता हूँ कि यह देह अमर नहीं तो मिट्टी के गमले कैसे अमर रह सकते हैं। ये तो फूटेंगे, गलेंगे, मिटेंगे। पौधा भी सूखेगा।" लेकिन राजा अपनी बात पर अडिग रहा। आखिर राजा उन्हें वहाँ ले गया जहाँ गमले रखे हुए थे। महात्मा ने एक डंडा उठाया और एक-एक करके प्रहार करते हुए सभी गमले तोड़ दिए। थोड़ी देर तक तो राजा चकित होकर देखता रहा। उसे लगा यह गमले जोड़ने का कोई नया विज्ञान होगा। लेकिन महात्मा को उसी तरह खड़ा देख उसने आश्चर्य से पूछा- "ये आपने क्या किया?''

महात्मा बोले- "मैंने चौबीस आदमियों की जान बचाई है। एक गमला टूटने से एक को फांसी लग रही है। चौबीस गमले भी किसी न किसी के हाथ से ऐसे ही टूटेंगे तो उन चौबीसों को भी फाँसी लगेगी। सो मैंने गमले तोड़कर उन लोगों की जान बचाई है।"

राजा महात्मा की बात समझ गया। उसने हाथ जोड़कर उनसे क्षमा माँगी और नौकर की फांसी का हुक्म वापस ले लिया।

सम्मान

एक बार स्वामी विवेकानंद विदेश गए जहां उनके स्वागत के लिए कई लोग आए हुए थे। उन लोगों ने स्वामी विवेकानंद की तरफ हाथ मिलाने के लिए हाथ बढ़ाया और इंग्लिश में "हैलो" कहा, जिसके जवाब में स्वामीजी ने दोनों हाथ जोड़कर नमस्ते कहा। उन लोगों को लगा कि शायद स्वामीजी को अंग्रेजी नहीं आती है तो उन लोगों में से एक ने हिंदी में पूछा, "आप कैसे हैं?" तब स्वामीजी ने कहा, "आई एम फाइन, थैंक यू।"

उन लोगों को बड़ा आश्चर्य हुआ। उन्होंने स्वामीजी से पूछा कि जब हमने आपसे इंग्लिश में बात की तो आपने हिंदी में उत्तर दिया और जब हमने हिंदी में पूछा तो इंग्लिश में जवाब दिया। इसका क्या कारण है?

स्वामीजी ने कहा, "जब आप अपनी माँ का सम्मान कर रहे थे तब मैं अपनी माँ का सम्मान कर रहा था और जब आपने मेरी माँ का सम्मान किया। तब मैंने आपकी माँ का सम्मान किया।"

एक आदर्श जीवन

करीब तीस साल का एक युवक मुंबई के प्रसिद्ध टाटा कैन्सर अस्पताल के सामने फुटपाथ पर खड़ा था, युवक वहाँ अस्पताल की सीढ़ियों पर मौत के द्वार पर खड़े मरीजों को बड़े ध्यान से देख रहा था, जिनके चेहरों पर दर्द और विषमता का भाव स्पष्ट नजर आता था, इन रोगियों के साथ उनके रिश्तेदार भी परेशान थे। थोड़ी देर में ही यह दृश्य युवक को परेशान करने लगा। वहाँ मौजूद रोगियों में से अधिकांश दूर-दराज के गाँवों के थे, जिन्हें यह भी नहीं पता था कि क्या करें, किससे मिलें? इन लोगों के पास दवा और भोजन के भी पैसे नहीं थे। अस्पताल के सामने का दृश्य देखकर तीस साल का वह युवक भारी मन से घर लौट आया। उसने यह ठान लिया कि इनके लिए कुछ करूँगा। कुछ करने की चाह ने उसे रात-दिन सोने नहीं दिया, अंततः उसे एक रास्ता सूझा। उस युवक ने अपने होटल को किराये पर देकर कुछ पैसा उठाया, और इन पैसों से ठीक टाटा कैंसर अस्पताल के

सामने एक भवन लेकर धर्मार्थ कार्य शुरू कर दिया। उसकी यह गतिविधि अब 27 साल पूरे कर चुकी है और रोज प्रगति कर रही है। उक्त चौरिटेबल संस्था कैंसर रोगियों और उनके रिश्तेदारों को निःशुल्क भोजन उपलब्ध कराती है। करीब पचास लोगों से शुरू किए गए इस कार्य में संख्या लगातार बढ़ती गई। मरीजों की संख्या बढ़ने पर मदद के लिए हाथ भी बढ़ने लगे। सर्दी, गर्मी, बरसात हर मौसम को झेलने के बावजूद यह काम नहीं रुका। यह पुनीत काम करने वाले युवक का नाम हरखचंद सावला।

एक काम में सफलता मिलने के बाद हरखचंद सावला ने जरूरतमंदों को निःशुल्क दवा की आपूर्ति शुरू कर दी। इसके लिए उन्होंने मेडिसीन बैंक बनाया है, जिसमें तीन डाक्टर और तीन फार्मासिस्ट स्वैच्छिक सेवा देते हैं। इतना ही नहीं कैंसर पीड़ित बच्चों के लिए खिलौनों का एक बैंक भी खोल दिया गया है। आपको जानकर आश्चर्य होगा कि सावला द्वारा कैंसर पीड़ितों के लिए स्थापित ''जीवन ज्योति ट्रस्ट'' आज 60 से अधिक प्रोजेक्ट पर काम कर रहा है।

57 साल की उम्र में भी सावला का उत्साह और ऊर्जा 27 साल पहले जैसी ही है...

मानवता बने योग्यता

कड़कड़ाती बिजली के साथ तेज बारिश हो रही थी। ऐसा लग रहा था मानों तूफान दस्तक दे रहा हो। एक अधेड़ दंपत्ति ने एक होटल में प्रवेश किया, काउंटर पर मौजूद क्लर्क से उस दंपत्ति ने रात्रि बिताने के लिए एक कमरा माँगा। क्लर्क ने कहा, "सभी कमरे भरे हुए हैं।" उम्रदराज सज्जन ने निवेदन करते हुए कहा, "हम सभी होटलों में घूम आए हैं, कहीं भी जगह नहीं है। इस तूफानी रात में हम कहाँ जाएंगें?"

क्लर्क ने जवाब दिया, ''यहाँ तो जगह नहीं है, क्या आप दोनों मेरे कमरे में रहना पसंद करेंगे?" "और तुम?", पुरुष ने पूछा। "आप मेरी चिंता न करें, मैं तो यहीं कहीं मेज पर सो जाऊंगा, किंतु मेरा कमरा बहुत छोटा है और बहुत साधारण सा बिस्तर है, क्या आपको अच्छा लगेगा?'' क्लर्क ने फिर पूछा। दंपत्ति ने सहमति दे दी और रात कमरे में गुजारी। सुबह वह दंपत्ति धन्यवाद देकर चले गए।

थोड़े दिन बाद क्लर्क के नाम एक पत्र आया, उसमें क्लर्क को न्यूयॉर्क आने का निमंत्रण था और साथ में आने-जाने के हवाई जहाज के टिकट थे। क्लर्क न्यूयॉर्क पहुँचा, तो उसे मालूम हुआ कि वह दंपत्ति अमेरिका के प्रसिद्ध न्यायाधीश विलियम वेल्फोर्ड और उनकी पत्नी थे। विलियम वेल्फोर्ड उस क्लर्क को एक विशाल होटल में ले गए, जहां लिखा था वेल्फोर्ड होटल। न्यायाधीश वेल्फोर्ड ने उस क्लर्क से कहा "आज से तुम इस होटल के मैनेजर हो बल्कि यह मानो कि यह होटल ही तुम्हारा है।" वेल्फोर्ड की बात सुनकर क्लर्क ने पूछा- मैं एक साधारण-सा क्लर्क क्या इतना बड़ा होटल संभाल सकूंगा? वेल्फोर्ड ने जवाब दिया, "हां तुममें मानवता है और बड़े से बड़े दायित्व को संभालने के लिए इतनी योग्यता पर्याप्त है।"

गुरु दक्षिणा

एक गुरु के पास एक राजकुमार अध्ययन के लिए आया हुआ था, शिक्षा पूर्ण करने के बाद राजकुमार जब वापस घर जाने लगा तो उसने कहां कि वह उन्हें गुरुदक्षिणा में कुछ देना चाहता है। गुरु ने इनकार कर दिया। लेकिन जब राजकुमार ने बहुत आग्रह किया तो उन्होंने कहा कि ठीक है, अगर तुम मुझे कुछ देना चाहते हो तो सबसे बेकार चीज दक्षिणा में दो। राजकुमार को हैरानी हुई, फिर भी उसने बेकार चीज की खोज शुरू कर दी।

सबसे पहले उसकी नजर मिट्टी पर पड़ी। उसे लगा कि इससे तुच्छ चीज और क्या हो सकती है। उसने मिट्टी उठाई तो मिट्टी बोली कि अगर तुम मुझे बेकार समझते हो तो यह तुम्हारी अज्ञानता है। क्या तुम्हें नहीं पता कि पृथ्वी की सारी सम्पदा मेरी ही देन है। वह लज्जित हो आगे बढ़ गया। फिर उसे एक पत्थर दिखाई दिया। उसने जैसे ही उठाने के लिए हाथ बढ़ाया तो पत्थर बोला कि तुम मुझे बेकार कैसे कह सकते हो। यहाँ मानवनिर्मित हर संरचना, चाहे वह महल हो या साधारण घर, मैं मौजूद हूँ। राजकुमार को भी लगा कि बात तो सही है। एक जगह उसने कचरे का ढेर पड़ा देखा उसे लगा कि इसे ही उठा लेना चाहिए। उसने जैसे ही कचरा उठाना चाहा तो कचरा बोला कि मैं कचरा जरूर हूँ, लेकिन यदि मैं खाद में बदलकर तुम्हारे खेतों बगीचों को पोषित न करूं तो तुम्हें खाने के लिए अनाज, फल,

सब्जियाँ भी न मिलें। तब राजकुमार गुरु के पास लौट कर बोला कि उसे कोई भी ऐसी चीज नहीं मिली, जिसका कोई उपयोग न हो।

शास्त्री जी का हिन्दी प्रेम

एक बार लाल बहादुर शास्त्री जी किसी पत्रकार सम्मेलन के उद्घाटन के लिए पधारे। ज्यों ही वह सम्मेलन का उद्घाटन करने के लिए खड़े हुए तो सबसे पहले उन्होंने हिन्दी के प्रश्न पर अपना मनोरंजक भाषण प्रारम्भ किया। उन्होंने कहा, "मैं भी आपकी तरह से ही हिन्दी का अनन्य भक्त हूँ। मैं तो हिन्दी की जननी संस्कृत का भी सेवक अपने को मानता हूँ।"

इस दौरान पत्रकारों ने भी शास्त्री जी की हिन्दी के प्रति इतनी गहन रुचि के बारे में जानना चाहा।

इस पर उन्होंने कहकहों के बीच कहा, "आप पत्रकार हो, आप से क्या छिपाऊं? आपको अपनी आंतरिक बात बता ही देता हूँ। मेरी पत्नी पुरानी विचारधारा की हिन्दी पढ़ी-लिखी महिला है। इसलिए वह मेरी भारी सेवा करती है। हिन्दी की धार्मिक पुस्तकों का अध्ययन करने के कारण वह पति सेवा को सबसे बड़ा पुण्य मानती है। यदि वह अंग्रेजी पढ़ी-लिखी होती और तलाक प्रथा को जान जाती तो शायद मुझे कभी का तलाक दे देती। हिन्दी की कृपा के कारण ही आज मेरा घर बसा हुआ है।" शास्त्री जी के इस वाक्य पर समूचा पत्रकार दल खिल-खिलाकर हँस पड़ा।

आज भी मैं बहता जल हूँ

वियतनाम के राष्ट्र नायक हो ची मिन्ह ने अपने एक संस्मरण में लिखा है, "जब मैं नौ बरस का था तब मैं एक परीक्षा में फेल हो गया। मुझे लगा जैसे मेरे जीवन से सब कुछ चला गया हो। मुझे न खाने की सुध थी न पीने की और न जिंदगी के आगे के मार्ग की। नतीजा यह हुआ कि मन और अस्वस्थ हो गया। निराशा और निष्क्रियता का यह संयोग ऐसा आरूढ़ हो गया कि आत्महत्या का विचार बार-बार मन की परिधि पर मंडराने लगा। पिताजी ने बहुत समझाया, माताजी की आखों के आँसुओं ने रुलाया और हमारे कुल

पुरोहितों ने कई बार मुझे अभिमंत्रित फल खिलाये ताकि मुझमें आशा विश्वास का संचार हो, जीवन जीने की ललक पैदा हो। पर सब बेकार उनकी सारी दुआएं, प्रार्थनाएं, सीखें व्यर्थ। मैं रातें आँखें खोलकर शून्य में देखते काटता। एक दिन ऐसे ही जब नींद नहीं आ रही थी तो मैं घर से चुपके से भाग निकला। निरुद्देश्य चला जा रहा था रात को सुनसान सड़कों पर। तभी कानों में एक मधुर गीत के बोल पड़े। यह गीत संगीत एक बौद्ध चौतन्य से आ रहा था। निकट पहुँचा तो मुझे ज्ञात हुआ कि एक भिक्षु कवि अपनी एक कविता को सस्वर गा रहा था। कविता का आशय यह था: नदी का पानी मैला क्यों नहीं होता? क्योंकि वह बहता है। पानी का एक बिंदु झरने से नदी, नदी से महानदी और महानदी से समुद्र क्यों बन जाता है? क्योंकि वह बहता है इसलिए मेरे जीवन तुम रुको मत, बहते रहो, बहते रहो। काफी देर तक मैं आवाक खड़ा रहा। यह बोल मेरे जीवन में चमत्कार लाए और मैं घर लौट आया। मैं अब बहता जल था आज भी बहता जल हूँ। अब मैं सब जगह जाता हूँ और अपनी गति में जो कुछ मुझमें शेष है, सबको देता हूँ।

आँसू

एक बार हजरत मुहम्मद के पन्द्रह महीने के बच्चे का देहावसान हो गया। हजरत को बेहद दुःख हुआ और वे उसकी लाश पर झुककर विलाप करने लगे। यह देख उनके एक सेवक अब्दुर्रहमान ने उनसे कहा, "आपने हमें तो शोक करने की मनाही की है। मगर आज तो आप खुद ही शोक कर रहे हैं!"

हजरत ने जवाब दिया, "हमने चिल्लाने- चीखने, सिर कूटने और कपड़े फाड़ने की मनाही की है, क्योंकि यह शैतान का काम है। हमने रोने से मनाही नहीं की है। आँसू करुणा के चिह्न हैं और रोने या विलाप करने से वे आँखों से निकल आते हैं। आँसू हमारे दिल के घाव पर खुशबूदार मरहम का काम कर हमारे शोक को दूर करने में सहायक होते हैं। मनुष्य सत्य और शांति से तब तक दूर है, जब तक करुणा-रस में उसका हृदय पगा नहीं है। यह ऐसा द्रव्य है, जो देने से बढ़ता है और हमारे जीवन को सार्थक बनाने का काम करता है। इसलिए आँसुओं को रोकना नहीं चाहिए।''

नाम

राष्ट्रसन्त तुकडोजी महाराज दोपहर को विश्राम कर रहे थे कि रामचन्द्र नामक एक शिष्य उनके पास गुस्से में आया और शिकायत- भरे शब्दों में उसने कहा, "गुरुदेव ! लोग भी बड़े अहमक हो गये हैं। देखिए न, सामने किसी मूरख ने कटिंग सेलून खोली है, और नाम रखा है उसने- 'गुरुदेव सेलून'। आप फौरन उसे बुलवाकर नाम बदलने को कहें, नहीं तो साले की दुकान को आग लगा दूँगा।"

तुकड़ोजी ने सुना तो उन्हें हँसी आ गयी, बोले, "अरे वाह! मुझे तो आज ही मालूम हुआ कि सेलून वाले की बहन तुझे ब्याही गयी है और तेरा साला सेलून का मालिक है।" वे आगे बोले, 'हनुमानजी ने लंका इसलिए जलायी थी कि पापी रावण ने सीता का अपहरण कर उन्हें लंका में छिपा रखा था। क्या इस सेलूनवाले ने भी किसी सीता को अपने सेलून में छिपा रखा है, जो तू हनुमानजी की तरह उसे जलाने की सोच रहा है? मगर मुझे तो ऐसा नहीं दिखायी देता, क्योंकि वह वहाँ बाल काटने का काम करता है और अपने परिवार के पालन-पोषण का सत्कर्म करता है। इस तरह वह सेलून तो मन्दिर के समान पवित्र है। तब क्या तू इस मन्दिर को जलाएगा?"

रामचन्द्र को चुप देख वे आगे बोले, "अरे हाँ तुझे तो सेलून के नाम पर आपत्ति है ! मगर नामकरण तो पिता द्वारा किया जाता है। तेरा नाम 'रामचन्द्र' भी तो तेरे पिता ने कुछ सोचकर ही रखा होगा, मगर इससे प्रभु रामचन्द्रजी को क्रोध आया होगा कि तेरे पिता ने उनका ही नाम क्यों चुना?''

भावुक शिष्य रामचन्द्र के लिये इतना ही पर्याप्त था। वह बड़ा लज्जित हुआ और गुरुदेव के चरणों पर गिरकर उनसे क्षमा माँगी। तब उसे उठाते हुए वे बोले, "जा उस सेलून वाले से कहा कि आज रात्रि को हम लोग उसके सेलून में ही भजन करेंगे।''

सभी धर्मों का सम्मान

पंजाब-केसरी रणजीतसिंह के पास एक मुसलमान लिपिकार आया। उसने वर्षों के परिश्रम से सुन्दर अक्षरों में 'कुरान शरीफ' की एक प्रतिलिपि तैयार की थी। वह पुस्तक कला का अत्यन्त उत्कृष्ट नमूना थी। सुडौल और सुन्दर अक्षरों के कारण रणजीतसिंह उससे बेहद प्रभावित हुए। लिपिकार ने अनेक धनिकों और नवाबों को उसे दिखाया था, किन्तु सबने केवल प्रशंसा ही की थी, मगर रणजीतसिंह ने प्रशंसा के साथ-साथ उसकी मुँहमाँगी कीमत देकर उसे अपने निजी संग्रहालय के लिए खरीद भी लिया। यह देख महाराज के मुसलमान वजीर अजीजुद्दीन को बड़ा आश्चर्य हुआ। वह उनसे बोला, "महाराज, आप तो सिख हैं, आपने मुसलमानों की इस पुस्तक का आदर कैसे किया?"

महाराज ने हँसते हुए जवाब दिया, "मैं सभी धर्मों को एक ही आँख से देखता हूँ। कहीं एक धर्म को एक आँख से और दूसरे को दूसरी आँख से न देखने लगूँ, इस कारण ईश्वर ने मेरे पास एक ही आँख रहने दी है।"

निःस्पृहता

भक्त रैदास जाति से चमार थे, किन्तु साधु-सन्तों की बड़ी सेवा करते थे। एक बार एक साधु उनके पास आया। रैदास ने उसे भोजन कराया और अपने बनाये हुए जूते उसे पहनाये। साधु बोला, "रैदासजी, मेरे पास एक अनमोल वस्तु है। आप साधु-सन्तों की सेवा करते हैं, इस कारण मैं उसे आपको दूँगा। इसे 'पारस' कहते हैं और लोहे को छुला देने मात्र से वह सोना हो जाता है।" और ऐसा कहते-कहते उसने उनकी राँपी को पारस से स्पर्श करके सोना बना डाला। यह देख रैदासजी को दुःख हुआ कि वे अब जूते कैसे सी सकेंगे। तब साधु ने कहा, "अब आपको जूते सीने की आवश्यकता नहीं। इसी से सैकड़ों राँपियाँ आ सकती हैं।" इस पर रैदासजी बोले, 'मगर यदि मैं सोना बनाता रहूँ, तो मेरे सोने की रखवाली कौन करेगा? तब तो मुझे भगवान् के भजन के बदले सोने की ही चिन्ता लगी रहेगी।' किन्तु साधु न माना और पारस पत्थर को छप्पर में रखकर चला गया।

एक वर्ष बाद वह साधु फिर रैदास के पास आया और उसे यह देख आश्चर्य हुआ कि रैदास की हालत वैसी ही है। उसने जब पारस पत्थर के बारे में पूछा, तो वे बोले, "मुझे नहीं मालूम। आपने जहाँ रखा होगा, वहीं होगा।" और वह साधु यह देखकर दंग रह गया कि पारस पत्थर छप्पर में उसी स्थान पर रखा हुआ है। तब वह बोला, "आप सचमुच धन्य हैं। आप चाहते तो इस पत्थर से मन्दिर बना सकते थे, निर्धनों को दान कर सकते थे।" इस पर रैदास ने उत्तर दिया, "महाराज! अभी तो मैं छिपे छिपे चुपचाप भगवान् का भजन कर लेता हूँ। अगर मन्दिर बनाता या दान करता, तब तो प्रसिद्धि मिलती और लोग मुझे बहुत तंग करते। मैं तो इस झगड़े में बिलकुल नहीं पड़ना चाहता।"

वीतराग

जैन दार्शनिक राजकवि हेमचंद्र सूरि सौराष्ट्र के गाँवों से विचरण करते हुए निकले। सर्वत्र अभाव और दैत्य देखकर उनका हृदय करुणा से भर उठा। एक किसान ने सन और सूत से मिलाकर बुना हुआ एक मोटा वस्त्र आचार्य के चरणों में रखते हुए कहा, "यह वस्त्र मेरी पत्नी ने आपके लिए बुना है। आप इसे स्वीकार कर हमें कृतार्थ करें।"

कवि हेमचंद्र ने तत्काल राज्य-प्रदत्त वस्त्र उतारकर वह मोटा वस्त्र पहन लिया और सीधे राजधानी पाटण लौट गये। उनके आगमन का समाचार सुनकर महाराज कुमारपाल सामंतों और श्रेष्ठियों के साथ उनके स्वागत को आये किंतु राजकवि के वस्त्रों पर नजर पड़ते ही उन्हें घोर पीड़ा हुई- "यह तो गुर्जर देश का बड़ा ही दुर्भाग्य है, आचार्य! यह मेरे लिए मरण का विषय है!" – राजकुमार बोले।

जैन सन्त ने तीखे स्वर में कहा, "तुम्हारी अधिकांश प्रजा ऐसे ही वस्त्र तो पहना करती है। क्या इससे तुम्हें पीड़ा और मरण का अनुभव नहीं होता? भला मुझ वीतराग के प्रति तुम्हारी ऐसी अनुभूति क्यों? तुम मुझे चीनांशुक पहनाकर प्रजा की सुख-समृद्धि नहीं छीन सकते। मेरा यह ग्राम्यवस्त्र कोटि-कोटि राजवस्त्रों से श्रेष्ठ है।" तब राजा कुमारपाल को अपनी भूल महसूस हुई और उन्होंने ग्रामीणों को वस्त्र बाँटे।

काव्य-महिमा

शेख सादी जब नब्बे बरस के हुए, तो अरब के एक सुलतान ने उनके पास एक बेशकीमती हीरा भेजा और लिखा, "सारी जिन्दगी आपने कविताएँ लिखने में ही गँवायी है। यदि इस हीरे की जोड़ की कोई कविता आपके पास हो, तो भेज दें।" सादी ने पत्र पढ़ा और हीरे को देखा। फिर जवाब लिखा, "आप कविता की बातें करते हैं, किन्तु शायद आपको मालूम नहीं कि मेरी शायरी का एक-एक शब्द आपके इस हीरे से कहीं अधिक कीमती है। मेरे शब्द दो बिछुड़े दिलों का स्नेह-सेतु बनने की क्षमता रखते हैं, जबकि आपका हीरा दो इन्सानों के बीच खून-खराबी का जरिया ही बनता है। मेरे शब्द ईश्वर के सिंहासन को हिलाने की क्षमता रखते हैं, जबकि आपका हीरा किसी भूखे इन्सान की भूख मिटाने में एक चने की भी बराबरी नहीं करता; उल्टे उसका काल बन सकता है। आपका हीरा आपको ही मुबारक हो, मुझे इसकी कोई आवश्यकता नहीं!"

कुरूपकामन

विनय ने आइने के सामने खड़ा होकर अपना चेहरा एक बार फिर गौर से देखा। आंखें एकदम छोटी-छोटी अंदर धसी, नाक चौड़ी - चिपटी, दाँत बाहर निकले हुए, शरीर का रंग एकदम काला यानि अत्यंत कुरूप चेहरा ये सब देख विनय मायूस हो गया। वो सोचने लगा मेरे इस कुरूप चेहरे के चलते ही गाँव के लड़के मुझसे घृणा करते हैं तथा चिढ़ाते हैं। इसी चिन्ता में डूबे-डूबे अचानक कुछ सोच अपने आप को सन्तुष्ट किया और मुस्करा उठा तथा एक नयी उमंग से अपने दोनों हाथों में बाल्टी उठाया और नल से पानी लाने हेतु गाँव के दूसरे छोर की ओर चल पड़ा।

विनय ने ज्यों ही नल के आगे बाल्टी रखा था कि शरारती लड़कों के झुण्ड ने उसे हमेशा की तरह फिर चारों तरफ से घेर लिया और जानवरों की आवाज नकल कर तथा सीटी बजा-बजाकर चिढ़ाने लगे। कोई उसे बंदर कहता कोई वनमानुष कहता तो कोई भालू, मगर विनय जो था, शांत 'मुद्रा'

में सर झुकाये पानी से भर रही बाल्टी को देख रहा था। आज उसे चिढ़ते न देख लड़कों में आक्रोश होने लगा। एक दो लड़के पीछे से चिकोटिया काटने लगे। मगर कुछ भी प्रतिवाद न देख उन शरारती लड़कों के झुण्ड में से एक बड़े लड़के ने पूछा- अरे ओ बेवकूफ, तुम्हें हमलोग इतना चिढ़ाते हैं मगर तुम्हें जरा भी शर्म नही आती। तुम ढीठ तो होही, महामूर्ख भी हो, जो अपने घर के बगल का तलाब छोड़कर इतनी दूर नल पर पानी भरने आते हो। अगर सचमुच तुममे जरा भी समझदारी होती तो तुम अपने कुरूप चेहरा लिए खुद चिढ़वाने हम लोगों की तरफ कभी नहीं आते।

विनय धीरे से बोला- देखो भाई, आप सब जो मेरे चेहरे को देख घृणा करते हैं, हँसते/चिढ़ाते हैं, तो मुझे शर्म नहीं आती बल्कि आप लोगों पर अफसोस आता है कि आप लोग नासमझ हो, क्योंकि आपलोग मुझ पर नहीं बल्कि हम सभी को बनाने वाले भगवान की रचना पर हँसते हो। आखिर इसमें मेरा क्या दोष, उन्होंने जैसी सूरत बनायी है, मैं उसी से संतुष्ट हूँ मुझे न उनसे कोई शिकायत है न ही कभी बुराई कही। दूसरी बात इतनी दूर इसी नल से पानी इसलिए ले जाता हूँ क्योंकि यहाँ स्वच्छ जल गिरता है, और मैं अपने माता-पिता को स्वच्छ जल पिलाना चाहता हूँ न कि तलाब का गंदा पानी।

यह कह विनय ने दोनों हाथों से भरी बाल्टी उठाया और गर्व से झूमता अपने घर की ओर चल पड़ा। शरारती लड़कों का झुण्ड आज पहली बार खामोश हो श्रद्धा और प्रेमपूर्ण आँखों से घर जाते विनय को निहार रहा था।

ज्योति

नेत्रदान की घोषणा को अखबारों में खूब छापी गई। खेमचन्द को बधाई देने वालों का तांता लगा हुआ था। वे फूले नहीं समा रहे थे। नेत्र सोसायटी वाले ग्रीन कार्ड तथा प्रमाणपत्र भी दे गये। सामाजिक कार्यकर्ता के रूप में खेमचन्द का लोग खूब आदर करते थे।

इस बात को गुजरे कई वर्ष हो चुके थे। खेमचन्द बूढ़े हो गये थे। एक दिन अचानक तबीयत काफी बिगड़ गई। उन्हें अस्पताल में भर्ती कराना पड़ा। डाक्टरों ने जाँच करने के बाद उन्हें मृत घोषित कर दिया।

परिवार वालों ने वह फार्म दिखाया। जिसमें नेत्रदान की बात लिखी गई थी। डॉक्टरों ने आँखें निकालकर एक नेत्रहीन व्यक्ति को आँखें लगा दी। ऑपरेशन सफल हो गया। ईश्वर कभी-कभी ऐसा करिश्मा दिखाता है कि ज्ञान-विज्ञान सब फेल हो जाते हैं। आँखें निकालने के बाद खेमचंद की साँसें चलने लगी। डॉक्टर्स और परिवार वाले आश्चर्य मिश्रित प्रसन्न हो उठे।

खेमचंद पलंग को टटोलकर महसूस करना चाह रहे थे कि मैं अभी जिन्दा हूँ। आँख में पट्टी बंधे होने के कारण सामने घना अंधेरा था। वे चिल्लाने लगे - मुझे कुछ दिखाई नहीं दे रहा। मेरी आँखों को क्या हुआ। कौन निकाला, मेरी आँखें ? डॉक्टरों और परिवार वालों ने तब जाकर सारी बातें बताई।

खेमचन्द खामोश हो गये। मित्रगण आकर बधाइयाँ दे रहे थे। आपने वायदा पूरा किया। वे शून्य में ताकते रहते। धीरे-धीरे चलने-फिरने लगे। इतनी ताकत आ गयी थी उनमें। कुछ वर्षों बाद एक्सीडेंट में उनका बड़ा लड़का बुरी तरह घायल हो गया। उसने मरने से पहले लिख दिया था कि मेरी आँखें निकालकर पिताजी को लगा दी जाये।

डॉक्टरों ने खेमचन्द को ढाढस बंधाते हुए जब यह खबर दी तो वह फूट-फूटकर रोने लगा। जब मेरा लड़का ही नहीं रहा तो दुनिया देखकर क्या करूँगा? मेरी आँखें अब गई हैं। जो कभी वापस नहीं आ सकती। ये आँखें किसी और को लगा दो तो अच्छा होगा।

निंदक नियरे राखिये

विनोबाजी अपने पत्रों को संभालकर रखते थे और उन सबका यथावत् उत्तर भी दिया करते थे। एक दिन उनके पास गाँधीजी का एक पत्र आया, तो उन्होंने उसे पढ़कर फाड़ दिया। समीप ही श्री कमलनयन बजाज भी बैठे थे। उन्हें यह देख आश्चर्य हुआ। वह अपने उद्वेग को दबा न सके और उन्होंने उन फटे टुकड़ों को जोड़कर पढ़ा तो उसे विनोबाजी की प्रशंसा से ओत-प्रोत पाया। उसमें लिखा था- "आपके समान उच्च आत्मा मैंने और कहीं नहीं देखा।''

साश्चर्य बजाजजी ने पूछा, "आपने यह पत्र फाड़ क्यों दिया? सही बात जो लिखी थी। इसे सँभालकर रखना था।" सस्मित विनोबाजी ने उत्तर दिया,

"यह पत्र मेरे लिए बेकार है, अतः मैंने फाड़ डाला। पूज्य बापू ने अपनी विशाल दृष्टि से मुझे जैसा देखा। इस पत्र में लिख दिया है, पर मेरे दोषों की उन्हें कहाँ खबर ? मुझे तो आत्म-प्रशंसा बिलकुल पसंद नहीं। हाँ ! कोई मेरे दोष बतावे, तो मैं बराबर उनका ख्याल करूँगा।"

विनम्रता

स्व. लालबहादुर शास्त्री अपने नौकर-चाकरों के साथ बड़ी विनम्रता का बर्ताव रखते थे, किन्तु उनकी पत्नी ललितादेवी का नौकरों के साथ अधिक सम्बन्ध होने के कारण नौकरों द्वारा त्रुटियाँ किये जाने पर वे कभी-कभी नाराज हो जाती थीं। एक बार श्रीमती ललितादेवी एक नौकर द्वारा ठीक तरह से काम न करने के कारण नाराज हो गयीं और उसे फटकारने लगीं। शास्त्रीजी ने जो देखा तो बोले, 'नौकरों के साथ विनम्रता से पेश आना चाहिए, डाँट-डपट नहीं करनी चाहिए; तभी वे दिल लगाकर काम किया करेंगे।' इस पर ललितादेवी बिगड़ उठीं; बोलीं, "नौकरों पर यदि अंकुश न रखें, तब तो वे मनमानी ही करने लगेंगे। उनकी गलतियाँ तो उन्हें बतानी ही चाहिए।" इस पर शास्त्रीजी हँसते हुए बोले, "तुम्हें तो इस शेर का अनुकरण करना चाहिए।

कुदरत को ना पसंद है सख्ती बयान में।
इसी वजह तो दी नहीं हड्डी जबान में।।

प्रेम की परीक्षा

देवर्षि नारद खीझ से गये थे, तीनों लोकों में राधा की स्तुति जो हो रही थी। वे स्वयं भी कृष्ण से कितना प्रेम करते हैं। इसी मानसिक सन्ताप को मन में छिपाये वे कृष्ण के पास पहुँचे, तो उन्होंने देखा कि कृष्ण भयंकर सिरदर्द से कराह रहे हैं। देवर्षि के हृदय में टीस उठी। पूछा, "भगवन! क्या इस वेदना का कोई उपचार नहीं? क्या मेरे हृदय के रक्त से यह शांत नहीं हो सकती?" कृष्ण ने उत्तर दिया, "मुझे रक्त की आवश्यकता नहीं। यदि मेरा कोई भक्त अपना चरणोदक पिला दे, तो यह वेदना शान्त हो सकती है। यदि रुक्मिणी अपना चरणोदक पिला दे, तो शायद लाभ हो सकता है।"

नारद ने मन में सोचा- ''भक्त का चरणोदक भगवान् के श्रीमुख में!'' आखिर रुक्मिणी के पास जाकर उन्होंने सारा हाल कह सुनाया?. रुक्मिणी भी बोलीं, "नहीं, नहीं! देवर्षि, मैं यह पाप नहीं कर सकती।" नारद ने लौटकर रुक्मिणी की असहमति कृष्ण के पास व्यक्त कर दी। तब कृष्ण ने उन्हें राधा के पास भेजा। राधा ने जो सुना, तो तत्क्षण एक पात्र में जल लाकर उसमें अपने दोनों पैर डुबो दिये और नारद से बोलीं, "देवर्षि, इसे तत्काल कृष्ण के पास ले जाइये। मैं जानती हूँ, इससे मुझे घोर नर्क मिलेगा, किन्तु अपने प्रियतम के सुख के लिए मैं अनन्त युगों तक यातना भोगने को प्रस्तुत हूँ।'' और देवर्षि समझ गये कि तीनों लोकों में राधा के ही प्रेम की स्तुति क्यों हो रही है।

दान का सुख

स्पेन में अतुलित संपत्तिवाला एक मनुष्य रहता था। उसके बारे में प्रसिद्ध था कि वह इतना कंजूस था कि जीवन में न तो उसने कभी अच्छा खाया, न कभी अच्छा पहना। दान में कभी उसने किसी को फूटी कौड़ी भी न दी थी। वह मंदिर जाता था, केवल भगवान से माँगने के लिए। एक बार जिस नगर में वह रहता था, वहाँ महामारी का भयंकर प्रकोप हुआ। हजारों लोग मरे। स्त्री- बच्चे निराश्रित होकर गलियों में भटकने लगे।

उसी नगर में एक महात्मा रहते थे। उनसे नगरवालों की यह दुर्दशा देखी न गयी। निराश्रित मनुष्यों की सेवा के लिए महात्माजी निकल पड़े। उन्होंने लोगों से चंदा एकत्र किया और उसी से अनाज और वस्त्र खरीदकर पीड़ित मनुष्यों में बाँटने लगे। मगर पीड़ितों की संख्या ज्यादा और एकत्र किये गये धन की राशि कम थी, काम चलता भी कैसे?

महात्माजी धनिकों के पास सहायता के लिए गये, किंतु वहाँ से उन्हें उतना धन नहीं मिला, जितनी उन्होंने अपेक्षा की थी। महात्माजी सोच में पड़ गये। अंत में उन्होंने एक युक्ति ढूँढ़ ही निकली। वे नगर के उस महाकंजूस धनिक के पास गये और उससे बोले- 'श्रेष्ठ, तुम मुझे दान में कुछ नहीं दो, केवल दस हजार रुपये का एक चेक शाम तक के लिए दे दो। शाम को मैं तुम्हारा चेक वापस कर दूँगा।'

'शाम तक के लिए चेक लेकर क्या करोगे?' कंजूस ने आश्चर्य से पूछा।

'तुम नगर के बड़े सेठ हो और बड़े कंजूस भी, जब मैं तुम्हारे चेक को दिखाऊंगा, तो मुझे विश्वास है, दूसरे धनिक सोचेंगे कि जब तुम जैसे कंजूस दस हजार दे सकते हो, तो वे क्यों नहीं। ऐसे तुम्हें बिना दिये ही दान का पुण्य मिल जायेगा।'

कंजूस सेठ ने सोचा, सौदा तो नफे का है। बिना कुछ दिये नाम भी होगा और पुण्य भी। उसने तुरंत दस हजार का एक चेक दे दिया। जैसी आशा थी, वैसा ही हुआ। उस चेक को देखकर धनिकों में होड़ सी लग गयी। शाम तक हजारों रुपये एकत्र हो गये।

शाम हुई। महात्माजी उस कंजूस का चेक वापस करने आये। मगर कंजूस ने चेक वापस लेने से साफ इंकार कर दिया। महात्माजी तो दंग रह गये। वह कंजूस दस हजार दान दे देगा, ऐसी उन्होंने कल्पना भी नहीं की थी। उन्होंने उससे पूछा कि वह चेक वापस क्यों नहीं ले रहा? तो उसने कहा-'आज तक मैंने दान की महिमा नहीं जानी थी। जब से मैंने चेक दिया है, प्रशंसा और बधाई देनेवालों का तांता मेरे घर लगा हुआ है। आज जैसा सुख मिला है, वैसा कभी नहीं मिला।' इतना कहकर उसने एक और दस हजार रुपये का चेक काटकर महात्मा को दे दिया।

संकल्प

एक बहेलिया भगवान महावीर के पास दीक्षा लेने पहुँचा। दीक्षा की गुरु दक्षिणा माँगी गयी, अहिंसा का पालन। दीक्षार्थी ने कहा- 'यह मेरे जीवित रहने का प्रश्न है। आजीविका का एक व्यवसाय मेरे अभ्यास में है- 'आखेट'। अहिंसा पालन के लिए उसे त्यागूं तो परिवार का पेट कैसे भरूँ? यह मुझसे न बन पड़ेगा।' व्याध निराश हो गया और वापस लौटने की सोचने लगा।

भगवान के शिष्य विजयभूति ने विचार किया। कोई मध्यवर्ती मार्ग निकाला जाय। कुछ से कुछ अच्छा की नीति अपनायी जाय। बहेलिये से पूछा जाय कि वह पूर्ण अहिंसा न सही आंशिक अहिंसा का शुभारंभ कर सकता है क्या? ऐसा बन पड़े तो पिपीलिका गति से चलते हुए कालांतर में वहाँ पहुँचा जा सकता है जहां गरुड़ पहुँचते हैं।

विजयभूति ने निराश व्याध के साथ नया परामर्श किया। अहिंसा की उपयोगिता समझायी।

उसकी कठिनाई समझी। बीच का रास्ता यह सुझाया कि थोड़े से शुभारंभ किया जाय और फिर जैसे-जैसे सुविधा मिले उस व्रत को क्रमशः आगे बढ़ाया जाय। दीक्षार्थी सहमत हो गया। न्यूनतम किसी एक प्राणी के प्रति दया बरतने का व्रत लिया जाय। यह तय होने पर प्रश्न यह उठा कि किस प्राणी के प्रति दयालु रहने का दक्षिणा संकल्प किया जाय। व्याध ने इसके लिए 'कौवा' चुना। और आरंभ में उतना ही कर पाने की हिम्मत दिखायी।

दीक्षा मिली। संकल्प हुआ। व्रत छोटा था। इसलिये उस प्रयास का नाम 'अणु व्रत' रखा गया। अहिंसा की गरिमा नित्य समझने-समझाने का सिलसिला कौवे के माध्यम से चला। तथ्य सशक्त था। इसलिए व्याध चिंतन-मनन के आधार पर उस पर अधिक निष्ठावान होता चला गया। धारा बही सो बही। उसने दया क्षेत्र बढ़ाया और कुछ ही समय उपरांत वह पूर्ण अहिंसक ही नहीं बना, वरन जैन धर्म के मूर्धन्य आचार्यों की पंक्ति में जा खड़ा हुआ।

कथा बताती है यदि तथ्य सशक्त हो और संकल्प में सच्चाई हो तो छोटा शुभारंभ भी क्रमशः बढ़ सकता है और समयानुसार पूर्णता तक पहुँच सकता है।

कर्म

एक बार ज्योतिषियों ने घोषणा कर दी कि अगले दस सालों तक कोई बारिश नहीं होगी। खेत में काम कर रहा एक मेहनती किसान बड़ा मायूस हुआ। मायूस मन से उसने हल वगैरह रख दिए और चिंता में पड़ गया कि बिना मेहनत के मैं आखिर करूँगा क्या? दस दिन तो क्या बीतने थे, किसान के हाथ-पैर ढीले पड़ने लगे, चिंता बढ़ने लगी। दस दिनों में जब यह हालत हो गई है, तो हो सकता है कि दस सालों में बचूँ ही नहीं, अगर बच भी गया, तो हो सकता है कि खेती करना ही भूल जाऊं। इसलिए किसान ने सोचा कि चाहे बारिश हो या न हो, खेत में काम करता रहूँगा। मेहनत करता रहूँगा ताकि अभ्यास बना रहे। वह मेहनत में जुटा, खेत में काम करने लगा। एक दिन बादल उधर से गुजर रहे थे, मेहनत कर रहे किसान से बादल ने पूछा- 'तुझे पता नहीं कि अगले दस वर्षों तक कोई बारिश नहीं होगी।'

किसान बोला कि मुझे यह सब मालूम है, मेहनत तो इसलिए कर रहा हूँ कि कहीं दस सालों में खेती करना ही न भूल जाऊँ। बादल ने सोचा कि मेहनती किसान ठीक ही कहता है। कहीं हम बादल भी बरसना न भूल जाएं! उसने अपने बादल साथियों से मुस्कुराते हुए कुछ कहा।

बस फिर क्या था? मेहनती किसान के खेतों में झमाझम बारिश होने लगी।

समर्पण

जब गुरुदेव रवीन्द्रनाथ टैगोर अस्वस्थ रहने लगे, तो डॉक्टरों ने सलाह दी कि भोजन के बाद विश्राम अवश्य करें अन्यथा स्वास्थ्य गिरता चला जाएगा। एक दिन गांधीजी ने भी थोड़ा विश्राम करने की सलाह दी। गुरुदेव ने सहज भाव से उत्तर दिया- बापू! जब मेरा यज्ञोपवीत संस्कार हुआ था, तभी से मैंने संकल्प कर लिया था कि मैं दिन में कभी विश्राम नहीं करूँगा। आज तक मैने यह संकल्प टूटने नहीं दिया। अब आप ही बताएं इस उम्र में अपने संकल्प को कैसे तोड़ दूँ? गांधीजी निरूत्तर हो गए।

ये दोनों प्रसंग शुभ कर्म करने की ओर इंगित कर रहे हैं। शुभ करने से जीवन में आनंद मिलता है व श्रेष्ठ सफलता मिलती है... और इसके लिए सरल-सा, सच्चा-सा सिद्ध मंत्र है सफलता सदैव समर्पण चाहती है।'

देवोपम आनंदोत्फुल्ल, असंख्य उर्मिल उर्मिलां आपका हृदयंगन आनंदोल्लास से अलंकृत व आनंदित कर दें।

नाम सबसे ऊपर

गंगा किनारे एक गाँव में एक फकीर रहता था। उसी के आसपास बहुत सारे साधु-संत भी रहते थे, जो दिन-रात पूजापाठ में मगन रहते थे। जबकि वह भगवान की पूजा करने की बजाए दीन-दुखियों की सेवा में लगा रहता था। साधु उसका मजाक बनाते और उसे नास्तिक कहकर उसकी आलोचना करते। एक दिन उसकी झोपड़ी में एक दिव्य पुरुष आया। उसके हाथ में एक बहुत मोटी किताब थी। फकीर ने उसका यथासंभव सत्कार किया और फिर पूछा कि वह कैसी किताब है। उसने बताया कि वह एक देवदूत है और इस

किताब में ईश्वर के प्रिय भक्तों के नाम लिख रहा है। फिर उसने फकीर से पूछा कि वह दिन में कितनी बार ईश्वर की पूजा करता है: फकीर ने उत्तर दिया कि जरूरतमंदों की सेवा में ही उसका इतना वक्त गुजर जाता है कि उसे पूजा के लिए फुर्सत ही नहीं मिलती। अगली सुबह देवदूत उससे बोला कि वह गंगास्नान करके वापस आएगा, तब तक वह उसकी किताब का ख्याल रखे। उसके जाने के बाद फकीर को उत्सुकता हुई कि वह देखे कि उसके गाँव में किस-किस का नाम ईश्वर के प्रिय भक्तों की सूची में दर्ज है। उसने किताब खोली तो यह देखकर आश्चर्यचकित रह गया कि उसका नाम सबसे ऊपर लिखा था।

सभी दिन एक जैसे नहीं होते

एक बार एक पत्थर लुढ़कता हुआ किसी पौधे की जड़ में जा गिरा। उस पौधे पर खिली एक सुंदर कली अपनी सुगन्ध से पूरे वन को महका रही थी। अपने पैरों में गिरे पत्थर पर ताने कसते हुए कली ने कहा अरे पत्थर, तुम कितने बदसूरत, भद्दे और खुरदरे हो यही वजह है कि तुमने थपेड़े खाए हैं और लोगों की उपेक्षा के शिकार हुए हो। मुझे देखो मैं कितनी सुन्दर और सुगन्धित हूँ। इस कारण सबके दिलों में मेरे प्रति स्नेह और सम्मान का भाव है पत्थर बेचारा क्या कहता? कली के ताने सुनता रहा। वह समझ गया कि कली के सिर पर अहंकार चढ़कर बोल- रहा है। वह चुपचाप पड़ा रहा। अगले दिन एक शिल्पी हाथों में छेनी हथौड़ी लिए वहाँ आ पहुँचा। शिल्पी ने उस पत्थर को उठाया, देखा और अपनी छेनी, हथौड़े से तराशना शुरू किया। शाम तक तो उसने उस पत्थर को सुन्दर प्रतिमा का आकार दे दिया। कुछ दिनों में वह प्रतिमा श्रद्धालुओं के हाथों में होती हुई मंदिर तक जा पहुँची। पूजा-अर्चना, अनुष्ठान और विधान के साथ वह प्रतिमा मंदिर में प्रतिष्ठित हुई अगले दिन एक श्रद्धालु हाथों में वही फूल लिए पहुँचा जो कल कली बन इठला रही थी। जैसे ही श्रद्धालु ने वह फूल प्रतिमा के चरणों में अर्पण किया तभी प्रतिमा की निश्छल मुस्कुराहट और दिव्यता देख फूल का अहंकार चूर-चूर हो गया। वह शर्म से मुरझाने लगा। उसे एहसास हुआ

कि सभी दिन एक से नहीं होते। कल जो मेरे चरणों में था आज मैं उसके चरणों में हूँ। ठीक वैसे ही, जैसे-

'माटी कहे कुम्हार से, तू कित रौदे मोय।

एक दिन ऐसा आएगा, मैं रौदूँगी तोय।।

इसलिए अपनी उपलब्धियों का उपयोग करें, उस पर अहंकार नहीं, जो पाया है वह हमेशा रहे यह जरूरी नहीं।

सुख की मणि

एक महात्माजी थे। वे हमेशा प्रसन्न मुद्रा में रहते थे, कुछ चोरों ने अनुमान लगाया कि महात्माजी के पास कोई बहुत बड़ी दौलत है जिस कारण वे प्रसन्नचित्त रहते हैं। एक दिन अवसर पाकर चोरों ने महात्माजी का अपहरण कर लिया और वे उन्हें लेकर जंगल में आए। चोर बोले- महात्माजी हमें पता चला है कि आपके पास 'सुख की मणि' है इसी से आप हमेशा प्रसन्न रहते हैं। आप वह सुख की मणि हमें दे दीजिए नहीं तो हम आपके प्राण ले लेंगे। महात्माजी ने एक-एक करके प्रत्येक चोर को अलग-अलग बुलाया और हर किसी से बोले हां, हमारे पास सुख की मणि है पर हमने उसे चोरों के डर से, जमीन के भीतर गाड़ दिया है, यहाँ से कुछ दूरी पर वह स्थान है, अपनी खोपड़ी के नीचे चंद्रमा की छाया में खोदना, वह जरूर मिल जाएगी। '' महात्माजी एक पेड़ के नीचे सो गए। चोरों ने अलग-अलग दिशाओं में वहाँ खोदना शुरू कर दिया। चन्द्रमा की रोशनी में उनकी छाया जरा भी मिल जाती वे फिर मेहनत करते। इस तरह रातभर में चोरों ने जगह-जगह खुदाई कर डाली पर उन्हें वहाँ कोई मणि नहीं मिली। चोर निराश होकर महात्माजी के पास आ गए और उन्हें झूठा कहने लगे। महात्माजी बोले, 'मूर्खो, तुमने मेरे कहने का मतलब गलत लगाया है। हमारी खोपड़ी के नीचे ही सुख की मणि है। अर्थात् हमें श्रेष्ठ और अच्छे विचार रखने चाहिए। तभी हम प्रसन्नचित्त रह सकते हैं। यदि तुम लोग अपने दृष्टिकोण को बदल लोगे तो मेरे जैसी प्रसन्नता तुम्हें भी मिल जाएगी। तुम मी हमेशा खुश रहने लगोगे।'' चोर महात्माजी के उपदेश से प्रसन्न रहना सीख गए।

भिक्षा पात्र

कुबेर के दरबार में एक भिखारी खड़ा था। एक हाथ में भिक्षा पात्र था तो दूसरे हाथ में एक पत्र।। पत्र को आगे बढ़ाते हुए भिखारी ने कहा- "इसे मैं नारद मुनि से लाया हूँ। उन्होंने आपसे, आग्रह किया है कि आप मेरे भिक्षा पात्र को भर दें। अपने खजाने से थोड़ा धन देकर मेरे भिक्षा पात्र को लबालब भरें। 'ठीक है आगन्तुक! हम देवर्षि की इच्छा पूर्ण करेंगे, कहते-कहते उन्होंने अपने कोषाध्यक्ष को आदेश दिया एक बहुत बड़ा पात्र हीरे- जवाहरात से भरा लाया गया। इसे भिक्षुक के पात्र में उड़ेल दिया गया। मगर यह क्या! पात्र का थोड़ा हिस्सा ही भर पाया। इसे देखकर महाराज कुबेर और सभी दरबारी चकित हो गए," कुबेर ने फिर संकेत किया और धन लाया गया। भिक्षा पात्र फिर भी नहीं भरा। धन आता रहा। पात्र में जाता रहा। पात्र फिर भी न भरा। कुबेर का आधा खजाना खाली हो गया है। मगर पात्र तो आधा भी नहीं भरा। महाराज कुबेर गंभीर हो गए। उनको गंभीर देखकर भिक्षुक ने कहा- 'ठीक है! कहें तो मैं इसी तरह लौट जाऊं मगर देवर्षि ने तो कहा था कि पूरा पात्र भरकर लाना। 'हाँ, हम उनको निराश नहीं करेंगें' और धन लाया गया। उस पात्र में डाला गया। बार-बार ऐसा किया गया। आप चिन्तित न हो महाराज! मैं इसी तरह लौट जाता हूँ। पर... इससे नारद मुनि के पात्र की मर्यादा नहीं रहेगी उनके द्वारा दिया पात्र भरा नहीं। उधर, कोषाध्यक्ष के हाथ-पांव फूल चुके थे। क्या करें? कुछ समझ में नहीं आ रहा था। कुबेर उठे, भिक्षा पात्र को गौर से देखा। उसमें कोई छेद न था। और गौर से देखा तो पता चला कि यह पात्र मानव खोपड़ी का बना था। यह मृत मानव की खोपड़ी थी, इतनी भूखी.. इतनी अतृप्त.. जिन्दा मानव की खोपड़ी होती तो और अधिक अतृप्त रहती। कुबेर राज जान गए कि मानव सदैव अतृप्त रहता है।

याद रही 'सीख'

एक दिन गांधी जी साबरमती आश्रम में कार्यकर्ताओं के साथ कताई कर रहे थे। तभी लाल बहादुर शास्त्री कहीं बाहर से आश्रम में पहुँचे। पहले वे सीधे गांधीजी से मिलने कताई स्थल पर गए और जाकर उनके पास बैठ

गए। गांधीजी की निगाह उनके कुर्ते पर पड़ी तो बोले लाल बहादुर, तुम्हारे कुर्ते में चीर लगी है। शास्त्री जी ने कहा, हाँ बापू, देख तो लिया था, मगर समय नहीं मिला कि जाकर इसे सिलवा लूं। यहाँ से जाकर सिलवा लूंगा। गांधी जी ने कहा, तुम लम्बे सफर से आ रहे हो, थक भी गए होगे। सबसे पहले स्नान कर लो। शास्त्रीजी कुर्ता निकाल कर तख्त पर रख कर नहाने चले गए। उनके जाते ही गांधी जी ने सुई-धागा ले उनका कुर्ता सिल दिया और उसे खूंटी पर टांग दिया। शास्त्री जी स्नान ध्यान करके आए तो कुर्ता वहाँ नहीं था। उन्हें कुर्ता खोजते देख कर गांधी जी ने इशारा किया, वहाँ खूंटी पर टंगा है। शास्त्रीजी ने जब उसे दोबारा पहना तो देखा कि कुर्ता सिला हुआ है। वह कुछ पूछते, उसके पहले ही गांधीजी बोले, लालबहादुर, आजादी तो हमें तभी मिलेगी जब सब लोग दूसरे पर निर्भरता छोड़कर अपना काम स्वयं करने लगेंगे। जब हम इतना छोटा काम भी दूसरे के लिए छोड़ देंगे, तो देश का क्या होगा? पूरी आजादी हमें कैसे मिलेगी? गांधीजी की एक नसीहत को शास्त्रीजी ने जिंदगी भर याद रखा। इसके बाद उन्होंने अपना कोई भी काम दूसरे के भरोसे नहीं छोड़ा। यहाँ तक कि मंत्री बनने के बाद भी उन्हें गांधीजी की सीख याद रही और वह अपने कपड़े स्वयं साफ करते थे।

रत्नों का दान

मगध के सम्राट अशोक का विजयोत्सव था। उस अवसर पर बौद्ध भिक्षु का प्रवचन भी रखा गया था। सम्राट अशोक भी प्रवचन सुनने गए। थे। भिक्षु से प्रभावित होकर अशोक ने भोजन के लिए आमंत्रण दिया। अशोक के मन में सवाल था कि भिक्षु ने जो प्रवचन दिया वह उनके भी जीवन में है या सिर्फ बोध देने तक सीमित हैं? भिक्षु सही समय पर महल में पधारे। सम्राट ने पूर्ण आदर सत्कार से स्वागत किया और मधुर भोजन अपने ही हाथों से परोसा। भिक्षु ने मिठाई के बदले सिर्फ सादा भोजन ही लिया। भोजन के बाद सम्राट ने भिक्षु को अपना पूरा महल दिखाया। आखिर में एक कमरे में ले गए, जो राज्य का सबसे बड़ा रत्न भंडार था। उसे दिखाते हुए सम्राट अशोक ने कहा, 'भिक्षु राज! ऐसे अमूल्य रत्न भारत में ही नहीं, विश्व में दुर्लभ हैं।' भिक्षु ने कहा, 'राजन! इससे तो राज्य को बहुत आय होती होगी।' अशोक

ने कहा, 'आय कहां? रत्नों की सुरक्षा के लिए ही बहुत बड़ा खर्च उठाना पड़ता है। तब भिक्षु ने कहा, 'तो राजन! आपके ही राज्य में इन रत्नों से भी कीमती पत्थर को मैंने देखा है। मेरे साथ चलें तो दिखाऊं। अशोक भिक्षु के साथ चलने लगे। भिक्षु उन्हें गरीब मोहल्ले में लें गए। वहाँ एक औरत के घर में दाखिल हुए और आटा पीसने की चक्की के पत्थर दिखाकर कहा, 'ये वही अमूल्य पत्थर हैं।' सम्राट ने कहा, 'यह तो चक्की का पत्थर है। रत्नों से कीमती कैसे?' तब भिक्षु ने कहा, 'राजन, हैं तो चक्की के पत्थर। मगर राज्य के भी रत्नों से भी कीमती हैं। क्योंकि आपके रत्नों की रक्षा के लिए जो खर्च उठाना पड़ता है वो इस पत्थर के लिए नहीं होता। रत्नों से प्रत्यक्ष लाभ तो कोई होता नहीं है। जबकि इस चक्की के पत्थर से यह औरत उसके अंधे पति और दो बच्चों का पेट भरती है। सम्राट अशोक। भिक्षु महाराज की बात सुनते ही आश्चर्यचकित हो गए और दूसरे ही दिन उन्होंने अपने भंडार से रत्नों का दान कर दिया।

संकट के समय विवेक

बात काफी पुरानी है। किसी गाँव में एक फकीर रहता था। वह रोज भिक्षा माँगने जाता। एक दिन उसने सोचा क्यों न आज मैं शहर जाऊं। शहर में वह एक धनवान के घर पहुँचा। व्यापारी बहुत खुश दिख रहा था। काफी लोग उसे बधाई देने आए हुए थे। फकीर ने कौतुहल से पूछा, आप तो आज बहुत खुश नजर आ रहे हैं। मुझे भी आपकी खुशी में शामिल कीजिए। व्यापारी ने बताया, आज मुझे ईश्वर की कृपा से पुत्र की प्राप्ति हुई है। उसने फकीर को खुश होकर सोने की एक मोहर दे दी। सोने की मोहर पाकर फकीर बहुत खुश हुआ और व्यापारी को दुआ देता हुआ अन्य घरों में आटा माँगने चला गया। शाम को जब वह भिक्षा लेकर अपने गाँव लौट रहा था तो उसने मोहर आटे में छिपा दी। जब वह घने जंगल से गुजर रहा था तो उसे डाकुओं ने घेर लिया और कहा, 'ऐ मुसाफिर तेरे पास जो कुछ भी है, हमारे हवाले कर दे वरना जान से हाथ धोना पड़ेगा।' फकीर घबरा गया पर उसने अपना धीरज नहीं खोया। उसने डाकुओं से कहा मेरे पास यह मोहर है यह तुम ले जाओ, मगर यह आटा मेरे पास ही रहने दो। डाकुओं ने सोचा

फकीर पागल तो नहीं हो गया। उन्होंने पूछा तुम हमें आटा न देकर मोहर क्यों दे रहे हो? इस पर फकीर ने कहा, क्योंकि यह आटा चमत्कारी है और रोज एक सोने की मोहर पैदा करता है। डाकुओं ने सोचा क्यों न इससे यह आटा ही ले लिया जाए। यह सोचकर डाकुओं ने सोने की मोहर फेंक दी। उससे आटा लेकर भाग गए। डाकुओं के जाने के बाद फकीर खुशी-खुशी अपने घर आ गया। संकट आने पर भी उसने विवेक नहीं खोया इसलिए कठिनाई में भी सफलता हासिल कर ली।

वेशभूषा का मन पर प्रभाव

डाकुओं का एक गिरोह था, जंगल के रास्ते पर एक मंदिर बनाकर साधु का वेश धारण करके रहता था। उसके अन्य साथी राहगीरों के साथ लूटपाट करते और डाका डालते। एक रात व्यापारियों का एक दल मंदिर के रास्ते गुजर रहा था। डाकुओं ने उसे घेर लिया। उनका सरदार साधु वेश में मंदिर में ही बैठा था। डाकुओं द्वारा की जा रही लूटपाट के दौरान एक व्यापारी अपने धन की पोटली लेकर मंदिर में जा घुसा। उसने साधु वेशधारी सरदार को कहा, 'महात्माजी रास्ते में बदमाश लूटपाट कर रहे हैं। मैं यह थैली आपके पास रखकर जा रहा हूँ। बदमाशों के जाने 'के बाद ले जाऊंगा।' सरदार ने कहा, 'अपनी थैली सामने कोने में रख दो।' व्यापारी थैली रखकर चला गया। थोड़ी देर बाद बदमाश मंदिर में अपना-अपना हिस्सा लेने लगे तभी वह व्यापारी भी अपनी थैली लेने उस मंदिर में पहुँचा तो उसने देखा कि साधु वेशधारी ही डाकुओं का सरदार है। वह डरकर भागने लगा तब सरदार ने उसे आवाज देकर बुलाया और कहा कि आप लौटकर क्यों जा रहे हो? आपकी थैली वहीं सुरक्षित रखी है जहां आप रखकर गए थे। आप उसे ले जा सकते हैं। व्यापारी को बड़ी तसल्ली हुई। वह अपनी थैली लेकर चला गया तब डाकुओं ने सरदार से कहा कि आपने आई लक्ष्मी को क्यों लौटा दिया? सरदार बोला साथियों व्यापारी ने मुझे महात्मा समझकर मुझ पर विश्वास करते हुए अपने धन की थैली रखी थी। मैं संत की वेशभूषा में हूँ और संत का वेश परंपरा को याद दिलाने वाला होता है। यह वेशभूषा कलंकित न हो जाए और लोगों का साधु-संत पर से विश्वास नहीं टूटे इसलिए मैंने उस

व्यापारी की थैली वापस कर दी। इसलिए हमें हमारी वेशभूषा तथा मर्यादा का ध्यान रखना चाहिए। बाद में वह सरदार बड़ा संत बन कर प्रसिद्ध हुआ।।

समय का दुरुपयोग

एक प्रशंसक ने आते ही सुविख्यात चिंतक इमर्सन से कहा– 'कल की बात है, जब मैं एक व्यापारी को किसी काम से मिला, उसने आपकी खुलकर निंदा की। यह भी कहा कि आप अपनी रचनाओं में निर्धनों को अधिमान देते हैं। भाषणों में भी ऐसा ही कर धनवान लोगों की उपेक्षा किया करते हैं और मैं चाहता हूँ कि इमर्सन जैसा व्यक्ति सलाखों के पीछे ही पड़ा रहना चाहिए।' 'अच्छा! तब तुम्हारी क्या प्रतिक्रिया रही?' क्रोध आया। अकेला होने के कारण चुप रहना पड़ा। 'मेरे भाई! तुमने अपने कानों से मेरी निंदा सुनी। तुम्हें इस पर गुस्सा भी आ गया। निंदा सुनी और गुस्सा पी गए। मेरे हिसाब से इससे तुम्हारे कान, गला दोनों दूषित हो गए होंगे! यदि किसी की निंदा शुरू होते ही वहाँ से उठ जाओ तो विषतुल्य क्रोध भी नहीं आएगा। तुम भी ऐसा कर सकते थे।' अपने प्रशंसक से उन्होंने आगे कहा– तुमने मुझे सारी घटना सुनाकर, उनकी चुगली करके, अपना और मेरा समय ही जाया किया है। एक बात याद रखना– भगवान ने हमें कान, जीभ और आंखें आदि इंद्रियाँ अच्छे कार्यों को सुनने, बोलने, देखने के लिए ही दी हैं दोस्त! भविष्य में इनका उपयोग अच्छे कार्य के लिए करना। इनके दुरुपयोग से बचना। सुविख्यात चिंतक इमर्सन ने उस व्यक्ति में स्थायी परिवर्तन ला दिया।

दुनिया जीतकर क्या होगा

अरस्तु ने सिकंदर को युनानी दार्शनिक डायोनिसिस की महानता के विषय में बहुत कुछ सुनाया। जिससे प्रभावित होकर सिकंदर डायोनिसिस से मिलने गया। सिकंदर ने डायोनिसिस से कहा– 'हे महात्मा मैं दुनिया जीतना चाहता हूँ, मैं आपका शुभाशीष चाहता हूँ। 'डायोनोसिस ने उसे आश्चर्य से देखते हुए पूछा– "पहले यह बताओ दुनिया जीत लेने के बाद फिर क्या करोगे?' वह बोला 'कुछ नहीं दुनिया का सम्राट कहलाऊँगा और इतिहास मुझे याद

रखेगा।' डायोनिसिस ने मुस्कुराते हुए कहा- 'दुनिया का इतिहास तो मुझ जैसे धूल में पड़े रहने वाले व्यक्ति को भी याद रखेगा और इस तुच्छ सी बात के लिए असंख्य बेगुनाह व्यक्तियों का खून खराबा करने की आवश्यकता क्या है?' 'सुख- समृद्धि के साधनों के बिना भी मुझ जैसे अनेकों लोग बहुत सुखी हैं और सुख के साधन क्या साथ साथ जाते हैं? ऐसे प्रश्नों के कारण सिकंदर इस दार्शनिक के आगे अपने आप को बौना महसूस करने लगा। एक दिन आया कि उस महान सिकंदर की मृत्यु हो गई। उसे दफनाने का समय आया। अरस्तु ने डायोनिसिस से कहा 'महात्मा, अत्यंत ही दुःखदायी समाचार है कि हमारा सम्राट नहीं रहा। हम उसे दफन करने जा रहे हैं।' डायोनिसिस ने कहा- 'एक बात जरूर करना, उसके दोनों हाथ जनाजे से बाहर लटकते दिखाई पड़ने चाहिए। संसार को मालूम हो कि विश्वविजेता सिकंदर भी मर कर अपने साथ कुछ नहीं ले जा रहा है। सब कुछ यहीं छूट जाता है।'

एक शिष्या से प्रकांड पंडित ने सीखा निरभिमान रहना

आज से तीन सदी पूर्व उपाध्याय यशोविजय के नाम एक विख्यात पंडित हुए हैं, जो अनेक विषयों के ज्ञाता और अत्यंत मेधावान थे। उनकी विद्वत्ता इस बात से आंकी जा सकती है कि एक बार पंडितों द्वारा दिए गए किसी विषय पर वे घंटों संस्कृत में धाराप्रवाह बोलते रहे। धीरे-धीरे अपने पांडित्य की सफलता का नशा भी उन पर हावी होने लगा। व्याख्यान के समय सामने रखी जाने वाली स्थापना पर उनके कहे अनुसार शिष्य चार झंडियां लगाने लगे, जिसका आशय यह था कि चारों दिशाओं में उनका यश व्याप्त हो गया है। विद्वत्ता और सफलता का यह प्रदर्शन अन्य शिष्यों को ठीक नहीं लगा, किंतु कोई उन्हें टोकने का साहस नहीं कर पाया। एक दिन एक शिष्या ने बड़ी चतुराई से उनसे पूछा- 'गुरुदेव! आपका पांडित्य धन्य है। मैं बड़ी भाग्यवान हूँ, जो आप जैसे महापुरुष के दर्शन हुए और आपके सत्संग का लाभ मिला। महाराज! एक प्रश्न कई दिनों से मेरे मन में उठ रहा है, आज साहस कर पूछ रही हूँ। क्या गौतम स्वामी व सुधर्मा स्वामी भी आप जैसे विद्वान थे?' उपाध्यायजी बोले- 'मैं तो उनके चरणों की धूल भी नहीं हूँ।'

तब शिष्या ने कहा- 'क्या वे भी अपनी स्थापना की चतुर्दिश ध्वजा लगाते थे?' उपाध्यायजी को तत्काल अपनी गलती का भान हुआ और उन्होंने वे ध्वजाएं तोड़कर फेंक दीं। अब उनका हृदय अहंकार से रहित हो निर्मल ज्ञान से भर गया। कथा का सार यह है कि ज्ञान का सात्विक आलोक तभी मुखर और सार्थक होता है, जबकि वह अभिमान से रहित हो। वस्तुतः अहंकाररहित ज्ञान ही सच्चा मार्गदर्शक होता है।

जिंदा रखिए संवेदना

एक गरीब रिक्शेवाले का बच्चा बीमार हो गया, तेज बुखार के कारण बच्चा रोने लगा। बच्चे का पिता हड़बड़ाहट में पास ही के किसी बड़े अस्पताल में चला गया। हालाँकि वहाँ सभी बड़े डॉक्टर आते थे पर फीस भी तगड़ी थी। रिसेप्शन पर पूछा तो वहाँ से उसे जवाब मिला कि डॉक्टर साहब 12 बजे आते हैं।

आप 400 रुपए फीस जमा करके बैठ जाइए। 'बच्चा तो तेज बुखार में तप रहा था साथ ही उसके पिता के पास 400 रुपए भी नहीं थे। इतने में सामने से एक बड़े डॉक्टर किसी मरीज को देखने आए। वे अचानक रिक्शे वाले के पास रुके। उन्होंने सारी बात सुनी और रूम में ले जाकर उस बच्चे का चेकअप किया। उसे बीमारी उपचार के लिए जिन औषधियों की जरूरत थी उन्हें डॉक्टर साहब ने खुद ही अपने पैसों से उपलब्ध कराई। डॉक्टर के इस व्यवहार से रिक्शा वाला खुश हो गया। कई दिनों बाद एक दिन डॉक्टर साहब को कहीं जरूरी काम से बाहर जाना था। उन्हें रिक्शे की जरूरत पड़ी। उसी बीच वह रिक्शा चालक कहीं से गुजर रहा था। उसकी नजर डॉक्टर साहब पर पड़ी। वह पहचान गया कि यह वही चिकित्सक है जिसने उसके बच्चे का तुरन्त उपचार किया था। रिक्शा चालक डॉक्टर साहब के पास आया। उन्हें अपने रिक्शे में बैठाया तथा जहां उन्हें जाना था पहुँचाया। डॉक्टर साहब ने जब किराया देना चाहा तो रिक्शा चालक ने कहा मैं भी एक इंसान हूँ। मुझमें भी इंसानियत है। यदि आपने मेरे बच्चे के इलाज की फीस और दवाइयों के पैसे नहीं लिए तो आज मैं आप से किराया कैसे ले

सकता हूँ। यह कहते-कहते रिक्शा चालक की आंखें भर आई। डॉक्टर साहब ने उसकी पीठ थपथपाई और वे चले गए।

संत राबिया ने युवाओं को बताया सेवा का महत्व

संत राबिया अलसुबह कबूतरों को दाना खिलाती थीं। यह उनका प्रतिदिन का नियम था। शेष समय वे अध्ययन और आध्यात्मिक चर्चा में व्यतीत करतीं। एक दिन वह सुबह के समय कबूतरों को दाना चुगा रही थीं कि पाँच-छह नौजवान टहलते हुए उस बगीचे में आए और राबिया के पास आकर खड़े हो गए। संत राबिया उनकी ओर देखकर पहले तो मुस्कराई, फिर जोर से हंस पड़ीं। युवकों को उनकी हंसी का अर्थ समझ में नहीं आया। उनमें से एक ने कारण पूछा, तो वह बोलीं- 'मैं इसलिए हंसी कि जिस धरती पर तुम जैसे सजीले, सुंदर और बलिष्ठ नौजवान हों, वह धरती कितनी भाग्यशाली है। मेरी हंसी वास्तव में खुदा के प्रति आभार है।' युवक यह सुनकर वहीं खड़े हो गए। राबिया फिर कबूतरों को दाना चुगाने में व्यस्त हो गई। फिर थोड़ी देर बाद अचानक वह रो पड़ीं। - उनका रोना देख युवक बेचैन हो गए। उनके द्वारा कारण पूछने पर वह बोलीं- 'पहले तो मैं यह देखकर हंसी थी कि धरती पर कितने युवा हैं, लेकिन अब मैं रोई तो इसलिए कि सारे युवा सेवा की भावना से दूर हैं। यदि युवा अपनी शक्ति का उपयोग सृजनात्मक कार्यों के साथ सेवा में करें, तो जगत का कल्याण हो जाएगा। पर ऐसा न होते देखकर मेरे आँसू निकल आए।' युवकों ने अपनी भूल स्वीकारी। राबिया ने उन्हें प्रेरित किया कि यदि उनसे कोई बड़ी सेवा न हो सके, तो वे प्यासों को पानी, परिंदों को दाना और मीठी बोली बोलकर ही सुकून पहुँचाएं। वस्तुतः युवावस्था की ऊर्जा को सद्कार्यों में लगाना आत्मिक शांति का वाहक तो बनता ही है, समाज को सकारात्मक परिणाम देकर उसकी उन्नति का मार्ग भी खोलता है।

बहू ने ससुर को ईमानदारी की कमाई का महत्व समझाया

यूनान में हेलाक नाम का एक धनी और लोभी व्यक्ति रहता था। अपनी दुकान पर आने वाले प्रत्येक मनुष्य को ठगना उसका नित्य का काम था। इससे उसे काफी धन प्राप्त होता था, किंतु वह उसके पास टिक नहीं पाता था। कभी बीमारी में व्यय हो जाता, तो कभी दुकानदारी में कोई बड़ा नुकसान हो जाता। यह देखकर उसकी पुत्रवधू उसे समझाती कि बेईमानी के पैसों से बरकत नहीं होती, किंतु हेलाक उसकी बातें अनसुनी कर देता। एक दिन उसके मन में आया कि अपनी पुत्रवधू की बातों की सच्चाई की परीक्षा ली जाए। उसने ईमानदारी से कुछ दिन धन कमाकर उससे सोने की एक पंसेरी (पाँच सेर की तौल या बाट) बनवाई। फिर उसे अपनी छाप लगाकर कपड़े में मढ़ा और एक चौराहे पर रख आया। कुछ दिन तक वह चौराहे पर आते-जाते लोगों के पैरों से इधर-उधर होती रही। फिर एक दिन एक व्यक्ति ने उसे पास के तालाब में फेंक दिया। उस तालाब में बैठे एक मगरमच्छ ने उसे निगल लिया। कुछ दिनों बाद मछुआरों ने तालाब में जाल डाला तो मगरमच्छ उसमें फंस गया। मछुआरों ने जब मगरमच्छ का पेट चीरा, तो वह पंसेरी बाहर निकल आई। मछुआरों ने हेलाक के नाम की छाप देखकर वह पंसेरी उसे लाकर दे दी। महीनों बाद अपनी सोने की पंसेरी पाकर हेलाक बहुत खुश हुआ। अब उसे विश्वास हो गया कि ईमानदारी का धन कहीं नहीं जाता और बेईमानी से कमाया धन कभी फलता नहीं। उसी दिन से उसने बेईमानी छोड़ दी। वस्तुतः ईमानदारी से अर्जित धन मानसिक शांति देने के साथ ही स्थायी भी होता है।

निःस्वार्थ भाव से की गई सेवा ही सच्चा पुण्यकर्म है

भारत के स्वाधीनता संग्राम में कई महान विभूतियों का योगदान रहा है। इनमें से कुछ अहिंसा मार्ग के अनुयायी थे तो कुछ क्रांति पथ के पथिक।

इन्हीं में से एक थे यतींद्रनाथ बोस। यतींद्रनाथ क्रांतिकारी थे और भारत की आजादी के लिए इनके प्रयास अत्यंत सराहनीय रहे। इन्हीं के जीवन की एक घटना है, जो आज के यांत्रिक और अमानवीय होते जा रहे समाज के लिए प्रेरणा लेने योग्य है। एक दिन यतींद्रनाथ गर्मी की चिलचिलाती धूप में कोलकाता की एक सड़क पर पैदल कहीं जा रहे थे। रास्ते में एक स्थान पर उन्होंने भारी भीड़ देखी। यतींद्रनाथ भीड़ को चीरते हुए अंदर घुसे तो अवाक रह गए। उन्होंने देखा कि एक वृद्धा गर्मी से परेशान, बोझा उठाने में असमर्थ होकर नीचे गिर पड़ी है। मौखिक सहानुभूति सभी जता रहे थे, किंतु उसे उठाकर घर पहुँचाने की वास्तविक सहायता के लिए कोई तैयार नहीं था। यतींद्रनाथ ने उस वृद्धा को सहारा दिया और उसका बोझ उठाकर बोले- चलो माँ, घर चलें। घर पहुँचकर उन्होंने पूछा- तुम्हारा और कोई नहीं है क्या? वृद्धा यह सुनकर रो पड़ी और बोली - एक ही बेटा था, जो महामारी के कारण मृत्यु को प्राप्त हो गया। अब बोझा ढोकर पेट की आग बुझाती हूँ। यतींद्रनाथ द्रवित होकर बोले- माँ, यह बेटा अभी जीवित है। अब तुम्हें कभी बोझा नहीं ढोना पड़ेगा। यह कहते हुए उन्होंने उसके चरण छूकर कुछ रुपए दिए और फिर आजीवन उसका भरण-पोषण किया। कथा का सार यह है कि निःस्वार्थ सेवा सच्चा पुण्यकर्म है और उसे करने वाला सच्ची पुण्यात्माँ

आदर्श साधु

एक साधु ने छह साल तक नैमिषारण्य एकांत में रहकर तपस्या की। जब उसे लगा कि वह ज्ञान की प्राप्ति के करीब है, उसने प्रभु से यह प्रार्थना की उसे एक ऐसे आदर्श गुरु का पता दें जिसका अनुसरण कर वह आगे की साधना पथ पर आगे बढ़े। उसी रात साधु ने सपना देखा। सपने में प्रभु ने उससे कहा कि अगर वह सचमुच ऐसा चाहता है तो उस भिखारी का अनुसरण कर जो कवित्त पढ़ पढ़ कर भीख माँगता रहता है। सुबह उठते ही साधु ऐसे भिखारी की खोज में चल पड़ा। वह उनकी कुटिया से कुछ दूर मिला। साधु ने जब उसके द्वारा किए सत्कर्म पूछे तो भिखारी बोला मुझसे मजाक मत कीजिए। मैंने न तो कोई सत्कर्म किया, न तपस्या की और न प्रार्थना। मैं तो कवित्त गाकर लोगों का मनोरंजन करता हूँ और जो रूखी-सूखी मिलती है,

खा लेता हूँ। तब साधु ने पूछा- तू भिखारी कैसे बना, तूने फिजूलखर्ची में पैसे उड़ा दिए या दुर्व्यसन में?

भिखारी ने कहा- नहीं, मुझे जब पता चला कि एक गरीब स्त्री के पति और पुत्र कर्ज के बदले गुलाम बनाकर बेच दिए गए तो मैंने अपनी सारी संपत्ति साहूकार को देकर उसके पति व पुत्र को छुड़वा लिया। मेरी सारी संपत्ति चली जाने से मैं भिखारी हो गया। आजीविका का कोई साधन न रहने से मैं कवित्त गाकर अपना पेट पालता हूँ और प्रसन्न रहता हूँ।

भिखारी की कथा सुनकर साधु उससे बहुत प्रभावित हुआ और बोला- तू सचमुच आदर्श साधु है। तेरा अनुसरण करके ही मैं प्रभु का प्रेम पा सकता हूँ।'

संकल्प और समर्पण के बिना अध्यात्म संभव नहीं

एक प्रसिद्ध संत थे यशोधर्म। अनेक शिष्य उनसे ज्ञान प्राप्त करने के लिए आतुर रहते थे। जब एक दिन वह अपने शिष्यों को पढ़ा रहे थे तो एक शिष्य बोला, अध्यात्म मार्ग में गति पाने के लिए व्यक्ति को क्या करना चाहिए? शिष्य का प्रश्न सुनकर संत यशोधर्म बोले, जैसे पक्षी को उड़ान भरने के लिए दो पंखों की आवश्यकता होती है उसी तरह अध्यात्म का मार्ग पाने के लिए भी व्यक्ति को संकल्प एवं समर्पण रूपी दो पंखों की आवश्यकता होती है। इनके अभाव में कोई भी व्यक्ति अध्यात्म की राह नहीं पा सकता।

यह सुनकर शिष्य बोला, गुरुजी, क्या अकेले संकल्प या समर्पण से अध्यात्म लाभ नहीं हो सकता? यशोधर्म बोले, आओ नौका विहार करते हैं। इसका जवाब मैं तुम्हें वहीं दूँगा। यह सुनकर शिष्य संत के साथ नौका विहार के लिए तैयार हो गया। वह संत के साथ नौका स्थल पर पहुँचे तो यशोधर्म बोले, नाव मैं चलाता हूँ यह कहकर उन्होंने एक ही पतवार से नाव खेनी शुरू कर दी। आधा घंटा बीत गया। नाव वहीं गोल गोल घूमने लगी। काफी देर बीतने के बाद शिष्य बोला, गुरुजी यह आप क्या कर रहे हैं? कहीं एक पतवार से भी नाव चलती है। ऐसे तो हम यहाँ चक्कर खाते रहेंगे और कभी भी किनारे तक नहीं पहुँच पाएंगे। शिष्य की बात सुनकर संत

यशोधर्म मुस्कराते हुए बोले, अब तुम्ही बताओ जब नौका की एक पतवार हमें किनारे तक नहीं पहुँचा सकती तो खाली अकेले संकल्प या समर्पण का सहारा लेकर तुम अध्यात्म के मार्ग तक कैसे पहुँच सकते हो। जिस तरह दोनों पतवारों के बिना नाव खेना संभव नहीं है उसी तरह संकल्प एवं समर्पण के बिना अध्यात्म का मार्ग पाना भी संभव नहीं है। संत यशोधर्म की इस बात से शिष्य की आँखें खुल गई और वह समझ गया कि अध्यात्म के मार्ग के लिए 'संकल्प एवं समर्पण दोनों ही अनिवार्य है।'

बड़े अधिकारी

एक नगर के मजिस्ट्रेट एक बार एक अनुभवी दर्जी के पास अपने नाप का सूट सिलाने पहुँचे। वयोवृद्ध दर्जी ने उनसे कहा कि पहले वह उसे यह बताएं कि वह किस स्तर के अधिकारी हैं? हाल ही में अधिकारी बने हैं या नए पद पर नियुक्त हुए हैं या काफी समय से अधिकारी हैं? इस प्रश्न से हतप्रभ मजिस्ट्रेट ने दर्जी से पूछा कि इस बात का सूट की सिलाई से क्या लेना-देना है? इस पर दर्जी ने जवाब दिया कि उसके प्रश्न का सूट की सिलाई से सीधा संबंध है। यदि वह नए-नए 'अधिकारी बने हैं तो उन्हें ज्यादातर समय कोर्ट में खड़ा रहना पड़ेगा। इस स्थिति में उनके सूट का अगला और पिछला भाग एक समान रखना होगा। यदि वह पद पर नए-नए पदोन्नत हुए हैं तो उनके सूट का अगला हिस्सा लंबा एवं पिछला हिस्सा छोटा करना होगा क्योंकि पदोन्नत अधिकारी का सिर गर्व से ऊँचा और सीना फूला होता है। और यदि वह काफी लंबे समय से अधिकारी हैं तो उन्हें लगभग रोज उच्च अधिकारियों से डांट-फटकार खाने एवं उनके समक्ष घुटने टेकने की आदत होगी। ऐसी स्थिति में उनके सूट का अगला हिस्सा छोटा और पिछला हिस्सा लंबा रखना होगा। इसलिए उनके सही नाप का सूट बनाने के लिए उनके स्तर की सही- सही जानकारी मिलना बहुत जरूरी है।

सार : किसी काम को बेहतर बनाने में सिर्फ तकनीक ही नहीं, व्यवहारिक ज्ञान और अनुभव भी काफी महत्व रखता है।

आत्मीयता

अमेरिकी राष्ट्रपति रुजवेल्ट की आदत थी कि जब भी उनका सचिव कोई पत्र टाइप कर, हस्ताक्षर के लिए उनके पास लाता तो वे अंत में अपने हाथों से कुछ न कुछ लिख देते। ऐसे ही एक पत्र को सचिव फिर टाइप करके लाया तो रुजवेल्ट ने फिर कुछ नए शब्द जोड़ दिए। सचिव ने हैरानी से कहा, आपको जो भी लिखना हो वह डिक्टेशन देते समय ही क्यों नहीं बता देते? हाथ से लिख देने से पत्र कुछ अटपटा नहीं लगता? रुजवेल्ट ने कहा, मित्र, तुम गलत सोच रहे हो। मेरे हाथ से लिख देने से पत्र पाने वाला व्यक्ति इसे औपचारिक पत्र नहीं समझता, बल्कि पाने वाले के मन में यह बात समा जाती है कि राष्ट्रपति ने यह शब्द सस्नेह उसी के लिए खासतौर से लिखे हैं। इस प्रकार वह पत्र रस्मी न रहकर सौहार्दपूर्ण हो जाता है।

हांडी के चावल

वाल्टर हाइन्स येज प्रसिद्ध अखबार 'दि वर्ल्डस वर्क' के संपादक थे। इस नाते प्रतिदिन उन्हें कई रचनाओं को स्वीकृत- अस्वीकृत करना पड़ता था। एक लेखिका ने उन्हें लिखा, 'पिछले सप्ताह आपने मेरी कहानियां सखेद लौटा दीं। मेरा यह दावा है कि आपने मेरी कहानी पढ़ी ही नहीं। मेरा यह पूर्वानुमान था- कि आप जैसे संपादक अपने काम में ईमानदारी नहीं बरतते, इसी की जांच के लिए मैंने अपनी कहानी के बीच के पृष्ठों को एक साथ चिपका दिया था और जब कहानी वापस आई तो पृष्ठ वैसे ही चिपके हुए थे। यह आपकी अयोग्यता नहीं तो और क्या है?' इस पर मिस्टर येज ने जवाब दिया, 'आपका, ज्ञान अभी कच्चा है। मैडम, हांडी के चावल पके हैं या नहीं यह जानने के लिए सिर्फ एक चावल को टटोला जाता है, पूरी हांडी को उलटकर चावलों को टटोलने की जरूरत नहीं पड़ती।'

माफी के काबिल

एक बार एक महिला पर चारित्रिक पतन का आरोप साबित होने पर उस राज्य के राजा ने उसे देश निकाला दे दिया। महिला रोती- सिसकती नगर-द्वार पहुँची। कुछ युवक पता लगाना चाहते थे कि अब वह क्या करेगी वह आत्मग्लानि से भर गई और आत्महत्या के लिए उतारू हो गई। तभी उसने एक कुत्ते को देखा जो पास में ही घायल दशा में तड़प रहा था। उसे दया आ गई। उसने पहले उसकी सेवा करने का मन बनाया। पास ही तालाब में उसने दिए में जल लिया तथा कुत्ते को पिलाने लगी। कुछ ही घण्टों में कुत्ता स्वस्थ हो गया। उसकी यह बात राजा के पास पहुँची। राजा सुनकर प्रसन्न हुआ। उसने पुनः राज दरबार में उसे बुलाया और यह कहते हुए दण्ड- मुक्त कर दिया कि 'जिसके पास इंसानियत है, वह मौत के नहीं, माफी के काबिल है।'

मुफ्त की रोटियाँ

हातिमताई की दानवीरता दूर-दूर तक विख्यात थी। वह नित्य लोगों को कपड़े और भोजन बांटते थे। एक बार जंगल से यात्रा करते हुए उन्होंने एक बूढ़े जर्जर लकड़हारे को देखा जो अपने सिर पर भारी बोझा ढो रहा था। हातिमताई ने सहानुभूतिपूर्वक पूछा, 'बाबा, इस उम्र में इतनी मेहनत क्यों करते हो?' वृद्ध- 'भाई, दो जून की रोटी के लिए यह सब करता हूँ।' हातिमताई- 'आप ठीक कहते हैं। मगर सुना है, हातिम प्रतिदिन कई लोगों को रोटी खिलाता है। आप भी रोज वहीं जाकर रोटी कपड़ा क्यों नहीं ले लेते?' वृद्ध- 'आप कैसी बात कर रहे हैं? जो आदमी अपनी मेहनत से कमाकर खा सकता है वह किसी की मुफ्त की रोटियाँ खाने की क्यों सोचेगा?' उसका जवाब सुनकर हातिमताई का अपनी दानवीरता का गर्व जाता रहा।

हृदय परिवर्तन

एक चोर फकीर नूजा के घर पहुँच गया। घूम-घामकर जब वह दरवाजे से निकलने लगा तो अंधेरे में पड़े फकीर ने ही आवाज दी- चोरजी, कुछ नहीं मिला क्या? 'कुछ होता तो ही मिलता।' चकित चोर ने कहा। फकीर ने कहा- 'मेरे भाई रुको, आज तक इस घर से कभी कोई खाली हाथ नहीं गया। यह लो मेरा कंबल, इसे लेते जाओ।' चोर भी ढीठ किस्म का था। उसने हाथ बढ़ाकर कंबल ले लिया। फिर चल पड़ा उसे ओढ़कर। फकीर ने पुनः आवाज लगाई- 'थोड़ा रुको।' 'अब क्या है?'-चोर ने झुंझलाकर पूछा। फकीर ने कहा- 'कुछ खास नहीं, मैंने तुम्हें सहर्ष कंबल दिया। कम से कम धन्यवाद तो करते जाओ।' आगे बढ़ने से पहले चोर ने धन्यवाद कह दिया। उसी रात कहीं और चोरी करते हुए वह चोर पकड़ा गया। राजा के सामने जब लाया गया तो उसके शरीर पर नूजा फकीर का प्रसिद्ध कंबल था। जब फकीर को गवाही के लिए बुलाकर कंबल पहचानने तथा गवाही देने को कहा गया तो कोमल हृदय फकीर ने कहा- 'उस रात यह मेरा मेहमान था। मैंने इसे उपहारस्वरूप यही कंबल दिया। इसने भी जाते-जाते धन्यवाद किया। इसने क्या, कोई भी व्यक्ति मेरी कोई चीज चुराकर तो दिखा दे।' और चोर का ऐसा हृदय परिवर्तन हो गया कि वह सब कुछ त्यागकर फकीर की सेवा में रहने लगा।

सब ईश्वर की संतान

एक बार की बात है, एक जगह पर एक वृद्ध अपनी कुटिया के बाहर जूते बना रहा था। तभी अचानक एक संत उस आदमी के पास जा पहुँचे। महात्माजी ने वृद्ध से कहा- 'बाबाजी क्या पीने के लिए पानी मिलेगा?' वृद्ध बड़े आश्चर्य से महात्माजी को देख रहा था। वह बड़ी उलझन में पड़ गया। महात्माजी को पानी पिलाऊं या नहीं। संत-महात्मा ने वृद्ध के मन की बात भांप ली। वे बोले- 'बाबा, यदि पानी नहीं है, तो कोई बात नहीं, मैं

किसी दूसरे के घर चला जाता हूँ।' वृद्ध विनम्रतापूर्वक खड़ा होकर बोला- 'संतजी, आप स्वयं देख रहे हैं, मैं जूता बना रहा हूँ। क्या आप मेरे हाथों का जल पीना स्वीकार करेंगे?' वृद्ध की बात सुनकर संतजी को हंसी आ गई। हंसने से वृद्ध और सहम गया। तभी संतजी बोले- 'मैं स्वयं देख रहा हूँ कि आप जूते बना रहे हैं। पर मुझे इन बातों से कोई सरोकार नहीं। तुम तो मुझे प्रसन्नतापूर्वक जल पिलाओ।' संतजी बाद में बोले -'यदि कोई आपत्ति न हो तो आज मैं तुम्हारे घर भोजन भी ग्रहण करना चाहता हूँ।' संतजी की बात सुनकर वृद्ध के आश्चर्य का ठिकाना न रहा। वह नतमस्तक हो गया। संतजी ने समझाया- 'इस धरती पर कोई भी व्यक्ति छोटा-बड़ा नहीं है। ईश्वर का अंश तो प्रत्येक जीव में मौजूद है। संतजी ने उस वृद्ध के घर न केवल पानी पिया बल्कि भोजन भी ग्रहण किया।

यतीमों की आहें

गजनी का रहने वाला महमूद गजनवी जीवन भर लूटपाट करता रहा। उसे जहां भी धन- दौलत की भनक लगी, वहीं जा पहुँचता। जितना पाता उससे अधिक पा लेने के लिए हाथ पैर मारता। भारत पर किए सत्रह हमलों से महमूद गजनवी ने अपार धन दौलत लूटी। हीरे-जवाहरात, सोना-चांदी मुक्तणियां, भांति-भांति के कीमती आभूषण भी ले गया।

अपार खजाने के स्वामी महमूद गजनवी का जब अंतिम समय आया तो वह इस बेशुमार दौलत के बल पर भी अपनी सांसें न खरीद पा रहा था। उसके मन में लूटे हुए खजाने को देखने की प्रबल इच्छा जागी। आदेश दिया, 'पास जितना भी माल है, इसे बाहर सजाया जाए।' कुछ ही घंटों में सैकड़ों कर्मचारियों ने मिलकर नुमाइश लगा दी, जो कई मीलों तक फैल गई। महमूद गजनवी को पालकी में बैठाकर घुमाया गया तथा एक-एक चीज को दिखाया गया। उसे याद भी दिलाया कि कौन-सा खजाना कहां से और कब लूटा था। आधे रास्ते में पहुँचते-पहुँचते उसकी आंखें छलछला उठीं। कहने लगा 'अल्लाह ! यह मैं क्या देख रहा हूँ।' जिस चल सम्पत्ति के लिए मैंने अनेक औरतों को विधवा बनाया, बच्चों के माँ-बाप छीने, बालकों तथा बालिकाओं का वध किया, लाखों के घर तथा पचासों मंदिर तोड़े, वह चल

सम्पत्ति भी मेरे साथ चलने को तैयार नहीं। साथ जाएंगी तो करोड़ों यतीमों की आहें और बेसहारा हो गए लोगों की बद्दुआएं।

सामूहिक भावना

एक आदमी कार से ग्राम दर्शन के लिए निकला। गाँव की सड़क पर चलते हुए वह चारों ओर की हरियाली निहार रहा था। असावधानी में उसकी कार सड़क से उतरकर एक कीचड़ भरे गड्ढे में जा फँसी। किसी तरह कार से निकलकर वह मदद के लिए खेत में काम कर रहे इकलौते किसान के पास जा पहुँचा। किसान ने कहा, "आपकी मदद सिर्फ हीरा कर सकता है। इतना कहकर उसने दूर खड़े एक मरियल बैल की ओर इशारा किया। कार वाले की प्रार्थना पर किसान हीरा को पकड़कर गड्ढे के पास ले गया। उसके गले में रस्सी बाँधकर दूसरे सिरे को कार से जोड़ा। फिर चिल्लाया, "जोर लगा हीरा, खींच मोती खींच, अरे खींच पुन्नू।' कुछ देर में कार बाहर आ गयी। कार वाले ने पूछा, 'इस बैल का नाम आपने हीरा बताया था। क्या मोती और पुन्नू भी इसके नाम हैं?" किसान ने कहा, "इसका नाम तो हीरा ही है, मोती और पुन्नू इसके साथी बैलों के नाम हैं। हीरा अंधा है। मेरे कहने से इसे लगा होगा कि उसके अलावा मोती और पुन्नू भी खींच रहे हैं। इससे इसमें सामूहिक भावना आ गयी और इसने अपनी पूरी शक्ति लगा दी।"

वास्तविक माँ की पूजा

'नेताजी सुभाषचंद्र बोस का पैतृक गाँव कोदलिया था। उनका परिवार किसी न किसी तरह से अपने गाँव से जुड़ा रहा। विशेष अवसरों या विशेष पूजा के लिए वे नगर से गाँव अवश्य पहुँचते। युवक सुभाष ने अपने माता-पिता के साथ गाँव कोदलिया जाने का कार्यक्रम बना रखा था। घर में दुर्गापूजा करनी थी। उसी की तैयारी की गई। गाँव जाने से दो- तीन दिन पूर्व ही बंगाल में भारी बाढ़ आ गई। उस बाढ़ से सैकड़ों गाँव बह गए। जान और माल का जो नुकसान हुआ, वह हृदयविदारक था। जो सुनता वही कांप

उठता। युवक सुभाषचंद्र ने अपने साथ बहुत से स्वयंसेवकों को लिया। बाढ़ पीड़ितों की सहायता के लिए कमर कस ली। जब पिता को पता चला तो वह नाराज हो गए। उन्होंने क्रोधित होकर सुभाष को रोका। अपने साथ गाँव चलने को कहा। दुर्गा पूजा में भाग लेने पर जोर दिया। सुभाषचंद्र ने अपना पक्ष स्पष्ट करते हुए कहा, पिताजी मेरी मनोदशा समझें। मुझे तो दीन-दुखियों रूपी वास्तविक माँ की पूजा करनी है। मैं तो इसी काम पर जाऊँगा। आप ही गाँव जाकर दुर्गा पूजा संपन्न कर लें। कर्तव्य पूर्ति सुभाषजी को प्रिय थी। इसी उद्देश्य से वह बाढ़ पीड़ितों की सहायता को चल पड़े थे।

हकीमजी का बिस्तर गोल

एक राज्य के एक बुजुर्ग दूरस्थ गाँव में रहते थे। वहाँ कोई वैद्य-हकीम न था। राजा ने अपने हकीम से कहा कि तुम वहाँ जाओ, बुजुर्ग और उनके साथियों का इलाज करो। हकीम गाँव पहुँचा। दिन, हफ्ते और महीने बीत गए मगर एक भी आदमी उनके पास इलाज के लिए नहीं फटका। हकीम परेशान कि यहाँ कोई उसकी सेवा लेने वाला नहीं। अंततः वह बुजुर्ग के पास गया और बोला- जनाब, मुझे महाराज ने यहाँ इलाज करने के लिए भेजा है, लेकिन सालभर हो गया, एक भी आदमी इलाज कराने नहीं आया। आखिर क्या बात है? बुजुर्ग ने कहा- हकीम जी, आप यहाँ के लोगों को जानते नहीं। उनकी आदत है कि जब तक उन्हें जोर की भूख नहीं लगती, खाना नहीं खाते। जब खाते हैं, तब थोड़ी भूख के रहते ही खाना छोड़ देते हैं और कसरत भी करते हैं। हकीम ने कहा, अब मैं समझ गया कि उन्हें मेरी जरूरत क्यों नहीं पड़ती। उसके बाद हकीमजी अपना बोरिया-बिस्तर समेटकर लौट गए।

सहनशील

एक महात्मा घने वन में रहते थे। नित्य प्रति जो भी पथिक उनकी कुटिया के सामने से गुजरता था, उसे प्रेम से बिठाकर आदरपूर्वक भोजन आदि करवाते थे।

दुर्भाग्यवश एक दिन ऐसा हुआ कि प्रातः काल से संध्या हो गई, लेकिन वहाँ से कोई पथिक न गुजरा। अचानक उन्होंने देखा कि एक सौ वर्षों के वयोवृद्ध लाठी टेकते हुए थके- हारे चले आ रहे थे। महात्माजी ने उसे रोककर उसके हाथ-पैर धुलवाए और भोजन ग्रहण करने का आग्रह किया।

वृद्ध ने भगवान को भोग लगाए बिना भोजन करना प्रारम्भ कर दिया। यह देखकर महात्माजी क्रुद्ध हो उठे और उन्होंने तत्काल उसके आगे से खाने की थाली छीन ली और उस गहन रात्रि में उसे कुटिया से बाहर निकाल दिया।

महात्माजी के स्वप्न में भगवान आए और कहा- "वृद्ध के साथ तुम्हारे व्यवहार ने अतिथि सत्कार के पुण्य को क्षीण कर दिया।" महात्मा ने कहा, 'प्रभु वह वृद्ध आपका अनादर कर रहा था, तो मैं उसका आदर कैसे कर सकता था?' प्रभु बोले- "वह वृद्ध पिछले सौ वर्षों से मेरा अनादर कर रहा है, जिसे मैं सहता आ रहा हूँ, पर तुम एक दिन भी सहन न कर सके।'

प्रभु अंतर्ध्यान हो गए पर सदैव के लिए महात्मा की आँखे खुल गई।

सेवा करने का संकल्प

स्वयं अनेक प्रकार के कष्ट और कठिनाइयां झेलते हुए भी ईसा मसीह खूब पैदल चलते। स्थान-स्थान पर पहुँचते। एक बार जैसे ही उन्होंने किसी शहर में प्रवेश किया, प्रथम व्यक्ति से दीन-हीन लोगों की बस्ती की जानकारी प्राप्त की। सीधे उन्हीं के पास जा पहुँचे। रहने के लिए उन्हीं गरीब लोगों के साथ एक कमरे में जा ठहरे। वहाँ रहकर उन्होंने वृद्धों, रोगियों, अपंगों की सेवा करनी शुरू कर दी। उनके वहाँ पहुँचने और सेवा कार्यों में जुट जाने की जानकारी गरीब बस्ती से निकलकर धनाढ्य और मध्यवर्गीय लोगों तक जा पहुँची। नगर के कुछ धनी व्यक्ति चिंतित हो उठे।

एक ने श्रद्धापूर्वक कहा- आपको भक्तों की कमी नहीं, हमारी बस्ती में। फिर भी आप यहाँ टूटे-फूटे कमरे में, इन गरीबों के बीच रहने आ पहुँचे। इनमें ऐसी कौन सी विशेषता देखी आपने? पहले यह बताओ, डॉक्टर बीमारों को देखने जाते हैं या सेहतमंद लोगों को? यह सुनकर सेठ ने कहा-बीमारों को। इसीलिए तो मैं यहाँ आया।

इन लोगों को मेरे उपदेश और सेवा की जरूरत है। ये वंचित हैं। आपके पास तो सब कुछ है। आपको मैं अतिरिक्त कुछ भी न दूं तो भी कोई फर्क नहीं पड़ेगा। आपके लिए तो आज यही उपदेश है कि मेरी तरह इन गरीबों-बीमारों, वंचितों की बस्तियों में आना आरंभ कर दो। सेवा करो। इनका कल्याण तो होगा ही आपके सुख-समृद्धि में भी वृद्धि होगी। वह धनाढ्य व्यक्ति निरुत्तर हो गया और अन्य लोगों ने भी सेवा करने का संकल्प कर लिया।

पुण्य आत्मा

किसी बड़े सत्कर्म के लिए धन की आवश्यकता थी। इसके लिए दान- पात्र रख दिया गया। प्रवचन समाप्त होने पर प्रभु यीशु उसी मंच पर बैठे थे, जिसके साथ ही दान- पात्र रखा था। लोग आते, उसमें सिक्के डालते चले जाते। जो लोग बड़े सिक्के अधिक मात्रा में डालते, वे गर्व का अनुभव करते। उनका देखने और चलने का ढंग ही अलग होता। इसे स्वयं यीशु भी देख रहे थे। एक निर्धन, वृद्ध स्त्री आई। उसके पास मात्र दो छोटे सिक्के थे। उसने इन्हें चुपचाप दान पात्र में डाला और धीरे से चली गई। उसे देखकर प्रभु यीशु को आंतरिक प्रसन्नता हुई किन्तु उन्होंने इसे जाहिर नहीं किया। हां, उन्होंने अपने अनुयाइयों से प्रश्न पूछ लिया- 'बताएं, सबसे ज़्यादा सिक्के डालने वाला दानी है या कम सिक्के डालने वाला।' सबने कहा-ज़्यादा सिक्के डालने वाला नहीं! तुम गलत कह रहे हो। उस निर्धन, महिला ने भले ही दो छोटे सिक्के डाले हों, परमेश्वर की दृष्टि में वे बहुत बड़े हैं और मूल्यवान हैं। वह कैसे? एक शिष्य ने पूछ लिया। धनाड्य लोग जितना भी डालें, वह उनके पास फालतू होता है। उसकी उन्हें जरूरत नहीं होती, जबकि इस वृद्ध स्त्री ने अपनी जरूरत के सिक्के भी। इस दान पात्र में डाल दिए। वह मानती है कि सत्कर्म के लिए धन अधिक जरूरी है। वह स्वयं तो जैसे-तैसे समय काट भी लेगी पर सत्कर्म नहीं रुकना चाहिए, इसीलिए मैं मानता हूँ कि यह निर्धन स्त्री पुण्य आत्मा है, इसे स्वर्ग अवश्य प्राप्त होगा।

मन की शांति का राज

एक राजा हमेशा उदास रहता था। लाख कोशिश करने के बावजूद उसे शांति नहीं मिलती थी। एक बार उसके नगर में एक भिक्षु आया। भिक्षु के ज्ञानपूर्ण उपदेश से राजा बहुत प्रभावित हुआ। उसने भिक्षु से पूछा- 'मैं राजा हूँ, मेरे पास सब कुछ है, किंतु फिर भी मेरे मन में शांति नहीं है। मुझे क्या करना चाहिए?' भिक्षु बोला- 'आप अकेले में बैठकर चिंतन करें।' राजा अगले दिन सुबह अपने कक्ष में आसन जमाकर बैठ गया। तभी उसके महल का एक कर्मचारी सफाई के लिए उधर आया। राजा उससे बात करने लगा। कर्मचारी से राजा ने उसकी परेशानियां पूछीं, जिन्हें सुनकर उसका दिल भर आया। इसके बाद राजा ने हर कर्मचारी के कष्ट व दुख जाने। सबकी व्यथा सुनने के बाद राजा ने निष्कर्ष निकाला कि वेतन कम होने से सभी आर्थिक रूप से त्रस्त थे। राजा ने तत्काल उनके वेतन में वृद्धि की, जिससे वे सभी खुश हो गए और उन्होंने राजा के प्रति आभार व्यक्त किया। अगले दिन जब राजा की भिक्षु से भेंट हुई, तो उसने पूछा- 'राजन! आपको कुछ शांति प्राप्त हुई?' राजा बोला- 'मुझे पूर्ण रूप से तो शांति नहीं मिली, किंतु जबसे मैंने मनुष्य के दुखों के स्वरूप को जाना है, अशांति थोड़ी-थोड़ी जाती रही।' तब भिक्षु ने समझाया- 'राजन! आपने शांति के मार्ग को खोज लिया है। बस, उस पर आगे बढ़ते जाएं। एक राजा तभी प्रसन्न रह सकता है, जब उसकी प्रजा सुखी हो।' सार यह है कि मन की शांति स्वयं के सुख से अधिक दूसरों के दुख हरकर उन्हें सुखी बनाने से मिलती है, इसलिए यथाशक्ति दूसरों की सहायता करें।

परिश्रमी बनिए

एक बार गुरु गोविंद सिंह कहीं जा रहे थे। रास्ते में एक गाँव आया। उनके कुछ शिष्यों ने उनसे कुछ बोलने को कहा। वे तैयार हो गए। सारे शिष्य उनके अमृत वचनों को सुन रहे थे। जब चर्चा समाप्त हो गई तो गुरु गोविंद सिंह को प्यास लगी। उन्होंने शिष्यों से कहा, कोई पवित्र हाथों

से मेरे लिए जल ले आए। एक शिष्य तत्काल गया और चांदी के पात्र में निर्मल जल ले आया। गुरु गोविंद सिंह ने पात्र लेते हुए शिष्य की हथेली की ओर देखा और बोले वत्स! तुम्हारे हाथ तो बड़े कोमल हैं। गुरु की बात सुनकर शिष्य बड़ा खुश हुआ। वह गर्व भरी वाणी में बोला गुरुदेव, मेरे हाथ इसलिए कोमल हैं क्योंकि मुझे कोई श्रम नहीं करना पड़ता। मेरे यहाँ बहुत सारे नौकर हैं जो काम कहता हूँ, फ़ौरन हो जाता है। गुरुजी के हाथ पात्र को होठों तक ले जाकर ही रुक गए और वे बोले वत्स, जिस हाथ ने, कभी कोई सेवा नहीं की, कभी कोई काम नहीं किया, मजदूरी से जो मजबूत नहीं हुआ, जिसकी हथेली में मेहनत करने से गांठ नहीं पड़ी, उस हाथ को पवित्र कैसे कहा जा सकता है? पवित्रता तो सेवा, और श्रम से ही प्राप्त होती है। उन्होंने कहा क्षमा करना वत्स, मैं तुम्हारे हाथ का पानी नहीं पी सकता। यह कहकर गुरुजी ने पात्र नीचे रख दिया। गुरुदेव के वचनों से शिष्य को ज्ञान का बोध हुआ और उसने उसी क्षण परिश्रमी बनने का संकल्प ले लिया। कथा का सार यह है कि परिश्रम से कमाया गया धन पुण्यदायी होता है और आत्मिक शांति प्रदान करता है। इसलिए आलस्य त्याग कर परिश्रम को अपने स्वभाव का स्थाई अंग बना लेना चाहिए।

ज्ञान दूसरों को सुखी करने वाला होना चाहिए

एक निमाई पंडित थे और एक रघुनाथ पंडित थे। निमाई पंडित थोड़े समृद्ध थे, उन्होंने राजा को भेंट करने के लिए एक ग्रन्थ लिखा। बचपन से ही रघुनाथ पंडित अभाव में जिए, पर फिर भी योग्यता उनके पास भी कम नहीं थी और उन्होंने भी एक ग्रन्थ लिखा और अपना ग्रन्थ साथ में रखे हुए थे। निमाई पंडित भी अपना ग्रन्थ अपने साथ रखे हुए थे और दोनों जनों का मिलना हो गया नाव में। वे दोनों पुराने मित्र भी थे। निमाई पंडित से रघुनाथ ने पूछा, 'क्यों मित्र? कहाँ जा रहे हो?' तो निमाई पंडित ने कहा, 'रघुनाथ, तुम्हें तो मालूम ही है, मैं न्याय का विद्यार्थी रहा हूँ, मैंने एक ग्रन्थ लिखा है, राजा को भेंट करने के लिए वहीं जा रहा हूँ, तुम सुनोगे? तो रघुनाथ पंडित ने कहा, "हाँ, हाँ सुनाओ।" तो निमाई पंडित ने सुनाना शुरू किया और जैसे-जैसे सुनाते चले जाते वैसे-वैसे रघुनाथ पंडित 'आकुल विकल होने

लगे और एक स्थिति तो ये आई की उनकी आँखों से आंसू आ गए। तब निमाई पंडित ने कहा, 'रघुनाथ, मैं तुम्हें अपना ग्रन्थ सुना रहा हूँ और तुम इतने दुखी क्यों हो रहे हो? इतने विकल क्यों हो रहे हो?' रघुनाथ पंडित ने कुछ नहीं कहा सिर्फ इतना ही कहा, "तुम्हारा ग्रन्थ मेरे ग्रन्थ से भी श्रेष्ठ है, मुझे ये समझ आ गया है, मैं अपना ग्रन्थ लेकर राजा के पास जा रहा था कि शायद कुछ पैसे ईनाम के स्वरूप मिल जायेंगे, लेकिन अब मुझे वो भी आशा नहीं है इसलिए घबराहट हो रही हैं।" इससे पहले की रघुनाथ कुछ समझ पाए, निमाई पंडित ने अपना ग्रन्थ उठाया और नदी में फेंक दिया। रघुनाथ पंडित हाथ पकड़ने लगे और रोकने लगे पर तब तक वे अपना ग्रन्थ नदी में फेंक चुके थे।

रघुनाथ पंडित ने कहा, 'भाई ये क्या करते हो?' तो निमाई पंडित बोले, 'मैंने ज्ञान दूसरे को कष्ट पहुँचाने के लिए हासिल नहीं किया। तुम्हारे सुख और खुशी के लिए मैं ऐसे सैकड़ों ग्रन्थ नदी में समर्पित कर सकता हूँ। लेकिन तुम्हें दुखी नहीं देख सकता। उठो तुम्हारा ही ग्रन्थ राजा को मै भेंट करूंगा और जो पुरस्कार मिलेगा वो तुम्हारा होगा।'

शत्रुओं का अंत

अब्राहम लिंकन का बचपन अत्यंत कष्टपूर्ण एवं संघर्षमय था, परंतु अपनी लगन, ईमानदारी एवं परिश्रम के बल पर एक दिन वे अमेरिका के राष्ट्रपति बने। उनकी सफलता को देखकर बहुत से लोग उनसे ईर्ष्या करने लगे और उनके शत्रु हो गये। उनके एक मित्र ने उन्हें परामर्श दिया, 'अभी तो आपके पास सत्ता है क्यों नहीं अपने शत्रुओं को मिटा देते?' मित्र की बात सुनकर अब्राहम लिंकन ने उत्तर दिया।

"वही काम तो कर रहा हूँ।" उनके मित्र को बड़ा आश्चर्य हुआ और वह बोला, "आप अपने शत्रुओं को कहाँ मिटा रहे हैं?" आप तो उनके साथ बहुत ही अच्छा व्यवहार कर रहे हैं। अब्राहम लिंकन ने कहा, "मित्र, मैं अपनी मित्रता के द्वारा उनकी शत्रुता को मिटाने का प्रयास कर रहा हूँ। जब उनके हृदय में शत्रुता की भावना ही शेष न रहेगी तो फिर शत्रु कहाँ बचा?"

क्रोध की जगह

विश्व प्रसिद्ध रोमन सम्राट जूलियस सीजर की गिनती दुनिया के श्रेष्ठ योद्धाओं में की जाती है। उसका जन्म एक अभिजात कुल में हुआ था, जिसके लोग स्वयं को वीनस देवी का वंशज मानते थे। सीजर भी अपने पूर्वजों की राह पर चलते हुए एक तानाशाह बन गया। उसने अपने जीवन में अनेक युद्ध लड़े। उसके दोस्तों की संख्या भी अच्छी-खासी थी और दुश्मन भी अनेक थे, जो तरह-तरह से उसके खिलाफ साजिश रचते रहते थे। लेकिन सीजर इन सब चीजों की परवाह नहीं करता था। वह मानता था कि जीवन के हर पल को भरपूर जीने में है। इसलिए घोर विपत्ति में भी वह जरा भी परेशान नहीं होता था। उसमें काम करने की एक धुन थी। उसके बारे में मशहूर है कि वह एक बार में तीन काम एक साथ करता था। एक दिन सीजर अपने कुछ मित्रों के साथ बैठा था कि तभी उसे पत्रों का एक पुलिंदा मिला। वे-पत्र उसके किसी विरोधी ने लिखे थे। सीजर ने उन्हें बिना पढ़े ही आग के हवाले कर दिया। यह देखकर उसके एक मित्र ने कहा- आपने पत्र जलाकर अच्छा नहीं किया। अपने शत्रु के खिलाफ ये एक महत्वपूर्ण प्रमाण साबित हो सकते थे। इनके जरिए हम उनके षड्यंत्रों का पर्दाफाश कर सकते थे। अपने उस हितैषी को परामर्श के लिए धन्यवाद देने के बाद बड़े सधे अंदाज में सीजर ने कहा- मैं क्रोध के प्रति बेहद सतर्क रहता हूँ, पर मेरी दृष्टि में उससे भी ज्यादा आवश्यक कदम यह है कि क्रोध के कारण को ही मिटा दिया जाए। आखिर क्रोध को जीवन में क्यों ज्यादा जगह दी जाए। उसके मित्र सीजर को आश्चर्य से देखने लगे।

गुरु की सीख

अध्यात्म के प्रति अभिरुचि देखकर पिता ने अपने युवा पुत्र एरिट्रियस- को प्रसिद्ध दार्शनिक जीनो के पास शिक्षण हेतु भेजा। एक दिन एरिट्रियस घर लौटा तो पिता ने पुत्र से पूछा, आज तुमने क्या सीखा?"

पुत्र ने उत्तर दिया, ''मैं समय आने पर आपको बता दूँगा।''

दो-तीन बार फिर प्रश्न करने पर जब यही उत्तर मिला तो पिता को क्रोध आना स्वाभाविक था। उन्होंने एरिट्रियस को बुरी तरह पीट डाला। एरिट्रियस बिना कुछ बोले मार सह गया और फिर बोला- ''मेरी शिक्षा पूर्ण हुई। आज मेरे गुरु ने सिखाया था कि मनुष्य में क्रोध सहने की क्षमता होनी चाहिए।'' अभिभूत पिता ने बेटे को बाहों में भर लिया।

ज्ञान की पहली सीढ़ी

रूस के महान विचारक ऑस्पेंकी ज्ञान की तलाश में संत गुरजियफ के पास गये। रजियफ ऑस्पेंकी की विद्वता और दर्प के बारे में जानते थे। उनके आने का तात्पर्य जानकर एक कोरा कागज पकड़ाते हुए ऑस्पेंकी से कहा-'जो तुम जानते हो वह और जो नहीं जानते हो वह इस कागज पर लिख दो, क्योंकि जो तुम जानते हो उस पर चर्चा करना व्यर्थ होगा और जो नहीं जानते हो उस पर चर्चा की जा सकती है।' बात एकदम सरल थी पर आत्मा-परमात्मा के बारे में जानने वाले ऑस्पेंकी के लिए कठिन हो गयी। खूब सोचकर उन्होंने कोरा कागज गुरजियफ के चरणों में रख दिया और बोले- 'मैं कुछ नहीं जानता।' ऑस्पेंकी की विनम्रता से गुरजियफ प्रभावित हुए। कहा- 'ठीक है, अब तुमने जानने योग्य पहली बात जान ली है कि तुम कुछ नहीं जानते। यही ज्ञान की प्रथम सीढ़ी है। अब तुम्हें कुछ बताया जा सकता है। रीते घड़े को भरा जाना सम्भव है। अहंकार से परिपूर्ण घड़े में तो एक बूंद भी नहीं डाली जा सकती।'

अचरज की बात

एक बगीचे में एक बरगद का विशाल वृक्ष था। उसके पास ही एक लता निकल आयी। दो महीने में ही वह बढ़कर वृक्ष से लिपट गयी। एक दिन उसने वृक्ष से पूछा- 'क्यों बाबा, तुम यहाँ कब से खड़े हो ? वृक्ष ने धीरे से कहा- 'कोई सौ बरस हुए होंगे। ' लता जोर से हँसी और बोली- 'बड़े अचरज की बात है, मैं दो महीने में ही तुम्हारी चोटी को छू रही हूँ और तुम सौ वर्ष में इतना ही बढ़ पाये।'

वृक्ष धीमे-से मुस्कराया और गंभीरता से बोला- 'हाँ, लेकिन अभी तुमने आँधी-पानी के झोंके देखे कहाँ हैं? सौ वर्षों में तुम दो सौवीं लता हो, जिसने फिर वही बात दुहरायी है।'

दृष्टिभेद

घटना सन् 1945 की है। डाकोर स्थित श्रीरणछोड़जी के देवालय में महाराष्ट्र- सन्त श्री नरहरी महाराज का हरिकीर्तन चल रहा था। कीर्तन समाप्त होने पर उन्होंने घोषणा की कि थोड़ी ही देर में उस्ताद रजाक हुसैन के संगीत का कार्यक्रम होगा। यह सुनते ही श्रोताओं में से कुछ पंडित उठ खड़े हुए और बोले, "मन्दिर में एक मुस्लिम का गायन! हरे, हरे! इस हिन्दू देवालय में तो आज तक किसी भी विधर्मी ने प्रवेश नहीं किया है और आपने एक मुस्लिम गवैये के संगीत के कार्यक्रम का आयोजन किया है!'

नरहरी महाराज उन पंडितों के समीप एक तबला लेकर पहुँचे और उन्होंने प्रश्न किया, 'मेरे हाथों में क्या है?"

"तबला,' उनमें से एक ने जवाब दिया।

"क्या तुम बता सकते हो कि यह किन-किन वस्तुओं से बना है?" उन्होंने पुनः प्रश्न किया।

'जी हाँ, लकड़ी और चमड़े से।'

'और इसी चमड़े के जूते आप लोग पहनते हैं ! किन्तु इस देवालय में प्रवेश करने के पूर्व आप उन्हें बाहर छोड़ आये हैं! है न? क्या इसका कारण बता सकते हैं?' "इसलिये कि वे चमड़े के बने हैं और चमड़ा अपवित्र होता है।'' "फिर इस चमड़े से निर्मित तबले को आपने कैसे अन्दर रखने दिया?" महाराज ने अगला प्रश्न किया।

यह प्रश्न सुन वे पंडित ख़मोश हो गये। तब सन्त बोले, 'चमड़े की वस्तुओं का स्पर्श करने के पश्चात् हम हाथ-पैर जल से धोकर स्वच्छ करते हैं, किन्तु इस तबले का स्पर्श करने पर नहीं। इसका कारण यह है कि 'तबला' 'तब' अर्थात् शुद्ध करके ही 'ला' होता है। अर्थात् चमड़े को विधि पूर्वक शुद्ध करके ही तबले का निर्माण होता है। मैंने उस्ताद को निमन्त्रण देने के पूर्व काफी विचार किया है और तभी उन्हें इस कार्यक्रम के लिए

आग्रह किया है। आप लोग उन्हें एक मुस्लिम की दृष्टि से नहीं वरन् एक मानव की दृष्टि से देखें और उनके संगीत का रसग्रहण करें।"

बात पंडितों तथा सभी श्रोताओं को जँच गयी और उन्होंने न केवल उस्ताद का संगीत भक्तिभाव से सुना, बल्कि उनका पुष्पहारों के साथ स्वागत भी किया।

साधुता

कुरु देश की रानी बड़ी ही दुष्टा प्रकृति की थी। जब उसे पता चला कि बुद्धदेव उसके प्रदेश में आ रहे हैं, तो उसने नौकर-चाकरों को आज्ञा दी कि वे उनका अनादर करें। बुद्धदेव के नगर- प्रवेश करते ही लोगों ने उन्हें 'चोर', 'मूर्ख', 'गधा' आदि शब्दों से सम्बोधन करना शुरू किया, पर बुद्धदेव शांत ही रहे। आखिर उनके प्रिय शिष्य आनन्द से न रहा गया। वह उनसे बोला, "भन्ते! हमें यहाँ से चले जाना चाहिए।"

बुद्धदेव ने पूछा, "कहाँ जाना चाहते हो?"

आनन्द ने उत्तर दिया, किसी दूसरे नगर में, जहाँ कोई हमें अपशब्द न कहे। 'बुद्धदेव ने कहा "और वहाँ भी यदि कोई दुर्व्यवहार करे, तो?'

आनन्द- "किसी और स्थान को चले जाएँगे!"

बुद्धदेव "नहीं! जहाँ दुर्व्यवहार हो रहा हो, उस स्थान को तब तक नहीं छोड़ना चाहिये, जब तक वहाँ शान्ति स्थापित न हो। क्या तुमने यह नहीं देखा कि मेरा व्यवहार संग्राम में बढ़ते हुए हाथी की तरह होता है? जिस प्रकार हाथी चारों ओर के तीरों को सहता रहता है, उसी तरह हमें दुष्ट पुरुषों के अपशब्दों को सहन करते रहना चाहिए। याद रखो, आनन्द! लोग तो वश में किये हुए खच्चरों, सिंधु देश के घोड़ों तथा जंगली हाथियों को उत्तम मानते हैं, किन्तु सबसे उत्तम तो वह है, जो स्वयं को वश में रखे और कभी उत्तेजित न होवे।

अनुभवी की सलाह

बड़ों पर विश्वास करना उचित कहा गया है। विवेकवान व्यक्ति ही विश्वास करते हैं, विवेक शून्य नहीं।

वृद्ध या अनुभवी पर विश्वास कर लेने की एक कथा सदियों से मानव मन को दिशा प्रदान कर रही है। कथा है कि- एक जंगल में एक विशाल वृक्ष पर कुछ हंस अपने घोंसले बनाकर शांति से निवास करते थे। उनमें एक अति वृद्ध हंस भी था जो समय-समय पर शेष हंसों को परामर्श देकर उनका जीवन निरापद करता था। दो युवा -हंस भी थे वे चाहे जिस हंस की खिल्ली उड़ाते रहते थे।

एक बार वृद्ध हंस ने देखा कि जिस वृक्ष पर वे सब रहते हैं, उसकी जड़ों के समीप से लता अंकुरित हो आई है। वृद्ध ने अवसर देखकर सभी को बतलाया कि यदि यह लता बढ़कर ऊपर तक आयेगी तो एक दिन हम सभी की मृत्यु का कारण बनेगी। अतः उचित यही होगा कि आप लोग अपनी चोंच से अंकुर को नष्ट कर दें। वृद्ध के परामर्श पर एक युवा हंस बोल पड़ा अरे, इन दादाजी को तो मौत ही मौत दिखती है। मरने से डरते हैं। वह सुकोमल लता हमारा क्या बिगाड़ सकती है। अनुभवी का परामर्श उन्हें पसंद नहीं आया। बात आगे न बढ़ सकी। वृद्ध समझता था कि बकरों को दर्पण दिखलाने जैसा ही है-मूर्खों को उपदेश देना।

कुछ वर्षों के बाद लता बढ़कर वृक्ष के उच्च शिखर तक पहुँच गई। तभी वहाँ से एक बहेलिया निकला। उसने विशाल वृक्ष को देखकर अंदाज लगा लिया कि इस पर अनेक पक्षी बसेरा करते होंगे। फिर उसकी दृष्टि मज़बूत लता पर पड़ी। वह तत्काल जाल कंधे पर डालकर लता के सहारे पेड़ की सर्वोच्च डाल पर चढ़ गया फिर उसने जाल फैलाया और नीचे आ गया।

सांध्य-बेला में हँस समूह, वृक्ष की ओर लौटा। विभिन्न शाखाओं पर बैठ गया। बैठते ही सभी हंस जाल में फंस गये। युवा हंसों ने अधिक हाथ-पैर चलाये अतः वे अधिक मजबूती से फंस चुके थे। जब बचने की कोई राह न बची तो व्यंग्य करने वाला हंस गिड़गिड़ा कर वृद्ध से बोला दादाजी आपका परामर्श न मानने का फल सामने आ चुका है। मैं अपने 'उन्मादपूर्ण वक्तव्य पर शर्मिन्दा हूँ, कृपया अब इस संकट से उबरने का मार्ग बतलाइए। वृद्ध हंस ने उसके विलाप पर कोई ताना नहीं कसा। सहज मुद्रा में बोला मेरे साथियों आप सब नेत्र बंदकर मरण की मुद्रा में आ जाइए विलम्ब न कीजिए।

सभी ने वैसा ही किया। सुबह तक बहेलिया आ गया। उसने दर्जन भर से अधिक हंसों को फंसा हुआ पाया तो खुश हो गया। मगर विचार करने

लगा कि ये तो सब मर गये हैं। अतः उसने एक-एक को जाल से निकाला और टोकरी में रखा। वह टोकरी सिर पर रखकर नीचे उतर रहा था तभी वृद्ध हंस ने अपने साथियों को संकेत किया- मित्रों नेत्र बंद किए हुए लेटे मत रहो, एक साथ उड़ चलो। परामर्श सुनते ही सब हंस उड़ गये।

एक अनुभवी की सीख से अनेकों की जान बच गई। उसी दिन उन सभी हंसों में विश्वास जागा कि हमें अपने अनुभवी-वृद्धों की बात बिना नू-नूकुर किए हुए शिरोधार्य करना चाहिए। किसी ने सच ही कहा है कि जहां न जावे रवि वहाँ जावे कवि और जहां न जावे कवि, वहाँ पहुचे अनुभवी।

लेखक की जवाबदेही

महान कवि और नाटककार भारतेंदु हरिश्चंद्र को खड़ी बोली का जनक माना जाता है। हिंदी के विकास में उनका अमूल्य योगदान है। एक बार एक महाजन ने उनके विरुद्ध तीन हजार रुपये का दावा कर दिया। उसका कहना था कि भारतेंदु जी ने उससे एक नाव खरीदी थी और कुछ रुपये उधार लिए थे, जिन्हें वे अभी तक लौटा न पाए थे। न्यायाधीश ने भारतेंदु जी को अकेले में बुलाकर पूछा कि नाव का वास्तविक मूल्य क्या था और उन्होंने कितने रुपये उधार लिए थे। न्यायाधीश को जवाब देते हुए भारतेंदु जी बोले, दावे में लिखा मूल्य सही है और नकद राशि भी सही है। वहाँ उपस्थित लोगों ने उन्हें अकेले में समझाया कि कुछ दे दिलाकर इस मामले से छुटकारा पा लो। सजा मिलने पर अत्यंत परेशानी होगी। वे सब की सुनते रहे। उनसे जब दोबारा पूछा गया कि क्या उन्होंने वास्तव में उनसे नाव खरीदी थी और दावे में लिखी गई रकम ली थी तो वे अपनी बात दोहराते हुए बोले, महाजन ने सही दावा किया है। तभी एक व्यक्ति बोला, भारतेंदु जी, आप एक जाने-माने लेखक हैं। ऐसे में आप यदि दावे से मुकर भी जाते तो महाजन आपका कुछ नहीं कर सकता था। भारतेंदु जी बोले, आपने ही कहा कि मैं एक जाना-माना लेखक हूँ। ऐसे में तो मेरी सत्य पर चलने की जिम्मेदारी बढ़ जाती है। यदि मैं असत्य की डगर पर चलूंगा तो कल को लोग कहेंगे कि लेखक की कथनी और करनी में अंतर था। यह कैसा

लेखक हुआ? महाजन भारतेंदु जी की सत्यवादिता से अत्यंत प्रभावित हुआ और उसने अपना केस वापस ले लिया।

जीवन कैसे जिएं

भ्रमण पर निकले दार्शनिक सुकरात की मुलाकात किसी शहर में एक बुजुर्ग से हुई। बुजुर्ग सुकरात को अपने घर ले गए। उनका भरा-पूरा परिवार था। घर में बेटे-बहुओं के अलावा पौत्र-पौत्रियां भी थे। सुकरात ने पूछा- आपके घर में तो सुख-समृद्धि का वास लगता है। वैसे अब आप करते क्या हैं? बुजुर्ग ने कहा-अब मुझे कुछ नहीं करना पड़ता। ईश्वर की दया से हमारा अच्छा कारोबार है, सारी जिम्मेदारियाँ अब मैंने अपने बेटों को सौंप दी हैं। घर का जिम्मा बहुएं संभालती हैं। इसी तरह जीवन चल रहा है।

सुकरात ने पूछा- पर आपको कुछ तो करना ही पड़ता होगा। बुढ़ापे में आपके इस सुखी जीवन का रहस्य क्या है? सुकरात की बात सुनकर बुजुर्ग मुस्कराया और बोला- मैंने जीवन के इस मोड़ पर एक ही फलसफा अपनाया है कि दूसरों से ज्यादा अपेक्षाएं मत पालो। जो मिले, उसमें संतुष्ट रहो। मैं और मेरी पत्नी अपने पारिवारिक उत्तरदायित्व अपने बेटे-बहुओं को सौंपकर निश्चिंत हैं। अब वे जो कहते हैं, वह मैं कर देता हूँ और जो कुछ भी खिलाते हैं, खा लेता हूँ। अपने पौत्र-पौत्रियों के साथ हंसता-खेलता हूँ।

बच्चे जब कुछ भूल करते हैं, तब भी मैं चुप रहता हूँ। जब कभी वे मेरे पास राय-मशविरे के लिए आते हैं तो मैं अपने जीवन के सारे अनुभवों को उनके सामने रखते हुए उनके द्वारा की गई भूल से उत्पन्न दुष्परिणामों की ओर सचेत कर देता हूँ। मेरी सलाह पर वे कितना अमल करते हैं, यह देखना मेरा काम नहीं है। यदि वे मेरे पास पुनः आते हैं तो मैं नेक सलाह देकर उन्हें विदा करता हूँ। यह सुनकर सुकरात बहुत प्रसन्न हुए। उन्होंने कहा-इस आयु में जीवन कैसे जिया जाए, यह आपने बखूबी समझ लिया है।

आँखें खुल गई

एक गरीब वृद्ध पुरुष राजा का राज्य कर नहीं चुका सकता तो राजा ने उसकी जमीन खेत और मकान छीन लिया। एक दिन वह वृद्ध एक टोकरी

में बहुत सी मिट्टी भरे हुए बैठा था। उसी समय वह राजा भी घोड़े पर सवार होकर वहाँ से निकल पड़ा। उस वृद्ध ने उस राजा से कहा-भाई साहब, मेरा यह टोकरा उठवा दीजिए। राजा ने उस टोकरे को उठवाते हुए कहा यह तो बहुत वजनदार है यह कैसे उठाया जा सकता है? तब वृद्ध बोला- जब इतना सा टोकरा आपसे नहीं उठ सकता, तब मरते समय मेरा खेत और मकान कैसे परभव में उठाके ले जायेंगे क्योंकि वह तो इस टोकरे से बहुत अधिक वजनदार है। यह सुनकर राजा की आंखें खुल गईं। उसने ज़मीन और उसका मकान वापस कर वृद्ध से क्षमा याचना कर ली।

चार भरोसेमंद साथी

एक राजा का राज्य दूर-दूर तक फैला था। उसके राज्य में बहुत से उद्योग-धंधे थे और पढ़े-लिखे लोग थे। लेकिन कहीं भी उपद्रव नहीं होते थे। प्रजा बहुत ही सुखी थी।

उसके राज्य से सटा एक दूसरे राजा का छोटा-सा राज्य था। लेकिन उसमें आए दिन झगड़े होते थे। लोग आपस में लड़ते थे। उसकी प्रजा बहुत ही दुखी थी। राजा परेशान रहता था। एक दिन वह राजा दूसरे राजा के पास आया। बातचीत में उसने कहा, 'मेरा छोटा-सा राज्य है पर उसमें रोज उत्पात होते रहते हैं। प्रजा परेशान है। आपका राज्य इतना बड़ा है, फिर भी यहाँ पूर्ण शांति है, इसका कारण क्या है?'

राजा हंसा, बोला, "आप ठीक कहते हैं। मेरे राज्य में बड़ा सुख- चैन है। प्रजा भी संतुष्ट है। उसका कारण यह है कि मैंने चार चौकीदार तैनात कर रखे हैं। जो हर घड़ी मेरी रक्षा करते रहते हैं।''

'दूसरे ने कहा' बस! मेरे यहाँ तो चौकीदारों की फौज है। आपका काम चार से कैसे चल जाता है? 'राजा ने कहा, 'जी मेरे रक्षक दूसरी तरह के हैं। कैसे? दूसरे राजा ने उत्सुकता से पूछा। राजा ने उत्तर दिया, 'पहला रक्षक है सत्य। वह मुझे असत्य नहीं बोलने देता।' 'और दूसरा?'

राजा ने कहा, 'दूसरा है प्रेम, वह मुझे घृणा से बचाता है।' 'तीसरा?'

राजा बोला, 'तीसरा है न्याय। वह मुझे अन्याय नहीं करने देता।" 'और चौथा?' राजा ने गंभीर होकर कहा, 'चौथा है त्याग। त्याग की भावना मुझमें

होने से वह स्वार्थी होने से मुझे बचाती है। राजा की शंका का समाधान हो गया। जिस राजा के सत्य, प्रेम न्याय और त्याग, चौकीदार होते हैं, उसे कोई परेशानी नहीं हो सकती।

अंधविश्वास का जहर

एक थे पंडित जी, प्रतिदिन पूजा के बाद शंख बजाते। शंख बजाते शंख ध्वनि सुनते ही पड़ोसी धोबी का गधा जोर-जोर से रेंकने लगता। पंडित जी बड़े खुश होते और कहते, 'यह गधा पूर्वजन्म का कोई योगी है।' उसका नाम भी उन्होंने शंखराज रख लिया था।

एक दिन शंखराज नहीं बोले, पता चला कि गधा मर गया है। पंडित जी ने इस दुख में अपने बाल मुंडा डाले। शंखराज मर गया है- यह खबर और पंडित जी के सिर मुंडाने की खबर पाकर उनके यजमानों ने सिर मुंडा लिया।

उसी दिन गाँव में एक सिपाही आया और उसने शंखराज के मरने की बात सुनी तो खुद भी बाल मुंडवाए और धीरे-धीरे सारी फौज घोटमुंड हो गई। हैरान अफसरों ने पता लगाया तो मालूम हुआ कि शंख राज कोई व्यक्ति नहीं गधा था, लोगों ने तो अंधविश्वासवश सिर मुंडाए, किसी ने वस्तुस्थिति जानने का प्रयत्न नहीं किया। अंधविश्वास ऐसे ही फैलता है।

सम्मान-असम्मान का पैमाना

मैले-कुचौले कपड़े पहने एक चित्रकार जब सम्राट नेपोलियन के पास पहुँचा तो उसने उसके वस्त्र देखकर उसका कोई सम्मान नहीं किया। इतना ही नहीं उसे दूसरे किनारे पर बैठने को कह दिया।

थोड़ी देर बार जब चित्रकार व सम्राट में बातचीत हुई तब सम्राट को ज्ञात हुआ कि वह बड़ा कुशल चित्रकार है। बात खत्म कर जब चित्रकार जाने लगा तो नेपोलियन उठा और उससे हाथ मिलाकर आदरपूर्वक द्वार तक छोड़ने स्वयं गया।

पहले अपमान व बाद में सम्मान होते देख चित्रकार आश्चर्यचकित रह गया। उसने डरते-डरते नेपोलियन से इसका राज जानना चाहा।

नेपोलियन बोला, 'आने पर किसी भी व्यक्ति का सम्मान उसकी वेशभूषा को देखकर ही किया जाता है। लेकिन जाते समय उसके गुणों के कारण उसको सम्मान दिया जाता है।'

देशप्रेम ऐसा भी

स्वामी विवेकानंद विदेश भ्रमण पर थे। जब स्वदेश लौटने लगे तो उन्होंने एक फल विक्रेता से कुछ फल खरीदे। फल विक्रेता ने उन्हें जानबूझ कर कुछ फल खराब दे दिए। एक बच्चा यह सब देख रहा था। उसने स्वामीजी से निवेदन किया, 'आप खराब फल मुझे दे दीजिए और जो भी मूल्य हो वह ले लीजिए।'

स्वामीजी को बच्चे के इस बर्ताव पर आश्चर्य हुआ, उन्होंने पूछा, 'ऐसा क्यों?'

वह बच्चा बोला, 'आप यह खराब फल अपने देश में ले जाएँगे तो इससे हमारे देश का अपमान होगा।'

बच्चे का अपने देश के प्रति प्रेम देखकर स्वामी विवेकानंद को हैरानी हुई, वह बोले, 'देश के प्रति तुम्हारे प्रेम पर मुझे गर्व है। मैं तुम्हारे देश की अपने देश में निंदा नहीं करूँगा बल्कि यह कहूँगा कि इस देश के बच्चे देशप्रेमी हैं।'

ईमानदार की तलाश

एक राजा अपने चापलूस दरबारियों से परेशान रहता था। योग्य और ईमानदार सहायकों की तलाश के लिए उसने एक योजना बनायी। उसने दरबारियों से कहा, "मैं चाहता हूँ कि आप लोग मेरे लिए एक पौधा लगायें। जिसका पौधा सबसे सुन्दर और पुष्ट होगा उसे मुँहमाँगा इनाम दूँगा। आप सबको बीज और गमले दिये जाएंगे। बस आपको मात्र इनकी देखभाल करनी है और खाद-पानी देना है। एक महीने बाद इनका निरीक्षण किया जाएगा।'

आखिरकार वह दिन भी आ गया जब सब लोग अपना-अपना गमला लेकर दरबार में पहुँचे। सबके गमले सुंदर पौधों से सजे हुए थे। पर उनमें से एक गमला खाली था। राजा ने सभी के पौधे देखे और उनकी प्रशंसा भी

की, लेकिन पुरस्कार खाली गमले वाले को दिया गया। सभी हैरान रह गये। राजा ने मुस्कराते हुए कहा, "मैंने तुम सब को जो बीज दिये थे वे उबले हुए थे और उग ही नहीं सकते थे। तुम सब में यही एक ईमानदार है, जिसकी मुझे तलाश थी। तुम सबने मुझे खुश करने के चक्कर में बीज बदल दिये। मैं बल्कि दुखी हूँ। वह राज्य कभी तरक्की नहीं कर सकता जिसके दरबारी किसी भी तरीके से बस राजा को खुश करना चाहते हैं।

दूसरों के लिए

बहुत पुरानी बात है। फारस में एक बादशाह था। वह बड़ा भला और न्याय प्रिय था। प्रजा का पूरा ध्यान रखता था। प्रजा उसका बड़ा आदर करती थी। एक दिन बादशाह जंगल में शिकार खेलने जा रहा था रास्ते में देखता क्या है कि एक बृद्ध आदमी एक छोटा-सा पौधा रोप रहा है!

बादशाह कौतूहलवश उसके पास गया और बोला, 'यह आप किस चीज का पौधा लगा रहे हैं?'

बृद्ध ने बड़े धीमे स्वर में कहा, 'अखरोट का।'

बादशाह ने हिसाब लगाया कि उसके पेड़ होने और उस पर फल आने में कितना समय लगेगा। हिसाब लगाकर उसने अचरज से बृद्ध की ओर देखा। फिर बोला, 'सुनो भाई, इस पौधे के बड़े होने और उस पर फल आने में कई साल लग जाएंगे, तब तक तुम कहां रहोगे?'

बृद्ध ने बादशाह की तरफ देखा। बादशाह की आँखें में मायूसी थी। उसे लग रहा था कि वह बृद्ध ऐसा काम कर रहा है, जिसका फल उसे नहीं मिलेगा। यह देखकर बृद्ध ने कहा, 'आप सोच रहे होंगे कि मैं पागलपन का काम का रहा हूँ। जिस चीज से आदमी को फायदा नहीं पहुँचता, उस पर कौन मेहनत करता है। लेकिन यह भी तो सोचिए कि इस बूढ़े ने दूसरों की मेहनत का कितना फायदा उठाया है। दूसरों के लगाए पेड़ों के कितने फल अपनी जिंदगी में खाए हैं। क्या उस कर्ज को उतारने के लिए मुझे कुछ नहीं करना चाहिए। क्या मुझे इस भावना से पेड़ नहीं लगाने चाहिए कि उनके फल दूसरे लोग खा सकें। जो अपने लाभ का काम करता है, वह तो स्वार्थ

होता है। 'बूढ़े की यह दलील सुनकर बादशाह चुप रह गया। उसकी दलील का उसके पास कोई जवाब नहीं था।

मैं अपवित्र तो गंगा भी ऐसी

कबीरदास गंगा स्नान करने गए हुए थे। वहीं कुछ ब्राह्मण भी स्नान कर रहे थे। लेकिन उनके पास लोटा नहीं था इसलिए हाथों से ही जल उलीच रहे थे।

उन्हें ऐसा करते देख कबीरदास बोले, 'आप लोग यह लोटा लेकर स्नान कर लीजिए।' कहकर उन्होंने लोटे को रेत से माँजकर व जल से धोकर ब्राह्मणों की ओर बढ़ा दिया। तभी उनमें से एक ब्राह्मण बोला, 'परंतु तुम तो जुलाहा हो। तुम्हारे लोटे से हम स्नान करेंगे तो हमारा धर्म भ्रष्ट नहीं हो जायेगा?'

कबीर बोले, 'तब तो गंगाजल भी अपवित्र हो गया क्योंकि मैं पहले ही इसमें स्नान कर चुका हैं। इस तरह तुम्हें अब गंगा भी दूसरी ही लानी होगी।'

यह सुनकर उन ब्राह्मणों के शीश शर्म से झुक गये।

मातृभक्ति

बात उन दिनों की है जब देश गुलाम था। संत गुरुदास वंद्योपाध्याय कलकत्ता हाईकोर्ट में न्यायाधीश नियुक्त थे। वह कलकत्ता विश्वविद्यालय के कुलपति भी हुआ करते थे।

एक दिन वह हाईकोर्ट में किसी मुकदमे की सुनवाई कर रहे थे। तभी एक बुढ़िया वहाँ आई जो गुरुदास की धाय थी। उसने गुरुदास को बाल्यावस्था में दूध पिलाया था। कलकत्ता में गंगा स्नान के लिए वह मुद्दतों बाद आई थी। तभी उसे ख्याल आया कि चलो, गुरुदास से ही मिल लिया जाए, बहुत समय हो गया उसे देखे हुए।

वह जैसे-तैसे पूछ-ताछकर हाईकोर्ट पहुँची थी। चूँकि गंगा स्नान करके आ रही थी, इसलिए वस्त्र गीले ही थे। हाईकोर्ट के द्वार पर पहुँचकर वह चपरासी से विनती करने लगी कि उसे भीतर जाने दे। लेकिन चपरासी तैयार नहीं था।

इत्तफाक से गुरुदास की नजर द्वार पर पड़ी तो वह न्यायाधीश की कुर्सी से तुरंत उठ खड़े हुए। वह द्वार की ओर बढ़े तो चपरासी किनारे हट गया। गुरुदास ने उस वृद्धा को दंडवत किया तो कोर्ट में उपस्थित सभी लोग विस्मय से देखने लगे। वृद्धा ने गुरुदास को उठाकर छाती से लगा लिया और अश्रुधारा बहाती हुई आशीर्वाद देने लगी।

तब गुरुदास ने सबको प्रसन्नतापूर्वक बताया, 'यह मेरी माँ है। बाल्यावस्था में इन्होंने मुझे अपना दूध पिलाया है।' बाद में गुरुदास उस वृद्धा को घर ले गए और उसका पूर्ण मान-सम्मान किया।

पद नहीं, व्यक्ति का सम्मान करो

बात उन दिनों की है जब लाल बहादुर शास्त्री प्रधानमंत्री थे। एक दिन वह एक कारखाने में गए जहाँ साड़ियाँ बना करती थीं। उनके साथ उनकी पत्नी ललिता शास्त्री भी थीं।

कारखाने में जाकर श्रीमती ललिता शास्त्री ने एक साड़ी पसंद की। लाल बहादुर शास्त्री कारखाने के मालिक को उसकी कीमत देने लगे लेकिन उसने पैसे लेने से इनकार कर दिया।

तब शास्त्रीजी बोले, 'आज जब मैं प्रधानमंत्री हूँ तब तुम पैसे नहीं ले रहे। लेकिन कल जब मैं प्रधानमंत्री नहीं रहूँगा, तब भी क्या तुम मुझे साड़ी निशुल्क ही दोगे।'

इतना सुनकर कारखाने का मालिक निरुत्तर हो गया और उसने चुपचाप पैसे रख लिए।

महात्मा बुद्ध की सीख

उस स्त्री का एक ही बेटा था, वह भी मर गया तो रोती-बिलखती वह महात्मा बुद्ध के पास पहुँची और उनके पैरों में गिरकर बोली, 'महात्माजी, आप किसी तरह मेरे लाल को जीवित कर दें।'

महात्मा बुद्ध ने उसके प्रति सहानुभूति जताते हुए कहा, 'तुम शोक न करो। मैं तुम्हारे बेटे को जीवित कर दूँगा लेकिन एक शर्त है कि तुम किसी

ऐसे घर से भिक्षा के रूप में कुछ भी माँग लाओ जहाँ किसी व्यक्ति की कभी मृत्यु न हुई हो।'

उस स्त्री को कुछ तसल्ली हुई और दौड़कर गाँव में पहुँची। अब वह ऐसा घर खोजने लगी जहाँ किसी की मृत्यु न हुई हो। उसने बहुत ढूँढ़ा लेकिन ऐसा कोई घर उसे नहीं मिला। वह निराश होकर महात्मा बुद्ध के पास आई और वस्तुस्थिति से अवगत कराया।

तब बुद्ध बोले, 'यह संसार-चक्र है। यहाँ जो आता है, उसे एक दिन अवश्य ही जाना पड़ता है। तुम्हें इस दुख को धैर्यता से सहन करना चाहिए।'

हँसना: एक वरदान

आदमी को इतना अक्लमंद नहीं हो जाना चाहिए कि वह हँसने जैसी बड़ी खुशी से वंचित रह जाए। हँसना खुशियों का खजाना है। जो खुलकर हँसता है वह निर्धन नहीं।

–संसार में रुदन तो सबके पास है। परन्तु यदि किसी दूसरे को कुछ देना चाहें तो रुदन नहीं हँसी दें।

–हँसोगे नहीं तो तुम्हारा चेहरा, वृक्ष की डाली पर फूल लगने के पहिले ही मुरझा जाएगा।

इंग्लैंड के प्रधानमंत्री मि. लॉयड जार्ज एक सभा में अपने मंत्रिमंडल की प्रशंसा कर रहे थे। उनके विरोधी ने खड़े होकर पूछा- 'मि. जार्ज! क्या आप वही व्यक्ति हैं, जिसके पिता गधे की गाड़ी चलाया करते थे।' लोग यह सुनकर हँस पड़े।

लॉयड जार्ज ने कहा –'दोस्त! आपका सवाल सही है। मेरे पिता गधे की गाड़ी चलाया करते थे, पर वह गाड़ी तो बिक गई है, बेशक गधा अभी तक मौजूद है।' इतना कहना भी हुआ कि पूरी सभा हँसी से लोटपोट हो गई।

कुरबानी

गोरे सिपाहियों की पकड़ से बचते हुए भागते-भागते बेंजामिन मोलाइस एक पतली गली में स्थित एक छोटे से झोपड़ीनुमा घर में घुस गया।

‘अरे, बेंजामिन, तुम... यहाँ कैसे, इतने घबराए हुए क्यों हो तुम।” झोपड़ी में उस समय मौजूद एक मात्र, लगभग पैंतीस वर्षीया युवती ने अपने आंचल से नन्हें शिशु को अलग करते हुए पूछा।

श श श...! मुझे शरण चाहिए बहन। पुलिस मेरा पीछा कर रही है।

‘मगर क्यों आखिर बात क्या हुई, क्या तुमने फिर।कोई...!

‘हाँ, कल फार्म के मजदूरों की मीटिंग में मैंने जो कविता पढ़ी थी उस पर नाराज होकर फार्म के गोरे अधिकारी ने मुझ पर मुकदमा दायर कर दिया है। वे लोग मुझे मार देना चाहते हैं। तुम मुझे कहीं छुपा लो बहन जल्दी कहीं छुपा लो।''

‘‘तुम चिन्ता न करो, बेंज। तुम्हें कुछ नहीं होगा। तुम वहाँ आलमारी के पीछे छिप जाओ। ‘‘युवती ने हिम्मत बंधाते हुये कहा।

अगले ही क्षण भड़ाक से दरवाजा खुल गया। चार-पाँच रायफलधारी सिपाही अन्दर दाखिल हो गए।

‘‘ऐ, काली औरत। तेरे घर में बेंजामिन आया है। बता, कहाँ छुपा रखा है उसे। बता जल्दी बता''। एक सिपाही ने उसके बालों को अपनी मुट्ठी में कसते हुए लगभग खींचते हुए पूछा।

मैं अपने बच्चे की कसम खाती हूँ। यहाँ कोई बेंजामिन- नहीं आया। मैं कुछ नहीं जानती। घर में मेरे सिवा और कोई नहीं है। मुझे छोड़ दो।” युवती गिड़गिड़ाने लगी।

सिपाहियों ने कुछ कानाफूसी की और अगले ही क्षण वे उस युवती पर टूट पड़े। बेंजामिन ने देखा की सिपाहियों पर वहशीपन छा गया था। उससे और सहा न गया।

‘छोड़ दो उसे। मैं तुम्हारे सामने हूँ। पकड़ लो मुझे।'' बेंजामिन चीखता हुआ सामने आ गया। उसकी आवाज में क्रोध, और घृणा के भाव मिले हुए थे।

‘‘नहीं, नहीं बेंजामिन, अब हम तुम्हें नहीं पकड़ेंगे अफसर से कह देंगे कि बेंजामिन नहीं मिला। आज तो कुछ चटपटा खाने का मन हो गया है। काफी दिन से मीठा-मीठा ही खा रहे हैं, एक सिपाही ने निर्लज्ज भाव से। मुस्कराते हुए कहा और फिर एक सिपाही की ओर मुखातिब होकर गरजा, ‘बांध के यहीं डाल दो इस कुत्ते को और ले चलो इस औरत को बाहर’।

और अपने तमाम प्रतिरोध के बाद बेंजामिन असहाय सा उस निरीह अबला को उन दरिन्दों के हाथों घिसटते हुए जंगल की ओर जाते देखता रह गया।

उसने एक नजर शिशु पर डाली जो इस घटना से बेखबर बेंजामिन को ही निहार रहा था मानो कह रहा हो, 'बेंजामिन तुम अपनी (धरती) माँ को इन गोरे दरिन्दों से बचाने के लिए अपनी जान की परवाह नहीं करते हो। देखो आज (मेरी) माँ तुम्हें बचाने के लिए अपनी जान की आहुति देने गई है। ताकि तुम अपने मकसद में कामयाब हो सको।

साधना पथ

तीर्थाटन को जानेवाले कुछ ग्रामीण भाइयों ने सन्त तुकाराम से भी साथ चलने की प्रार्थना की। तुकारामजी ने अपनी असमर्थता प्रकट की। उन्होंने तीर्थयात्रियों को एक कड़वा घिया देते हुए कहा, 'कृपया इसे अपने साथ ले जायें और जहाँ-जहाँ भी जायें, इसे भी पवित्र जल में स्नान करा लायें।"

ग्रामीणों ने उनके गूढ़ार्थ पर गौर किये बिना ही वह कड़वा घिया ले लिया। अपने साथ उसे भी विभिन्न तीर्थों में स्नान कराते और मंदिरों में दर्शन कराते हुए वे अपने गाँव वापस लौट आये और उन्होंने वह घिया सन्त तुकाराम को दे दिया। तुकारामजी ने सफल तीर्थयात्रा के उपलक्ष में सबको प्रीतिभोज पर आंमत्रित किया। तीर्थयात्रियों को विविध पकवान परोसे गये। तीर्थों में नहाये हुए घिया की तरकारी विशेष रूप से बनवायी गयी थी। जब उन लोगों ने उसे खाना शुरू किया तो सबने पाया कि वह तरकारी कड़वी है। तुकारामजी को जैसे घोर आश्चर्य हुआ हो, उन्होंने कहा, "यह तरकारी कड़वी कैसे हो सकती है? यह तो उसी घिया से बनी है, जो तीर्थस्नान कर आया है। बेशक यह तीर्थाटन से पहले कड़वा था, मगर आश्चर्य है कि तीर्थस्नान के पश्चात् भी उसमें कड़वाहट विद्यमान है।'

यह सुन उन तीर्थयात्रियों को बोध हुआ कि तीर्थाटन की अपेक्षा एक स्थान पर बैठकर प्रभु की श्रद्धापूर्वक वन्दना करना ही श्रेयस्कर है।

सन्त-महिमा

तुर्की और ईरानियों के बीच युद्ध छिड़ा हुआ था। तुर्कों की निरन्तर पराजय होती जा रही थी। एक दिन ईरान के सूफी सन्त फरीदुद्दीन अत्तार तुर्कों के हाथ पड़ गये। तुर्की ने जासूसी का अभियोग लगाकर उन्हें फाँसी की सजा दे दी।

एक ईरानी धनाढ्य ने सन्त के प्राणों के बदले उनके वजन के बराबर हीरे-जवाहरात देने चाहे। अनेक लोग भी अपने प्राण तक देने को तैयार हो गये। किन्तु तुर्कों ने उन्हें छोड़ना मंजूर नहीं किया।

अन्त में ईरान के शाह ने तुर्क-सुल्तान से प्रार्थना की, "चाहे आप हमसे राज्य ले लें, किन्तु सन्त फरीदुद्दीन को छोड़ दें।'' सुल्तान ने साश्चर्य पूछा, ''क्या आप एक आदमी के प्राणदान के लिए अपना पूरा राज्य देने को तैयार हैं, जिसे हम लड़कर भी न ले सके थे?''

शाह ने उत्तर दिया, "राज्य तो नश्वर है, किन्तु सन्त अविनाशी होते हैं। यदि हमने सन्त खो दिया, तो ईरान सदैव के लिए कलंकित हो जायेगा।''

सुल्तान की आँखें खुल गयीं। उसने कहा, "जिस देश में सन्तों का इतना सम्मान होता हो, उसे कोई नहीं जीत सकता!" और उसने सन्त फरीदुद्दीन को मुक्त कर दिया।

सरकार की आज्ञा का पालन

सम्राट् अकबर के आग्रह पर तानसेन ने अपने गुरु स्वामी हरिदास के संगीत का आयोजन किया। उनके साज-संगीत से अकबर बेहद प्रभावित हुआ। उसने दूसरे दिन तानसेन से कहा, "तू गाता तो अच्छा है, किन्तु तेरे गुरु के गीतों से मुझे जो आनन्द प्राप्त हुआ, वह तेरे गीतों से आज तक कभी प्राप्त न हुआ।'' तानसेन ने तपाक् से जवाब दिया, "जहाँपनाह, इसमें कोई अचरज की बात नहीं, क्योंकि मेरे गुरुदेव स्वेच्छापूर्वक गाते हैं, जबकि मैं सरकार की आज्ञानुसार।''

सहृदयता

श्रीरामकृष्ण परमहंस के शिष्य नाग महाशय को एक बार भोजेश्वर जाना था। उनके एक मित्र पाल ने उनके मार्गव्यय के लिए आठ रुपये तथा शीत से बचने के लिए एक कम्बल दिया। टिकट लेने के लिए नाग महाशय जब टिकटघर के सामने लगी पंक्ति में खड़े हुए, तब वहाँ एक भिखारिन आयी और उनके सामने खड़े एक सेठ से बोली, "सेठजी! मेरे बच्चे कई दिनों से भूखे हैं। तन ढकने के लिए कपड़े भी नहीं हैं। देखिए, यह बच्चा ठण्ड के मारे कैसा ठिठुर रहा है। सहायता करें, भगवान् आपका भला करेगा।" मगर सेठ का तो उस ओर ध्यान ही नहीं था। नाग महाशय ने जो सुना, तो तुरन्त वह आठ रुपया तथा कम्बल उस भिखारिन को दे दिया और स्वयं कलकत्ता की ओर पैदल ही चल पड़े। रास्ते में खर्च के लिए उन्होंने यात्रियों का सामान ढोकर, रात को चौकीदारी करके तथा रोगियों का उपचार कर पैसा एकत्रित किया, तब कहीं वे अपने गन्तव्य स्थान को उनतीस दिनों बाद पहुँच सके।

क्षमा वीरस्य भूषण

बाजीराव पेशवा की मरहठी सेना ने निजाम की फौज को चारों ओर से घेर लिया। उसके रसद तथा हथियार मिलने के जो रास्ते थे, वे सारे बन्द हो गये। इन्हीं दिनों मुहर्रम का त्यौहार आ गया, मगर घेरे में पड़े निजाम के शिविर में भूखों मरने की नौबत आ गयी थी। विवश हो निजाम ने पेशवा को पत्र लिखा– "क्या हमारे सिपाहियों को त्यौहार के दिनों में भी भूखों मरना पड़ेगा? हमने तो सुना था कि पेशवा बहादुर होने के साथ ही रहमदिल होते हैं और वे भूखे दुश्मन पर वार नहीं करते?"

पेशवा ने निजाम का पत्र अपने अष्टप्रधानों के सामने रखा। वे सभी एक स्वर में बोले, ''निजाम पर दया करना ठीक नहीं।" किन्तु पेशवा ने कहा, ''मरहठे वीर हैं, पर साथ ही मनुष्य भी हैं। वीरता का यह तकाजा है कि शत्रु को अवश्य पराजित किया जाये, पर मानवता की यह अपेक्षा होती है

कि क्षुधित शत्रु को भी भोजन दिया जाये!" और पेशवा की आज्ञा से निजाम के पास रसद की गाड़ियाँ भेज दी गयीं।

दानवीरता

धर्मान्ध और पितृद्रोही औरंगजेब जब अपने पिता शाहजहाँ को कैद में डालकर बादशाह बन बैठा तो उसने अपना मार्ग निष्कंटक करने के लिए अपने सगे भाइयों-शुजा और मुराद को मौत के घाट उतार दिया। फिर सल्तनत के उत्तराधिकारी बड़े भाई दारा को गिरफ्तार कर, एक बूढ़ी हथिनी की पीठ पर उसे बिठा करके दिल्ली के मुख्य-मुख्य बाजारों में घुमाया। दोपहर की कड़ी धूप, हथिनी की नंगी पीठ और कैदी का वेश! दारा को सहस्र बिच्छुओं के डंक से भी अधिक पीड़ा हो रही थी। उसे देखने के लिए भारी जनसमूह सड़कों पर एकत्रित हो गया था। दारा नीची नजर किये बैठा था कि इतने में आवाज आयी, "दारा, जब भी तू निकलता था, खैरात करता हुआ निकलता था। मगर क्या आज मैं उस सखावत की उम्मीद न करूँ?"

दारा ने नेत्र उठाये और उस ओर देखा। लंगोटी पहने एक फकीर खड़ा था। उसने झट से अपने कन्धे पर पड़ा दुपट्टा उसकी तरफ फेंक दिया और फिर सिर नीचा कर लिया। फकीर 'दारा जिन्दाबाद' के नारे लगाता नाचने लगा और प्रजा उसके साधुवाद पर आँसू बहाने लगी।

दुनिया ऐसी बावरी

सन्त टालस्टाय सुबह पाँच बजे चर्च गये। सोचा वहाँ शान्त वातावरण में प्रार्थना सुन सकूँगा, किन्तु उन्हें यह देख आश्चर्य हुआ कि उनसे पहले भी एक व्यक्ति वहाँ पहुँच गया है और कह रहा है, "हे परमात्मा! मैंने इतने अधिक पाप किये हैं कि मुझे कुछ कहते लज्जा आ रही है। अतः हे भगवन, मुझ पापी को क्षमा करना।"

टालस्टाय ने सुना, तो सोचने लगे कि यह आदमी सचमुच ही कितना महान् है कि सच्चे दिल से अपने अपराधों को स्वीकार कर रहा है। यदि किसी अपराधी को 'अपराधी' कहें, तो वह आगबबूला होकर मारने दौड़ता है और एक यह है कि स्वयं ही अपने को अपराधी मान रहा है।

निकट जाने पर टालस्टाय उस व्यक्ति को पहचान गये। वह नगर का एक लखपति सेठ था। ज्योंही उसकी दृष्टि टालस्टाय पर गई, वह घबराकर बोला, "आपने मेरे शब्द सुने तो नहीं?" टालस्टाय ने कहा, "हाँ सुने तो थे। मैं तो तुम्हारी स्वीकारोक्ति सुनकर धन्य हो गया।" वह व्यक्ति बोला, "लेकिन तुम यह बात किसी दूसरे से न कहना, क्योंकि ये बातें मेरे और परमेश्वर के बीच की थीं। मैं तुम्हें सुनाना नहीं चाहता था।" फिर अकस्मात् कुछ नाराजगी से बोला, "लेकिन अगर तुमने यह बात किसी को बतायी तो मुझसे बुरा कोई न होगा।"

टाल्स्टाय तो यह सुनकर दंग रह गये और बोले, "अरे, अभी-अभी तो तुम कह रहे थे कि...।" उनकी बात काटते हुए वह व्यक्ति बीच में ही बोल उठा, "हाँ, मगर मैंने जो कुछ कहा था, वह परमात्मा के लिए कहा था, दुनिया के लिए नहीं।"

टाल्स्टाय हैरान होकर सोचने लगे, "यह दुनिया कितनी मूर्ख है कि लोगों से डरती है, मगर भगवान से नहीं। जो आदमी लोगों के सामने अपनी सच्चाई प्रकट नहीं कर सकता, वह भला परमात्मा के समक्ष कैसे सच्चा हो सकता है?"

राज्य की सीमा

एक बार एक ब्राह्मण से कोई अपराध हुआ और महाराज जनक ने उसे अपने राज्य से निष्कासित होने का दण्ड दिया। ब्राह्मण ने पूछा, "महाराज! मुझे आप यह बता दें कि आपका राज्य कहाँ तक है, ताकि मैं उसके बाहर जा सकूँ।"

तब राजा जनक सोचने लगे कि वास्तव में उनके राज्य की सीमा कहाँ तक है। पहले तो उन्हें सम्पूर्ण पृथ्वी पर अपना अधिकार-सा प्रतीत हुआ और फिर मिथिला नगरी पर। आत्मज्ञान के झोंके में वह अधिकार घटकर प्रजा तक और फिर उनके शरीर तक सीमित हो गया, मगर अन्त में उन्हें अपने शरीर पर भी अधिकार का भान नहीं हुआ। वे ब्राह्मण से बोले, "आप जहाँ भी चाहें रहें, मेरा किसी भी वस्तु पर अधिकार नहीं है।"

ब्राह्मण को आश्चर्य हुआ, उसने पूछा, "महाराज! इतने बड़े राज्य के अधिकारी होते हुए भी आप सभी वस्तुओं के प्रति कैसे निर्मम हो गये हैं? अभी-अभी तो आप सम्पूर्ण पृथ्वी पर अपना अधिकार होने की सोच रहे थे न?"

राजा जनक बोले, "संसार के सभी पदार्थ नश्वर हैं। शास्त्रानुसार न तो कोई अधिकारी सिद्ध होता है और न कोई अधिकार योग्य वस्तु ही है। अतः मैं किसे अपने अधिकार में समझूँ? जहाँ तक स्वयं को पृथ्वी का अधिकारी समझने की बात है, मैं स्वयं के लिए तो कुछ करता ही नहीं हूँ, जो कुछ करता हूँ, वह देवता, पितर, भूत और अतिथि सेवा के लिए ही करता हूँ, इसलिए पृथ्वी, अग्नि, जल, वायु, प्रकाश और अपने मन पर मेरा अधिकार कैसे हुआ?"

यह सुनते ही ब्राह्मण ने अपना चोला बदल दिया, बोला, "महाराज! मैं धर्म हूँ। आपकी परीक्षा लेने के लिये ब्राह्मण वेश में आपके राज्य में वास कर रहा था। मैं समझ गया कि सत्त्वगुण-रूप नेमियुक्त ब्रह्मप्राप्तिरूप चक्र के आप ही संचालक हैं।"

बुराई का फल बुरा

चन्द्रपुर में एक गरीब औरत अपने बेटे रामू के साथ रहती थी। वे इतने गरीब थे कि एक वक्त की रोटी के लिए भी तरसना पडता था। माँ घर-घर में काम करती और जो थोड़ा सा पैसा मिलता उससे अपने बेटे को खिलाती और खुद भूखी रह जाती थी। इस तरह दिन, सप्ताह, महीना और साल गुजरता गया। रामू अब बालक नहीं रहा, वह जवान हो चुका था। उससे घर की हालत देखी नहीं गई। एक दिन जैसे ही माँ काम पर निकली रामू ने उसे रोका और कहा कि आज से मैं नौकरी करूँगा। नौकरी करके मैं आप को खिलाऊँगा। माँ बहुत खुश हुई। माँ ने रामू को समझाया कभी बुरा काम मत करना, हमेशा ईमानदारी का काम करना, तो फल भी मीठा ही मिलेगा।

रामू सेठ दयालजी के पास नौकरी के वास्ते पहुँचा, जो उसका जान-पहचान वाला था। दयालजी ने रामू को नौकरी पर रख लिया। रामू पत्थर ढ़ोने का काम करने लगा। जब सेठजी ने उसे पैसे दिए तो वह बहुत

खुश हुआ। मगर पैसे बहुत कम थे। उतने पैसे से माँ के लिए दवाई, कपड़ा और खाना सब लाना बहुत मुश्किल था।

घर की हालत पहले से अब थोड़ी सुधरने लगी। मगर इससे रामू खुश न था। वह अपनी माँ को अच्छा खाना, कपड़ा और दवाई दिलाना चाहता था। उसे लगा कि ईमानदारी से सब कुछ नहीं किया जा सकता। इसलिए वह एक ऐसे आदमी से मिला जो काला धन्धा करता था। रामू वहाँ काम करने लगा। उसे खुब पैसा भी मिला। रामू के हाथ खूब सारा पैसा देखकर माँ पैसे के बारे में पूछती रही। मगर रामू माँ को टालता रहा। उसने हाथ-मुँह धोया और खुशी-खुशी खाना खाया और बाहर चला गया। जब वह वापस घर आया तो उसके हाथ में माँ के लिए कपड़े, खाना और दवाई थे। माँ बिस्तर पर लेटी थी। उसने सारी चीज माँ के पास रखा और माँ को जगाने लगा। मगर माँ जागी नहीं। माँ हमेशा-हमेशा के लिए उसे छोड़कर जा चुकी थी। रामू बेसहारा हो गया। यह तो बहुत ही बुरा हुआ। तभी रामू को अपनी माँ की बातें याद आई। बुरा काम करने से फल भी बुरा मिलता है। मगर इतना बुरा फल मिलेगा रामू ने सोचा भी नहीं था। उस दिन से रामू ने सोच लिया कि कभी कोई बुरा काम नहीं करेगा, जिससे कि उसके माँ की आत्मा को दुःख पहुँचे। उस दिन से रामू ईमानदारी का काम करने लगा। बुरा काम करने से भगवान भी हमसे रूठ जाते हैं, यह बात हमेशा ध्यान रखनी चाहिए।

जाति और धर्म

एक बार मैं ट्रेन में सफर कर रहा था। मेरे बगल में एक मौलवी साहब बैठे थे जिनकी दाढ़ी मूंछ तथा सिर के बाल सभी सफेद हो चुके थे। वो बार-बार अपनी दाढ़ी को सहलाते थे, लगता था कि उनको दाढी और सफेद बालों से बहुत प्रेम था। उस समय छात्र होने के नाते मुझे कुछ शरारत सूझी कि क्यों न मौलवी साहब से प्रश्न पूछा जाय। अपने को बहुत रोकने के बाद पूछ बैठा- मैंने कहा- "मौलवी साहब मैं आपसे कुछ जानना चाहता हूँ उम्मीद है कि हमें आप निराश नहीं करेंगे।" मौलवी साहब मुस्कुराए और बोले पूछो जहाँ तक मुझे इल्म होगा मैं जरूर बताऊँगा।

तब मैने प्रश्न किया- "मौलवी साहब मैने सुना है कि हिन्दू धर्म के अनुसार किसी मनुष्य के मरने के कुछ दिन बाद पुनः जन्म हो जाता है जिससे हम हिन्दुओं की आबादी बढ़ती जा रही है मगर आपके मुस्लिम धर्म के अनुसार मरने के बाद कब्र में दफना दिया जाता है और आत्मा उस कब्र में दफन रहती है। खुदा या अल्लाह कयामत के समय आएंगे और मरे इन्सान से सवालात करेंगे और उसी के कर्म के अनुसार फिर जन्म या जीवन दिया जायेगा। तो मेरा प्रश्न यह है कि कयामत तो आयी नही मगर मुसलमानों की आबादी क्यों बढ़ती जा रही है।

मौलवी साहब ने कहा- "बेटे, तुम्हारा भगवान, मेरा अल्लाह इन्सान पैदा करना जानता है जाति और धर्म पैदा करना नहीं जानता जाति ध र्म पैदा करने वाले हम और आप होते हैं। उनकी यह बात सुनकर मैं नतमस्तक-सा हो गया।"

परोपकारः पुण्य

सन्त सेंरोपियो मिस्र देश के निवासी थे और बड़े ही परोपकारी थे। दूसरों की सेवा करना वे अपना कर्त्तव्य समझते थे। वे सदैव मोटे कपड़े का चोगा पहनते थे। एक दिन उनके चोगे को फटा देखकर एक व्यक्ति ने उनसे कहा, "आपका चोगा फट गया है। उसके बदले नया चोगा क्यों नहीं पहनते?" उन्होंने जवाब दिया, "बात यह है कि मैं यह मानता हूँ कि एक इन्सान को दूसरे इन्सान की मदद करनी चाहिए। इसके लिए उसे अपने शरीर का बिल्कुल ख्याल नहीं करना चाहिए। यही धर्म की सीख है और आदेश भी।"

"धर्म की सीख?"- उस व्यक्ति ने आश्चर्य से पूछा, ''जरा वह ग्रन्थ तो दिखाएँ, जिसमें ऐसा आदेश और सीख दी हुई है।''

''ग्रन्थ मेरे पास नहीं है, उसे मैंने बेच दिया है," सेरोपियो ने जवाब दिया। सुनकर उस व्यक्ति को हँसी आ गयी, बोला, ''क्या पवित्र ग्रन्थ भी कहीं बेचा जाता है?''

"हाँ, जो ग्रन्थ दूसरों की सेवा करने के लिए अपनी चीजों को बेचने का उपदेश देता है, उसे बेचने में कोई हर्ज नहीं। इस ग्रन्थ को बेचने पर जो रकम मिली थी, उसे मैंने गरीबों को बाँट दिया था। मेरा विश्वांस है कि

जिस किसी ने वह ग्रन्थ खरीदा होगा, उसने भी उसे बेचकर जरूरतमन्दों की जरूरतें पूरी कर उनकी मदद की होगी। इसमें कोई शक नहीं कि वह ग्रन्थ जिसके भी पास होगा, उसके सद्‌गुणों का विकास होगा और वह सेवाव्रती और परोपकारी बनेगा।"

मेहनत की कमाई

एक बार हातिमताई से उनके एक मित्र ने प्रश्न किया, "मैं तो आपको ही महान् व्यक्ति समझता हूँ, मगर क्या आपको भी कभी कोई महान् व्यक्ति दिखायी दिया है?"

"हाँ," हातिमताई ने कहा, "एक बार मैंने सारे नगरवासियों को भोज का आमंत्रण दिया था।" सभी नगरवासी भोज में शामिल हुए। नगर का कोई व्यक्ति बाकी तो नहीं रहा, इस इरादे से जब मैंने शहर का चक्कर लगाया, तो रास्ते में मुझे एक लकड़हारा एक पेड़ काटता दिखायी दिया। मैंने उससे पूछा, "हातिम ने आज सबको भोज का न्योता दिया है। क्या तू वहाँ हो आया है?" उसने जवाब दिया, ''नहीं, मैं तो मेहनत की रोटी खाता हूँ। दूसरों की भलाई का बोझ ढोना मैं पसन्द नहीं करता।"

इतना कह हातिमताई ने मित्र से कहा, ''मित्र ! मैं तो उस लकड़हारे को सबसे बड़ा मानता हूँ। दान देकर खुद को बड़ा समझने की बजाय मेहनत की कमाई खानेवाला ही वास्तव में बड़ा होता है।''

बापू का परिवार

बापू से मिलने बहुत से बच्चे आया करते थे। एक दिन एक छोटे से बालक ने बापू की वेश-भूषा देखी तो उसको बड़ा दुख हुआ। इतने बड़े बापू, और शरीर पर कुर्ता तक नहीं। उससे रहा नहीं गया, पूछ ही बैठा, बापू ने बालक को प्यार से कहा, "मेरे पास पैसे कहाँ हैं, बेटा? मैं तो बड़ा गरीब आदमी हूँ। कुर्ते के लिए पैसे कहाँ से लाऊँ?" बालक का मन पसीज गया। उसने कहा, "मेरी माँ को सिलाई आती है। देखिए न मेरे सब कपड़े वही

बनाती है। मैं अपनी माँ से कहकर आपके लिए कुर्ता सिलवा दूँगा। फिर तो आप पहनेंगे न? 'बापू ने पूछा' कितने कुर्ते सिल देगी, तुम्हारी माँ? "बालक ने कहा- आपको कितने चाहिए? एक दो तीन जितने माँगेंगे उतने ही सिल देंगी। बापू ने सोच में पड़कर कहा, मैं अकेला थोड़ा ही हूँ। अकेला कैसे पहन लूँ कुर्ता?" बालक का आग्रह देखकर बापू ने कहा- बेटा मेरे तीस चालीस करोड़ भाई-बहन हैं। जब तक उनमें से हर एक के तन पर कुर्ता नहीं होगा मैं कैसे पहनूँगा भला? बोलो तुम्हारी माँ सबके लिए सिल देगी? यह कहकर बापू बालक का मुँह निहारने लगे। बालक सोच में पड़ गया। चालीस करोड़ भाई बहिन- ठीक ही तो कहते हैं बापू। जब तक इन सबके पास कुर्ते नहीं होंगे, वे कैसे पहनेंगे? वह सबसे बड़े जो हैं, सबके बापू जो हैं। भोले बालक को समझ में आया कि सारा देश ही बापू का परिवार है। हर एक देशवासी उनका बंधु है। वह सबके साथी सबके दोस्त हैं। एक कुर्ते से भला उनका कहाँ चलता।

सेवा:एक अनूठा उपहार

अमेरिका के ख्यातनाम डॉक्टर हेरॉल्ड थे। वे अपनी व्यावसायिक कुशलता में जितने शीर्षस्थ थे, उतने ही दयालु और सेवाभावी भी थे। उन्हें एक महिला ने अपने पति की सख्त बीमार होने की बात पत्र में लिखी। उसने पत्र में प्रार्थना की कि उसका पति उठने में भी असमर्थ है। अतः घर पधारने की कृपा/अनुग्रह करें।

डॉ. हेराल्ड दवाईयों के बॉक्स के साथ उसके घर पहुँचे। घर के नाम पर झोपड़ी थी और बीमार एक लकड़ी के बॉक्स पर लेटा था। डॉक्टर ने रोगी का परीक्षण किया, लेकिन रोग का कोई विशेष लक्षण नहीं दिखा। रोगी की पत्नी फूट-फूट कर रो पड़ी, क्योंकि डॉक्टर एकदम शान्त और गम्भीर था। डॉक्टर ने महिला को ढाँढ़स बंधाया और समुचित इलाज करने की बात कहकर वापिस चले गए।

कुछ समय पश्चात् एक व्यक्ति दो डिब्बे लाया और महिला को देकर बोला- "मुझे डॉ. साहब ने भेजा है। इन डिब्बों में कुछ कीमती दवाएँ है, जिन्हें रोगी को नियमित देना है। रोगी की पत्नी बहुत खुश हुई। उसने एक

डिब्बा खोला, जिसमें कुछ फल रखे हुए थे साथ में डॉक्टर का पर्चा था जिसमें हिदायत थी कि इस दवा को नियमित देती रहना और रोगी के चलने फिरने तक इसका सेवन कराते रहना।

महिला ने उत्सुकतावश दूसरा डिब्बा भी खोला। उसमें दस हजार डॉलर के नोट भरे थे और साथ में एक पत्र भी रखा था।

प्रिय बहिन! तुम्हारे पति को कोई शारीरिक रोग नहीं है। उसकी असली बीमारी गरीबी और भूख है। इस सामाजिक रोग की दवा इस डिब्बे में भेज रहा हूँ। इसका सदुपयोग करना। डॉक्टर की इस महान कृपा से महिला की आँखों से कृतज्ञता के आँसू बहने लगे। वह उस व्यक्ति से बोली, "भैया! डॉक्टर से बोलना कि आप मनुष्य के रूप में साक्षात देवदूत हैं।

धर्म का पहला पाठ है-मानवीय सेवा। किसी वृद्ध, रोगी और अशक्त की सेवा मंदिर में की गई पूजा से ऊपर है। पूजा में तो आकांक्षा विद्यमान रहती है लेकिन निःस्वार्थ सेवा में परमात्मा की सुरभि महकती है। दया, सेवा और करुणा के बीज प्रतिदान नहीं चाहते।

खौफ

भैया के ससुराल वाले साधारण परिवार के थे इसलिए उन्होंने दहेज में अधिक धन नहीं दिया था लेकिन जो कुछ दिया था, वह उनकी हैसियत के अनुसार सही था। इतने पर भी माँ भाभी को बात-बात पर रोज ही जली-कटी सुनाया करती थी। रोज की खटपट से बेचारी का जीना कठिन हो गया था। प्रत्यक्ष रूप से तो वह कुछ न कहती पर एकान्त में जाकर रोया करती।

भाभी का इस तरह से छुप-छुप कर रोना मीना से देखा न गया। जब उसने माँ से जाकर कहा- "माँ, क्यों परायी बेटी को तुच्छ से दहेज के लिए इतना सता रही हो? उसके माँ-बाप ने अपनी हैसियत के अनुसार सब कुछ तो दिया है?"

"तू चुप रह, मेरी बेटी होकर मुझ से ही जबान लड़ाती है। अरे! तुझे तो मेरा पक्ष लेना चाहिए, पर तू उस चुड़ैल का साथ देती है।" "माँ, मैं इंसाफ

की बात कह रही हूँ। इसमें भाभी का साथ देने की क्या बात है। मैं तो जो उचित है, वही कह रही हूँ।" -मीना बोली।

"तुझे मालूम नहीं हमारे पड़ोसी लाला की बहू कितना दहेज लायी है। अरे! पचास हजार रुपये तो सिर्फ दामाद को तिलक में मिले हैं और लाखों का सामान दहेज में। वाह! क्या तकदीर है लाला के बेटे की। दहेज क्या मिला, पूरी दुकान ही मिलीं है।" माँ ने कुढ़ते हुए कहा।

"तुम लाला की बराबरी क्यों करती हो। उनके समधी धनी थे इसलिए उन्होंने अधिक धन दहेज में दिया और तुम्हारे समधी साधारण परिवार के हैं इसलिए उन्होंने भी अपनी क्षमता के अनुसार भैया को पाँच हजार रुपये तिलक में और दस हजार रुपयों का सामान दहेज में दिया है। क्या यह कम है?

मीना की बात पर माँ अधिक बिगड़ गयी। तब मीना ने कमर कस कर माँ को जवाब दिया- ''माँ, आज तुम दहेज के लिए परायी बेटी को तरह-तरह की यातना देती हो। मैं भी तुम्हारी बेटी हूँ, मुझे भी शादी के बाद पराये घर की बहू बनना है। मेरे ससुराल वालों को जब तुम उनके इच्छानुसार दान-दहेज न दे पाओगी और वे भी मेरे साथ इसी तरह का व्यवहार करेंगे, जैसा भाभी के साथ तुम कर रही हो, तब क्या तुम वह सब देख और सह पाओगी?

मीना के इस धधकते प्रश्न के ''खौफ से माँ का दिल दहल उठा। वह विस्मित होकर आश्चर्य से मीना को देखती रह गयी। तब से माँ भाभी के साथ अच्छा व्यवहार करने लगी और फिर कभी दहेज के बारे में नहीं कहा।

निजी सम्पत्ति

शिकार के लिए जंगल में भटकता ईरानी शहंशाह अब्बास स्वच्छंदतापूर्वक बांसुरी बजानेवाले उस चरवाहे बालक की हाजिरजवाबी और प्रतिभा का कायल हो गया। उसे शाही दरबार में लाया गया। वह एक रत्न सिद्ध हुआ। नाम था उसका मुहम्मद अली बेग।

शाह अब्बास के बाद उसका अवयस्क पौत्र शाह सफी तख्त पर बैठा। धूर्त खोजों ने शाह के कान भरे कि कोषाध्यक्ष मुहम्मद अली बेग शाही खजाने का दुरुपयोग करता है। शाह उनकी चाल में आ गया। उसने मुहम्मद अली की हवेली का निरीक्षण किया। चारों ओर सादगी का राज्य था। निराश होकर

शाह लौटने लगा कि तभी खोजों के इशारे पर उसका ध्यान एक कक्ष की ओर गया, जिसमें तीन मजबूत ताले लटक रहे थे। 'इसमें कौन से लालो-मुहर बंद कर रखे हैं, मुहम्मद?"- शाह ने पूछा।

"लालो-मुहर से भी कीमती चीजें।"- मुहम्मद अली सिर झुकाकर बोला, "हुजूर! इसमें मेरी निजी सम्पत्ति है।"

"लेकिन शासक को प्रजा की निजी सम्पत्ति तलब करने का भी अधिकार है।"- शाह की निगाहें मुहम्मद पर केन्द्रित हो गयीं।

"बेशक परवरदिगार ! लेकिन शासन को उसे छीनने का हक नहीं है।''

"हम उसे देखें तो सही!"

ताले खोल दिये गए। कक्ष के बीचों बीच एक तख्त पर कुछ चीजें करीने से रखी थीं- एक बंसरी, सुराही, बाजरे की भात रखने की थैली, लाठी, चरवाहे की पोशाक और दो मोटे ऊनी कंबल।

मुहम्मद बोला, "यही है मेरा लालो- मुहर ! स्व। शाह ने जब मुझे पाया था, तब मेरे पास यही चीजें थीं। आज भी 'मेरी निजी' कहने को यही हैं।''

प्रामाणिकता का सच

मैंने सुना है पिकासो का एक चित्र किसी आदमी ने खरीदा। कोई दस लाख रुपये में। पिकासो की पत्नी से उसने पूछा कि यह चित्र प्रामाणिक तो है न, पिकासो का ही है न? निश्चित होकर आप खरीद लें, पिकासो ने बनाया है। चित्र खरीद लिया गया। वह आदमी। पिकासो को यह खबर देने गया। उसने कहा कि मैंने दस लाख रुपए में आपका एक चित्र खरीदा है। वह चित्र भी ले गया। पिकासो ने चित्र देखा और कहा कि यह असली नहीं है, अथेंटिक नहीं है। उस आदमी ने तो होश खो दिया। दस लाख रुपए दिए, और पिकासो ने यह कह दिया कि यह प्रामाणिक नहीं है। उस आदमी ने कहा, आप कैसी बात कह रहे हैं आपकी पत्नी ने गवाही दी है कि यह चित्र उसके सामने बना है

उसकी पत्नी मौजूद थी। उसने कहा, आप कैसी बात कर रहे हैं, भूल गए हैं क्या? यह चित्र आपने बनाया है। मैं मौजूद थी। पिकासो ने कहा, मैंने

बनाया जरूर, लेकिन यह अथेंटिक नहीं है। तब तो और मुश्किल हो गई। अगर पिकासो ने ही बनाया है तो फिर प्रामाणिक क्यों नहीं है।

तब तो उस खरीदार ने कहा, आप मजाक तो नहीं कर रहे है। पिकासो ने कहा, मजाक नहीं कर रहा हूँ। यह चित्र बनाया तो मैंने ही है। लेकिन यह चित्र मैं पहले एक दफा और बना चुका! अब यह सिर्फ उसकी कापी है। और यह कापी कोई दूसरा करे तो भी प्रामाणिक नहीं है और मैं खुद भी करूँ तो भी प्रामाणिक नहीं है। यह कापी है, ओरिजनल नहीं है। यह खयाल मैं एक दफा प्रकट कर चुका हूँ।

हिंसा निर्जरा हो जाए

महावीर एक गाँव के पास खड़े थे और कुछ लोगों ने आकर उन्हें बहुत पीटा। किसी ने उनके कान में कीलें ठोक दीं। वे खड़े देखते रहे। पीछे किसी ने उनसे पूछा, आपने कुछ भी न कहा? आप कुछ तो बोलते, इतना तो कहते कि प्रकारण मुझे क्यों मार रहे हो? तो महावीर ने कहा, प्रकारण वे नहीं मार रहे थे, उनके भीतर मारने का जरूर ही कोई कारण रहा होगा। हो सकता है, मुझसे सम्बन्धित न हो कारण, लेकिन उनके भीतर लो कारण रहा ही होगा। और मैंने सोचा कि वे मुझे ही मार लें तो बेहतर है' वे किसी दूसरे को मारेंगे तो बिना मार का उत्तर पाए वापस न लौटेंगे। उनकी हिंसा की निर्जरा हो जाय तो मुझसे बेहतर आदमी उन्हें खोजना मुश्किल है। महावीर ने तकिए की तरह ही उन लोगों के साथ व्यवहार किया।

क्रियाशीलता

पर्वतों से निकलकर बहने वाली सरिता की धारा ने अपनी सहेली दूसरी धारा से कहा- मैं तो इस भ्रमणशील और गतिमान जीवन से ऊब गई हूँ। एक पल को भी विराम नहीं, ऐसा जीवन किस काम का। अब आगे बढ़ने का मेरा इरादा नहीं है। आम्र का एक सघन कुंज देखकर वह उसके नीचे थम गई और वहीं रुक गई।

दूसरी धारा आगे बढ़ती गई और जाते-जाते कह गई- तू रुक तो रही है, किंतु याद रखना गतिशीलता में पावनता, स्वच्छता और जीवन है। यदि तेरे

जीवन में अकर्मण्यता ने स्थान बना लिया तो तू स्वाभाविक गुणों से हाथ धो बैठेगी। पहली धारा ने अपनी सहधारा की बात पर उस समय तो ध्यान नहीं दिया और उसने एक सरोवर का रूप धारण कर लिया। जल के स्थिर हो जाने से जल में सड़ाँध उत्पन्न होने लगी और यह स्वच्छ जल पीने योग्य न रहा। ग्रामवासियों और जानवरों तक ने उसे त्याग दिया। तब उसे गतिशीलता और क्रियाशीलता का महत्व समझ में आया। '

बुद्ध ने युद्ध रोका

एक बार बुद्ध युद्ध रुकने का कारण बने। रोहिणी नदी के दाँये और बायें शाक्य और कोलिय नाम के दो राजवंशीय लोग रहते थे। रोहिणी नदी इनकी सीमा थी। दोनों ने मिलकर नदी में बाँध बना रखा था और नदी के पानी से दोनों ओर के लोग अपने खेत सींचते थे। एक बार गरमी में नदी में पानी बहुत कम हो गया और खेत सूखने लगे। कोलियों ने नदी का सारा पानी अपने खेतों में ले जाने की योजना बनाई, जिसे शाक्यों ने नापसंद किया और क्रोधित हो गये। इस पर शाक्यों और कोलियों में झगड़ा हो गया और मारपीट हो गयी। इस पर निपटारे के लिए दोनों ओर की सेनाएँ भी आ गयीं।

परिस्थिति समझकर बुद्ध उनका झगड़ा निपटाने आये। वे दोनों से सम्बन्धित थे, अतः उनकी परिस्थिति नाजुक थी। अक्सर युद्ध में होता यह था कि लोग युद्ध के कारण को ही भूल जाते हैं और युद्ध सामने रह जाता है। बुद्ध युद्ध स्थल पर पहुँचे तो उन्होंने लोगों से युद्ध का कारण पूछा। कोई स्पष्ट उत्तर न दे सका। तब उन्होंने एक साधारण मजदूर से अपना प्रश्न किया। उसने उत्तर दिया, 'जल'। इसके बाद बुद्ध राजा के पास आये और पूछा, "राजन! जल का क्या मूल्य है?'

राजा ने उत्तर दिया, "बहुत थोड़ा''।

बुद्ध ने फिर पूछा, "और आपके सैनिकों का मूल्य क्या है?''

राजा बोले, 'वे अमूल्य हैं''।

फिर बुद्ध ने पूछा, ''क्या जल के लिए, जिसका मूल्य बहुत थोड़ा है, अपने आदमियों की अमूल्य जान गवाँ देना उचित है?" तत्पश्चात् बुद्ध ने दोनों राजाओं और उनके पक्ष के लोगों को इस प्रकार सम्बोधित किया, "आप लोग इस तरह उत्तेजित क्यों हैं? यदि आज मैं यहाँ न होता तो खून की नदियाँ

बह गयी होती। आपने शत्रुता और घृणा को अपने मन में स्थान दे रखा है। मैं घृणा से मुक्त हूँ। आप लोग उग्र क्रोध से पीड़ित हैं, मैं इस व्याधि से परे हूँ। आप इन्द्रियजनित सुखों के पीछे भटक रहे हैं, मैं ऐसी भटकन से दूर हूँ। यदि आप लोग सुख से रहना चाहते हैं, तो हमें उनके साथ, जो हमसे घृणा करते हैं, बिना घृणा के रहना चाहिए। चिन्ता से प्रपीड़ित व्यक्तियों के बीच हमें चिन्ता मुक्त रहना चाहिए।"

बादशाहों-के-बादशाह

समस्त भू-मंडल को अपनी सल्तनत मानने वाला बादशाह सिकन्दर जिस समय भारत आया तो एक दिन घूमते-घूमते उनकी एक भारतीय संन्यासी से भेंट हो गयी, संन्यासी के चेहरे पर तप, त्याग एवं वैराग्य की दिव्य तेजस्विता ने बादशाह को मन्त्र-मुग्ध कर दिया। बादशाह घोड़े पर से उतरा और उससे बातचीत करने लगा, संन्यासी के साथ हुए वार्तालाप से इतना प्रभावित हुआ कि उससे यूनान चलने का प्रस्ताव किया, परन्तु संन्यासी ने वह आग्रह ठुकरा दिया। सिकन्दर जैसा बादशाह किसी की 'न', को भला कैसे सुन सकता था? उसने तुरन्त आवेश में आकर उनकी जान लेने के लिए तलवार निकाली। परन्तु यह क्या? वे सन्त डरे नहीं बल्कि ठहाका मारकर हँसने लगे और बोले, 'सिकन्दर आज तक इससे बड़ा झूठ मैंने नहीं सुना और फिर उच्च स्वर में मस्ती से गाने लगे-

नैनं छिन्दन्ति शस्त्राणि, नैनं दहति पावकः।
न चौनं क्लेदयन्त्यापो, नैनं शोषयति मारुतः।

(शस्त्र इस आत्मा को काट नहीं सकते, आग इसे जला नहीं सकती, पानी इसे गला नहीं सकता और न वायु इसे सुखा सकता है।)

सिकन्दर भी कहाँ हार मानने वाला था। उसने देखा कि जब धमकी भरा शस्त्र विफल रहा, तो चलो प्रलोभनों के अस्त्र से काम लिया जाये। शायद बात बन जाये। अब उसने उन महात्मा को फुसलाने के लिए तरह-तरह के सब्ज-बाग दिखाने शुरू किये। परन्तु, सफलता नहीं मिली। जब अस्त्र-शस्त्र दोनों से ही काम नहीं बना तो बेचारा बादशाह मायूस होकर जब चला अपने डेरे की ओर, तब वे संन्यासी बोले- "अरे भोले बादशाह! तुम नहीं जानते

कि मेरा कितने विशाल साम्राज्य पर अधिकार है तथा मैं कितने भारी खजाने एवं विपुल सम्पत्ति का मालिक हूँ, अरे, मैं तो बादशाहों का भी बादशाह हूँ।"

जी हाँ, वस्तुतः हम और आप सभी बादशाहों के बादशाह हैं। केवल अपने स्वरूप को न जानने के कारण अपनी बादशाहियत से वंचित हैं, तो आइये, अपने रूप को जानें, समझें और पहचानें, अपने सच्चिदानन्द स्वरूप का बोध करें, साक्षात्कार करें!

सच्ची विजय

जिस समय सम्राट सिकन्दर ने भारत पर आक्रमण किया था, उस समय एक दिन वह घोड़े से सैनिकों के साथ जंगल में भटक गया। एक नदी के किनारे वह क्या देखता है कि एक घाट पर शेर और गाय एक ही स्थान पर पानी पी रहे हैं। वह शिकार करने को निकला किन्तु यह आश्चर्यजनक घटना देखकर वहीं ठिठक कर रह गया। शेर और गाय एक घाट पर पानी पीते देखकर वह आश्चर्य चकित था। उसकी समझ में कुछ भी नहीं आ रहा था।

पानी पीकर शेर अपने रास्ते पर चला गया। गाय अपने रास्ते चली गई। विश्व की अभूतपूर्व घटना देखकर वह चकित सा होकर कुछ आगे बढ़ा ही था कि क्या देखता है कि आग उगलते हुए सूर्य की तेज गरमी से संतप्त शिला पर एक वीतरागी दिगम्बर मुनिराज आत्मध्यान कर रहे हैं। यह दूसरी घटना देखकर वह बोला अवश्य ही साधु के प्रभाव से गाय और सिंह एक घाट पर पानी पी रहे हैं। वह मुनि के पास पहुँच कर बहुत देर तक मुनिराज के पास बैठा रहा। जब उनका ध्यान समाप्त हुआ तो उसने पूछा आप यहाँ बैठे क्या कर रहे थे? मुनिराज ने कहा मैं अपने दुश्मनों से लड़ रहा था। सिकन्दर बोला- यहाँ आपका दुश्मन कहां है? उत्तर मिला- मेरा और सभी का अनिष्ट करने वाला दुश्मन अपने भीतर बैठा हुआ राग, द्वेष, मोह है। उन्हीं को जीतना सच्ची विजय है। यदि उनको जीत लिया तो संसार का सम्पूर्ण दुःख नष्ट होकर स्वाधीन शाश्वत सुख प्राप्त होता है। विश्व विजय से गर्वोन्नत सिकन्दर आज मुनिराज के चरणों में नत होकर अपूर्व आनन्द का अनुभव कर रहा था।

स्वयं के अंदर देखो

एक बुद्धिमान व्यक्ति एक दुकानदार के पास पहुँचा। उसने दुकानदार से पूछा, इस डिब्बे में क्या है? दुकानदार बोला, आटा है। इसमें क्या है क्रमशः तीसरा डिब्बा, इसमें क्या है? यह पूछता गया। दुकानदार बताता गया। सारे डिब्बे समाप्त होते ही एक डिब्बा अलग से रखा था। उसने पूछा इसमें क्या है? दुकानदार बोला, कुछ नहीं यह तो खाली है। वह बुद्धिमान प्रसन्न हो गया और बोला यह खाली नहीं, यह भरा है, क्योंकि जो खाली होता वही भरा हुआ होता है। जिसके अंदर कुछ नहीं, छल नहीं, कपट नहीं, उसमें भगवान होते हैं। उसमें ईश्वर के प्रति श्रद्धा, आस्था होती है। वह खाली नहीं भरा हुआ होता है। उस विद्वान ने बहुत बड़े सत्य का उद्घाटन किया। किन्तु मन में, रिक्त इन्द्रियों में सचमुच भगवान के प्रति सच्ची भक्ति भरी हुई होती है। लोग भरे हुए का मूल्य समझते हैं, खाली का नहीं। लेकिन मेरे प्यारे वृद्धों, तुम्हें खाली होना है। आज आपने अगर लक्ष्य को जान लिया है। तो उसे प्राप्त करने के लिए तुम्हें अपने अंतरंग में झाँककर देखना होगा कि आपके पास क्या है? क्रोध, मान माया, लोभ की अधिकता तो नहीं? अगर हो तो क्रमशः धीरे-धीरे इसे समाप्त करो। क्योंकि जब तुम क्रोध से खाली होगे, जब तुम माया से खाली होगे तो निश्चल वृत्ति को पाओगे और लोभ से रहित होकर पवित्रता को प्राप्त कर लोगे। देखो जरा अच्छे से, अपने अन्दर उतर कर देखो किस कोने में विकार पड़ा है। उठाओ और बाहर फेंक दो। जहां-जहां बुराई का ढेर लगा है वहाँ-वहाँ ज्ञान का झाड़ लगा दो। छोड़ दो बाहर को, प्राप्त कर लो अंदर को। यही तुम्हारा लक्ष्य है। जब तक भरे रहोगें, खाली नहीं हो पाओगे। खाली नहीं तो समस्याएं तुम्हारे दामन से छूट नहीं सकती।

समस्याओं का समाधान मात्र खाली होने में है। और दूसरा कोई विकल्प नहीं है। अगर आप चाहें तो भरे और शांत हो जायें। तब आपको आपका ईश्वर भी समाधान नहीं दे सकता। कुछ मूढ़तावादियों का कहना है कि इंतजार करो कुछ समय बाद वह समय भी आयेगा, जहां समस्यायें नहीं रहेगी। ये मात्र उनकी अज्ञानता का परिचय है, आप सब पढ़े-लिखे हैं, सारे इतिहास एवं ग्रंथों को उठाकर देख लो चाहे राम का राज हो, चाहे महावीर

का, लेकिन समस्याओं का वास सभी के समय में रहा है। याद करो उन समस्याओं को जिन्हें न तो महावीर मिटा पाये न राम। इसलिये ऐसी कल्पना मात्र ही की जा सकती है, यथार्थ नहीं जिस प्रकार तीन काल में, तीन लोक में गधे के सींग, आकाश में फूल नहीं देखे जाते उसी प्रकार बिना मुक्ति के समस्या रहित कोई युग नहीं होता। इसलिये अपने अंदर खोज करो और समस्यायें निकाल फेंको। फिर आगे की ओर बढ़ो, जहां तुम्हें नई राह मिल सकती है। जहां से तुम दिशा पा सकते हो। जहां से तुम्हारा दुःख कम हो नहीं, दूर हो सकता है। ऐसे पथ की ओर बढ़ो और ऐसे चलो वही तुम्हारी बुद्धिमता का परिचय होगा।

माँ के दुर्लभ गहने

बंगाल के मेदिनीपुर जिले के वीरसिंह गाँव में एक छोटा बालक अपनी माँ के साथ रहता था। एक दिन बालक ने अपनी माँ से पूछा, माँ तुम्हें कौन से गहने अच्छे लगते हैं? मेरी इच्छा है कि मैं तुम्हारे लिए गहने बनवाऊँ। यह सुनकर माँ बोली, बेटा बहुत दिनों से मुझे तीन गहनों की चाह है। बालक ने पूछा, वो तीन गहने कौन से हैं? माँ ने कहा, पहला यह कि इस गाँव में स्कूल नहीं है तो स्कूल की स्थापना हो। दूसरा गहना है दवाखाना, यहाँ जल्द ही दवाखाना बन जाए। तीसरा गहना गरीब और अनाथ बच्चों के लिए खाने की सामग्री का वितरण नियमित हो। बस, मेरे यह तीन गहने हैं, मुझे इन्हीं की चाह है। माँ की इन तीन बातों को सुनकर, बेटे की आँखों में आंसू आ गए। बड़े होने पर उस बालक ने माँ के यह तीन गहने बनवाए। तो ऐसे बालक थे- पं. ईश्वरचंद्र विद्यासागर जी।

लाओत्ज का गधा

ला ओत्जु अपने गधे पर सवार होकर एक शहर से दूसरे शहर जा रहा था। उसे 'रास्ते में राजा का दूत मिला। दूत ने लाओत्जु से कहा, 'राजा ने आपके बारे में बहुत कुछ सुना है और वे आपको अपने दरबारियों में सम्मिलित करना चाहते हैं। उन्हें बुद्धिमान जनों की जरूरत है।'

लाओत्जु ने दूत से बहुत सम्मानपूर्ण व्यवहार किया और कहा 'क्षमा करें, पर यह संभव नहीं है। राजा को धन्यवाद दें और कहें कि मैं इस अनुरोध को स्वीकार नहीं कर सकता।"

जब दूत वापस जाने लगा तब लाओत्जु ने अपने कान और अपने गधे के कानों को धोया। यह देखकर पास खड़े एक व्यक्ति ने पूछा, "आप ये क्या कर रहे हैं?"

लाओत्जु ने कहा, "मैं अपने कान धो रहा हूँ क्योंकि राजनीतिक गलियारों से होकर आने वाले संदेश अपवित्र और खतरनाक होते हैं।"

आदमी ने पूछा, "लेकिन आपने अपने गधे के कान क्यों धोये?"

लाओत्जु ने कहा, "गधों में बड़ी राजनीतिक समझ होती है। वह पहले ही कुछ अजीब तरह से चल रहा था। जब उसने राजा के दूत का संदेश सुना तो उसे स्वयं पर बड़ा अभिमान हो गया। उसने भी बड़े सपने संजो लिए। राजदरबार की भाषा की इतनी समझ तो मुझमें भी नहीं है जितनी इस गधे में है। ऐसा शायद इसलिए है क्योंकि दरबार में भी इसके जैसे ही लोग हैं। इन सबकी भाषा एक समान है।"

जीवन बदलने का मन्त्र

दक्षिण प्रान्त के एक गाँव में एक जुलाहा रहता था। वह बड़ा शांतिप्रिय स्वभाव का था। कड़वा बोलना जैसे उसे आता ही नहीं था। एक दिन एक शरारती लड़के ने उस जुलाहे की परीक्षा लेने की ठानी। लड़के ने प्रण किया कि आज जुलाहे को गुस्सा लाकर ही छोड़ूँगा।

वह जुलाहे के पास पहुँचा। लड़के देखकर जुलाहे ने कहा- बेटा! क्या चाहिए? वह बोला-मुझे यह साड़ी चाहिए। इसका क्या लोगे? जुलाहे ने कहा दो रुपए।

उस लड़के ने साड़ी हाथ में लेकर उसके दो टुकड़े कर दिए। उसने कहामुझे पूरी नहीं आधी साड़ी चाहिए थी। इसका क्या लोगे? जुलाहे ने शांतिपूर्वक कहा एक रुपया। उस लड़के ने उस साड़ी के कई टुकड़े कर डाले और फिर बोला-ये टुकड़े मेरे किस काम के? मैं इन्हें नहीं खरीदता।

बेटे! ये टुकड़े तुम्हारे क्या किसी के भी काम के नहीं हैं। युवक ने शर्मिन्दा होकर कहा- ये लो तुम्हारी पूरी साड़ी के दाम। पर जुलाहे ने नहीं लिये। बोला- इन टुकड़ों को जोड़कर काम में लाऊँगा, अब ये तुम्हारे किसी काम का नहीं हैं।

धनी लड़के ने धन के मद में कहा- तुम गरीब आदमी हो, किन्तु मेरे पास तो हैं। मैने तुम्हारी चीज खराब की है तो उसका घाटा मुझे पूरा करना ही चाहिए। जुलाहे ने धीरे से कहा- बेटे तुम क्या इसका घाटा पूरा कर सकते हो? तो सुनो इसका घाटा रुपए से नहीं पूरा हो सकता। देखो सैकड़ो किसानों ने कपास पैदा की। मेरी स्त्री ने उसका सूत काता, उसको रंगा फिर उसकी साड़ी बुनी। इतने लोगों की मेहनत बेकार गई। रुपये से इस मेहनत के घाटे को कैसे पूरा कर सकते हो?

जुलाहा बड़ी शान्तिपूर्वक अपने बेटे की तरह समझा रहा था। यह सुनकर लड़के की आँखें भर आई। वह जुलाहे के पैरों पर गिरकर क्षमा याचना करने लगा।

जुलाहे ने उसे उठाते हुए कहा- बेटा अगर मैं दो रुपए का लालच करता तो तुम्हारी जिन्दगी का वही हाल होता जो इस साड़ी का हुआ। वह जिन्दगी किसी के काम न आती। एक साड़ी खराब हुई तो दूसरी तैयार हो जाएगी लेकिन जिन्दगी बिगड़ जाती तो दूसरी कहाँ से लाते?

यह जुलाहा आगे चलकर दक्षिण भारत का विख्यात संत तिरुबल्लुवर के नाम से प्रसिद्ध हुआ। जिसने कुरल काव्य की रचना कर विश्व को अमूल्य निधि प्रदान की है।

गुरु की ताकत

समर्थगुरु रामदास व छत्रपति शिवाजी कहीं जा रहे थे। बीच में नदी आई। समर्थगुरु ने शिवा से कहा- नदी गहरी है, पहले मैं जाता हूँ, कोई खतरा नहीं होगा तो तुम्हें आवाज दे दूँगा। शिवाजी ने कहा- नहीं, पहले मैं जाऊँगा। दोनों के बीच में तनातनी हो गई। आखिर पहले शिवाजी चले गए। सकुशल पहुँचने के बाद उन्होंने गुरुजी को कहा- आप भी आ जाइए। गुरुजी ने पहुँचते ही कहा- शिवा, आज तूने मेरी बात नहीं मानी। अगर तुम्हें कुछ

हो जाता तो मैं दूसरा शिवा कहां से लाता। शिवाजी ने कहा- मैं डूब जाता तो समर्थगुरु रामदास में इतनी ताकत है कि वह सौ-सौ दूसरे शिवा पैदा कर देता, पर आपको कुछ हो जाता तो इस शिवा में इतनी ताकत नहीं है कि वह एक भी समर्थगुरु रामदास को पैदा करता।

दिल के टुकड़े

एक नौजवान ने शहर के चौराहे पर खड़े होकर ऐलान किया कि उसका दिल पूरे मुल्क में सबसे ख़ूबसूरत है। उसके इर्द-गिर्द भीड़ जमा हो गई और सभी ने उसके दिल को देखने के बाद हामी भरी कि उसका दिल वाकइ सबसे ख़ूबसूरत था और उसमें कहीं कोई नुक़्ख नहीं था।

लेकिन भीड़ के पीछे से एक बूढ़े की आवाज़ आई- "नहीं बच्चे, तुम्हारा दिल मेरे दिल जितना ख़ूबसूरत नहीं है!"

भीड़ ने बूढ़े के दिल को ग़ौर से देखा। वह भरपूर जोश से धड़क रहा था, पर उस पर बहुत से ज़ख्मों के निशान थे। उसके कुछ टुकड़े निकले हुए थे। जिनकी जगह पर दूसरे टुकड़े निहायत ही कामचलाऊ तरीक़े से अटकाए हुए थे और वह देखने में भद्दा लग रहा था। नौजवान ने भी बूढ़े के दिल का मुआयना किया और ज़ोरों से हँस दिया।

"तुम बढ़िया मज़ाक कर लेते हो!" नौजवान बोला, 'मेरे' दिल के सामने तुम्हारा दिल कहीं नहीं ठहरता। मेरा दिल बेजोड़ है और तुम्हारा दिल बहुत चोट खाया लगता है।"

"हां, वो तो है।" बूढ़ा बोला, 'तुम्हारा दिल वाक़ई निर्दोष है, लेकिन मैं ऐसा दिल कभी नहीं चाहूँगा। मेरे दिल में लगा हर ज़ख्म उस शख़्स की ओर इशारा करता है जिसे मैंने अपने दिल का टुकड़ा दिया। मैंने अपने दिल को खोलकर उसके सामने रख दिया और उसे दे दिया। उसके बदले में उसने भी मुझे अपने दिल का एक हिस्सा दिया जिसे मैंने अपने दिल से जोड़ दिया। अक़्सर ही ये टुकड़े बिलकुल सटीक नहीं बैठे और दिल की सतह ऊबड़-खाबड़ हो गई। और कभी ऐसा भी हुआ कि मैंने किसी को अपने दिल का एक टुकड़ा दिया लेकिन उसने मुझे अपने दिल का टुकड़ा नहीं दिया। मेरे दिल के ख़ाली कोने यही क़िस्सा बयान करते हैं कि किसी से मोहब्बत

करना दांव लगाने जैसा ही है। ये ख़ाली कोटर सूने रहते हैं और दर्द पहुँचाते हैं पर मुझे यह भी याद दिलाते हैं कि मैंने कभी किसी से प्यार किया और शायद वे कभी मेरे पास आएं और मेरे दिल के ये खाली कोने फिर से भर जाएं। क्या तुम्हें अभी भी यह लगता है कि मेरा दिल बदसूरत है?''

नौजवान मायूस खड़ा रहा और उसकी आंखों से आंसू बहने लगे। उसने अपने दिल की ओर हाथ बढ़ाया और उसका एक टुकड़ा निकालकर बूढ़े के हाथ में रख दिया।

बूढ़े ने नौजवान की पेशकश को अपने दिल से लगा लिया और अपने भग्न हृदय से एक टुकड़ा निकालकर नौजवान के दिल में नई बनी हुई जगह में रख दिया।

यह टुकड़ा बिलकुल तराशा हुआ नहीं था। इसलिए नौजवान का दिल अब पहले की तरह इंतहाई खूबसूरत नहीं रहा। नौजवान ने अपने दिल की तरफ देखा। उसका दिल अब पहले जैसा बेजोड़ नहीं था पर उसे अब वह ज्यादा खूबसूरत नजर आने लगा क्योंकि बूढ़े के दिल का प्यार अब उसके दिल में घर बना चुका था।

सबसे सख्त सजा

बगदाद के खलीफा रशीद अपनी न्यायप्रियता के लिए प्रसिद्ध थे। एक बार उनके बेटे से किसी दरबारी ने दुर्व्यवहार कर दिया। बेटे ने खलीफा से उसकी शिकायत की और उस दरबारी को कड़ी से कड़ी सजा देने को कहा। खलीफा ने शांत होकर अपने बेटे की बात सुनी और कहा कि वह इस बारे में कल कोई फैसला करेंगे।

अगले दिन खलीफा ने सारी घटना अपने अन्य दरबारियों को बताई और यह पूछा कि उसे क्या सजा दी जाए। हर किसी ने यही दोहराया कि उस दरबारी को ऐसा दंड दिया जाए कि उसे जिंदगी भर के लिए सबक मिले। खलीफा ने अपने बेटे को बुलाया। सब उत्सुकता से प्रतीक्षा करने लगे कि आखिर खलीफा क्या सजा सुनाते हैं। खलीफा ने बेटे से कहा, मैं उसे सबसे सख्त सजा देना चाहता हूँ। सजा यह है कि तुम उसे माफ कर दो। अगर उसे कोई और सजा मिलेगी तो वह सजा भुगत लेगा और अपनी गलती को

भूल जाएगा। हो सकता है कि वह उसे फिर दोहराए। लेकिन माफी देने से वह पछतावे की आग में जलता रहेगा। उसे अपनी गलती याद रहेगी और वह उसे दोहराने के पहले कई बाद सोचेगा। खलीफा के बेटे ने दरबारी को माफ कर दिया। दरबारी लज्जित हो गया। बाद में अपने व्यवहार से वह सबका प्रिय बन गया।

लड़ाई की जड़

एक बार एक बूढ़ा व्यक्ति शहद से भरी मटकी लेकर जा रहा था। रास्ते में उसका पांव एक छोटे से पत्थर पर पड़ा तो वह लड़खड़ाया और थोड़ा शहद टपक गया। बूढ़ा तो आगे चल दिया, मगर शहद पर कई मक्खियाँ आकर बैठ गईं। मक्खियों को एक गिलहरी ने देखा तो वह फौरन उन पर झपटीं। मक्खियाँ उड़ गईं। तभी एक बिल्ली ने गिलहरी पर झपट्टा मारा। गिलहरी फौरन भाग गई। तभी एक कुत्ता गुर्राता हुआ बिल्ली की तरफ झपटा। बिल्ली तो भाग गई मगर अचानक एक और कुत्ता वहाँ आ पहुँचा। दोनों आपस में लड़ने लगे।

इतने में कुत्तों के मालिक भी आ गए और उन्हें शांत करने लगे। लेकिन कुत्ते शांत नहीं हुए तो वे एक दूसरे के कुत्ते को ही पीटने लगे और फिर आपस में ही झगड़ पड़े। बात बढ़ी तो उनके घर वाले और दोस्त भी आ गए। कुछ देर बाद दोनों तरफ के मोहल्ले वाले भी लाठियाँ लेकर आ डटे। जमकर मारपीट होने लगी। कई लोग जख्मी हो गए।

एक साधु ने एक बुढ़िया से पूछा कि ये लड़ाई क्यों हो रही है? बुढ़िया खामोश रही तो साधु ने एक लड़के से पूछा। उसने भी कोई जवाब नहीं दिया। लेकिन जब साधु को लड़ाई की असली वजह पता चली तो उसने भीड़ को शांत होने को कहा। बस, लड़ाई रुक गई। साधु ने पूछा कि बिना बात समझे लड़ने वाले को आप क्या कहेंगे सभी मौन थे। साधु फिर बोला, हमारे यहाँ लड़ाई की जड़ यही है कि लोग जानते नहीं कि वे किस बात पर झगड़ रहे हैं। लड़ाई की जड़ जान लेंगे, तो कभी झगड़ा-फसाद नहीं होगा। यह सुनकर कुत्तों के मालिकों ने एक दूसरे से क्षमा माँगी।

बिना हक अधिकार कैसा

एक सेठ के मकान की नींव खोदते समय मजदूरों को जमीन में मुहरों से भरा हुआ एक बरतन मिला। उन्होंने सोचा कि इसकी चर्चा ठेकेदार से करनी चाहिए, क्योंकि हम उसी की मातहत काम कर रहे हैं। मजदूरों ने ठेकेदार से चर्चा की।

ठेकेदार ने सोचा कि यह जमीन तो सेठजी की है। मैं तो केवल मकान बनाने का काम कर रहा हूँ। अतः इस धन पर मेरा कोई अधिकार नहीं। यह तो सेठजी का है।

सेठ ने ठेकेदार से सारी बात सुनकर विचार किया कि मैंने जमीन अवश्य खरीदी है, किंतु इसमें गड़ा हुआ धन तो नहीं खरीदा है। अतः इस पर मेरा अधिकार नहीं हो सकता। यह तो राजा का है। सेठ ने राजा से सारी बात कही।

राजा ने सोचा कि जब मैंने जमीन बेच दी, तब उसमें से निकलने वाली किसी भी वस्तु पर मेरी मिल्कीयत नहीं हो सकती। इस जमीन से निकला यह धन सेठ का है।

यदि इन लोगों के मन में अनधिकृत वस्तु पर अधिकार करने की भावना होती तो कोई भी उस धन को हड़प सकता था। क्या आज के मनुष्य का चिंतन ऐसा हो सकता है? वह तो शायद ऐसा करने वालों को मूर्ख ही मानता होगा। पैसे पैसे के लिए जो अपनी प्रामाणिकता समाप्त कर सकता है, वह नैतिकता के इस आदर्श तक कैसे पहुँच सकता है?

समय की कीमत

उन दिनों सिकंदर भारत में था। अपने गुरु के कहने पर वह यहाँ के साधु-संतों के जीवन का अध्ययन कर रहा था। एक बार जाड़े के दिनों में सिकंदर ने देखा कि अधिकांश साधु नाममात्र के वस्त्र पहने हुए हैं। सिकंदर ने उनमें से कुछ को कपड़े देने का निश्चय किया। एक दिन उसने नौकरों के सिर पर कपड़ों की गठरी लदवाई और साधुओं के आश्रमों की ओर चल पड़ा। वहाँ पहुँचने पर एक वृद्ध महात्मा ने उससे प्रश्न किया- तुम

कौन हो? सिकंदर ने परिचय दिया- मैं विश्व विजेता सिकंदर हूँ। महात्मा ने पूछा- क्यों आए हो यहाँ? सिकंदर बोला- आप लोगों को कुछ गरम कपड़े देना चाहता हूँ। महात्मा ने कटाक्ष करते हुए कहा- उससे क्या लें, जिसके पास कुछ भी नहीं है। सिकंदर ने महात्मा का यह अटपटा कथन सुना, तो उसे बड़ा आश्चर्य हुआ। उसने प्रश्न किया- मैं आपका मतलब नहीं समझा। महात्मा ने उसे समझाते हुए सरलतापूर्वक कहा- अरे नादान, क्या तू नहीं जानता कि लूटमार कौन करता है? इतनी सी बात क्या तुझे नहीं मालूम कि लूट-खसोट वही करता है, जिसके पास कुछ नहीं होता? तू तो लुटेरा है, लुटेरा, जो दूसरों को लूटता फिर रहा है। जा, तेरे वस्त्र लेकर हम क्या करेंगे? तू अपनी कमाई का नहीं, बल्कि लूट का माल हमें देने आया है। यह लूट का सामान हमारे किस काम का? तू कहता तो अपने को विश्व विजेता है, लेकिन तू ही सोच कि असल में तू राजा है तू या रंक? महात्मा की भेद भरी बातें सुनकर सिकंदर को बड़ी ग्लानि हुई। वह उदास होकर वहाँ से सारा सामान साधुओं को बांटे बिना वापस लौट गया।

खाली हाथ जाना पड़ेगा

ग्रीस के विचारक डायोजनीस का फलसफा था- जिंदगी की तमाम जरूरतें और खुशियां कुर्बान करके ही इल्म हासिल किया जा सकता है। एक बार सिकंदर अपनी सेना के साथ उनके इलाके से गुजरा। वह कुछ दिन डायोजनीस के साथ ठहर गया। जब डायोजनीस ने सिकंदर से अपने साथ रहने का कारण पूछा तो उसने कहा- मैं अगले जन्म में डायोजनीस बनना चाहता हूँ। डायोजनीस बोले- अगले जन्म में क्यों, अभी क्यों नहीं बन जाते? सिकंदर बोला- अभी तो मैं विश्वविजेता बनना चाहता हूँ। डायोजनीस ने कहा- कल पर भरोसा मत करो। अगर बनने की इच्छा वाकई है तो आज ही बन जाओ। कल इतना वक्त मिले न मिले।

जब सिकंदर वहाँ से जाने लगा तो उसने डायोजनीस से पूछा- वह उसके लिए क्या कर सकता है? डायोजनीस ने कहा- यदि तुम मुझे कुछ देना चाहते हो, तो यह वादा करो कभी रौशनी और आदमी के बीच नहीं आओगे।

सिकंदर लगातार युद्ध करता, अनेक देशों को जीतता हुआ आगे बढ़ता रहा। वह इसी क्रम में बलूचिस्तान जा पहुँचा और वहाँ बीमार पड़ गया। अब उसे अपनी माँ और दार्शनिक डायोजनीस याद आने लगे। लेकिन अफसोस, उसका वहीं अंत हो गया। उसकी तमन्ना धरी की धरी रह गई। वह न वादा ही निभा पाया और न तो डायोजनीस ही बन पाया। मरते वक्त सिकंदर ने अपने वजीर से कहा- जब मुझे दफनाने के लिए ले जाया जाए, तो मेरे दोनों हाथ ताबूत से बाहर ही रखना, ताकि दुनिया को यह सबक मिल सके कि अंतिम समय में विश्व विजेता के दोनों हाथ खाली थे। इससे लोगों को यह संदेश मिल जाएगा कि समय रहते ही जो बनना चाहते हो बन जाओ, नहीं तो खाली हाथ ही जाना पड़ेगा।

मैले कपड़े

जापान में एक शहर है ओसाका। वहाँ शहर के निकट ही गाँव में एक विद्वान संत रहा करते थे। एक दिन संत अपने एक अनुयायी के साथ सुबह की सैर कर रहे थे। अचानक ही एक व्यक्ति उनके निकट आया और उन्हें बुरा-भला कहने लगा। उसने संत के लिए बहुत सारे अपशब्द कहे, लेकिन संत फिर भी मुस्कुराते हुए चलते रहे। उस व्यक्ति ने देखा कि संत पर कोई असर नहीं हुआ तो वह और भी क्रोधित हो गया और उनके पूर्वजों तक को गालियाँ देने लगा। संत फिर भी मुस्कुराते हुए आगे बढ़ते रहे। संत पर कोई असर नहीं होते देख वह व्यक्ति निराश हो गया और उनके रास्ते से हट गया।

उस व्यक्ति के जाते ही संत के अनुयायी ने संत से पूछा कि आपने उस दुष्ट की बातों का कोई जवाब क्यों नहीं दिया, वह बोलता रहा और आप मुस्कुराते रहे। क्या आपको उसकी बातों से जरा भी कष्ट नहीं हुआ?

संत कुछ नहीं बोले और अनुयायी को अपने पीछे आने का इशारा किया। कुछ देर चलने के बाद वे दोनों संत के कक्ष तक पहुँच गए। उससे संत बोले- तुम यहीं रुको, मैं अंदर से अभी आया।

कुछ देर बाद संत अपने कमरे से निकले तो उनके हाथों में कुछ मैले कपड़े थे। उन्होंने बाहर आकर उस अनुयायी से कहा- ये लो तुम अपने कपड़े उतारकर ये कपड़े धारण कर लो।

उस व्यक्ति ने देखा कि उन कपड़ों से बड़ी तेज अजीब सी दुर्गंध आ रही थी। उसने हाथ में लेते ही उन कपड़ों को दूर फेंक दिया।

संत बोले- अब समझे! जब कोई तुमसे बिना मतलब के बुरा-भला कहता है तो तुम क्रोधित होकर उसके फेंके हुए अपशब्द धारण करते हो अपने साफ-सुथरे कपड़ों की जगह। इसलिए जिस तरह तुम अपने साफ सुथरे कपड़ों की जगह ये मैले कपड़े धारण नहीं कर सकते उसी तरह मैं भी उस आदमी के फेंके हुए अपशब्दों को कैसे धारण करता! यही वजह थी कि मुझे उसकी बातों से कोई फर्क नहीं पड़ा।

स्वीकार का भाव

बोकुजु नामक एक साधु किसी गाँव की गली से होकर गुजर रहा था। अचानक कोई उसके पास आया और उसने बोकुजु पर छड़ी से प्रहार किया। बोकुजु जमीन पर गिर गया, उस आदमी की छड़ी भी उसके हाथ छूट गई और वह भाग लिया। बोकुजु संभला और गिरी छड़ी उठाकर वह उस आदमी के पीछे यह कहते हुए भागा, "रुको, अपनी छड़ी तो लेते जाओ!" बोकुजु उस आदमी तक पहुँच गया और उसे छड़ी सौंप दी। इस बीच यह घटनाक्रम देखकर वहाँ भीड़ लग गई और किसी ने बोकुजु से पूछा, "इस आदमी ने तुम्हें इतनी जोर से मारा लेकिन तुमने उसे कुछ नहीं कहा?" बोकुजु ने कहा, "हाँ, लेकिन यह एक तथ्य ही है। उसने मुझे मारा, वह बात वहीं समाप्त हो गई। उस घटना में वह मारने वाला था और मुझे मारा गया, बस। यह ऐसा ही है जैसे मैं किसी पेड़ के नीचे से निकलूं या किसी पेड़ के नीचे बैठा रहूँ और एक शाख मुझ पर गिर जाए! तब मैं क्या करूंगा? मैं कर ही क्या सकता हूँ?" भीड़ ने कहा, "पेड़ की शाख तो निर्जीव शाख है लेकिन यह तो एक आदमी है! हम किसी शाख से कुछ नहीं कह सकते, हम उसे दंड नहीं दे सकते। हम पेड़ को भला-बुरा नहीं कह सकते क्योंकि वह एक पेड़ ही है, वह सोच-विचार नहीं सकता।" बोकुजु ने कहा, "मेरे लिए यह आदमी पेड़ की शाख की भांति ही है। यदि मैं किसी पेड़ से कुछ नहीं कह सकता तो इस आदमी से क्यों कहूँ? जो हो गया, वो हो गया। मैं उसकी व्याख्या नहीं करना चाहता। और वह तो हो ही चुका है, वह बीत चुका है।

अब उसके बारे में सोचकर चिंता क्या करना?" बोकुजु का मन एक संत व्यक्ति का मन है। वह चुनाव नहीं करता, सवाल नहीं उठाता। जो कुछ भी होता है उसे वह उसकी संपूर्णता में स्वीकार कर लेता है। यह स्वीकरण उसे मुक्त करता है।

विश्वास की शक्ति

इंग्लैंड के एक पादरी का विश्वास की शक्ति पर अटल भरोसा था। जो कोई भी उनके घर में एक बार आ जाता वह उनके आतिथ्य सत्कार से प्रभावित हुए बिना नहीं रहता था। उनके मन में लोगों के लिए अथाह प्रेमभाव था इसलिए लोग उनका बहुत सम्मान भी करते थे।

एक दिन जेल से भागा हुआ एक चोर रात में शरण लेने के लिए इधर-उधर घूम रहा था। उसने देखा कि पादरी के घर का दरवाजा खुला हुआ है। पादरी ने उसे देखते ही अभिवादन किया और उससे कहा, "तुम्हारा इस घर में स्वागत है मेरे भाई, लेकिन ये बताओ तुम कौन हो और यहाँ क्या करने आए हो?" इस पर चोर ने झूठ बोलते हुए कहा, "फादर, मैं एक मुसाफिर हूँ और रास्ता भटक गया हूँ सो इधर उधर-भटक रहा था। आपके घर का दरवाजा खुला देखा तो इस ओर चला आया। क्या मुझे सिर छुपाने के लिए जगह मिल सकती है? मैं सुबह होते ही यहाँ से चला जाऊँगा।"

पादरी ने कहा "हाँ, क्यों नहीं। तुम यहाँ आराम से रह सकते हो और मुझे लगता है तुम बहुत थक गए हो इसलिए तुम जाकर आराम से हाथ मुंह धो लो, मैं तुम्हारे सोने और खाने का प्रबंध करता हूँ।"

रात को सभी के सो जाने के बाद चोर उठा और पादरी के घर से सोने के दो दीपदान चुराकर वहाँ से निकल भागा। लेकिन पुलिस के हत्थे चढ़ गया। पूछताछ में उसने बता दिया कि मैंने ये पादरी के घर से चुराए हैं। इस पर उसे पादरी के सामने लाया गया तो पादरी ने पुलिसवालों से कहा "आप कृपया इन्हें छोड़ दीजिए। ये मेरे घर में मेहमान के तौर पर आए थे और मैंने ये दीपदान इन्हें उपहार के तौर पर दिए हैं।"

पादरी की उदारता देखते हुए चोर के मन में पश्चाताप होने लगा और उसने माफी माँग कर फिर कभी चोरी नहीं करने का वचन दिया।

जिम्मेदारी

जेन गुरु रयोकान को उनकी बहन ने कोई जरूरी बात करने के लिए अपने घर आने का निमंत्रण दिया। वहाँ पहुँचने पर रयोकान की बहन ने उनसे कहा- "अपने भांजे को कुछ समझाओ। वह कोई काम नहीं करता। अपने पिता के धन को वह मौज-मस्ती में उड़ा देगा।"

रयोकान अपने भांजे से मिले। वह भी अपने मामा से मिलकर बहुत प्रसन्न था। रयोकान के जेन मार्ग अपनाने से पहले दोनों ने बहुत समय साथ में गुजारा था। भांजा यह समझ गया था कि रयोकान उसके पास क्यों आए थे। उसे यह आशंका थी कि रयोकान उसकी आदतों के कारण उसे अच्छी डांट पिलाएंगे। लेकिन रयोकान ने उसे कुछ भी न कहा। अगली सुबह जब उनके वापस जाने का समय हो गया तब वे अपने भांजे से बोले-"क्या तुम मेरी जूतियों के बंद बांधने में मेरी मदद करोगे? मुझसे अब झुका नहीं जाता और मेरे हाथ भी कांपने लगे हैं।''

भांजे ने बहुत खुशी-खुशी रयोकान की जूतियों के बंद बांध दिए।

"शुक्रिया"- रयोकान ने कहा- "दिन-प्रतिदिन आदमी बूढ़ा और कमजोर होता जाता है। तुम्हें याद है मैं कभी कितना बलशाली और कठोर हुआ करता था?"

"हाँ"- भांजे ने कुछ सोचते हुए कहा- "अब आप बहुत बदल गए हैं।" भांजे के भीतर कुछ जाग रहा था। उसे अनायास यह लगने लगा कि उसके रिश्तेदार, उसकी माँ और सभी शुभचिंतक लोग अब बुजुर्ग हो गए थे। उन सभी ने उसकी बहुत देखभाल की थी और अब उनकी देखभाल करने की जिम्मेदारी उसकी थी। उस दिन से उसने सारी बुरी आदतें छोड़ दीं और सबके साथ-साथ अपने भले के लिए काम करने लगा।

अपराध

चीन के महान चिंतक कन्फ्यूशियस के पास अक्सर लोग विवाद लेकर आते थे। एक चोरी का मामला था। चोर चुराई गई सम्पत्ति सहित पकड़ा

गया था। कन्फ्यूशियस ने एक अद्‌भुत फैसला सुनाया। चोर और साहूकार दोनों को छह-छह महीने की सजा दे दी।

हैरान साहूकार ने पूछा- "यह कैसा न्याय है, सम्पत्ति मेरी चुराई गई और मुझे ही सजा दी जा रही है!"

कन्फ्यूशियस ने कहा- ''तुम्हारे पास इतनी सम्पत्ति का एकत्र होना ही चोरी का कारण है। मुझे तो हैरानी इस बात पर हो रही है कि गाँव के बाकी लोग तुम्हारी सम्पत्ति क्यों नहीं चुरा रहे!''

कन्फ्यूशियस मानते थे कि जरूरत से ज्यादा संग्रह भी अपराध है। इसकी भी तो कुछ सजा होनी चाहिए।!

अभिवादन

एक आदमी बर्फ बनाने वाली कंपनी में काम करता था। एक दिन कारखाना बंद होने से पहले अकेला फ्रिज वाले कमरे का चक्कर लगाने गया तो गलती से दरवाजा बंद हो गया और वह बर्फ वाले हिस्से में फंस गया। छुट्टी का वक्त था और सब काम करने वाले घर जा रहे थे। किसी ने भी अधिक ध्यान नहीं दिया कि कोई अंदर फंस गया है।

वह समझ गया कि दो-तीन घंटे बाद उसका शरीर बर्फ बन जाएगा। अब जब मौत सामने नजर आने लगी तो भगवान को सच्चे मन से याद करने लगा। अपने कर्मों के लिए क्षमा माँगने लगा और भगवान से कहने लगा, हे प्रभु, आपने प्रह्लाद को अग्नि से बचाया, अहिल्या को पत्थर से नारी बनाया, शबरी के जूठे बेर खाकर उसे स्वर्ग में स्थान दिया। प्रभु अगर मैंने जिंदगी में कोई एक काम भी मानवता व धर्म का किया है तो तुम मुझे यहाँ से बाहर निकालो। मेरे बीवी-बच्चे मेरा इंतजार कर रहे होंगे। उनका पेट पालने वाला इस दुनिया में सिर्फ मैं ही हूँ।

इतना कहते-कहते उसकी आंखों से आंसू निकलने लगे।

एक घंटा ही बीता था कि अचानक फ्रीजर रूम में खट-खट की आवाज हुई। दरवाजा खुला और चौकीदार भागता हुआ आया। उस आदमी को उठाकर बाहर निकाला और गर्म हीटर के पास ले गया।

उसकी हालत कुछ देर बाद ठीक हुई तो उसने चौकीदार से पूछा, तुम अंदर कैसे आए? चौकीदार बोला, साहब मैं 20 साल से यहाँ काम कर

रहा हूँ। इस कारखाने में काम करते हुए रोज सैकड़ों मजदूर और ऑफिसर आते-जाते हैं। आप उन कुछ लोगों में से हैं, जो जब भी कारखाने में आते हैं तो मुझसे हंस कर बोलते हैं। निकलते हुए आपका 'कैसे हो काका' कहना मेरी सारे दिन की थकावट दूर कर देता है। जबकि अक्सर लोग मेरे पास से यूं गुजर जाते हैं कि जैसे मैं हूँ ही नहीं। आज हर दिन की तरह मैंने आपका आते हुए अभिवादन तो सुना लेकिन जाते हुए 'कैसे हो काका'। सुनने के लिए इंतजार करता रहा। जब ज्यादा देर हो गई तो मैं आपको तलाश करने चल पड़ा कि कहीं आप किसी मुश्किल में न फंसे हों। वह आदमी हैरान रह गया। किसी से हंसकर बोलने जैसी सहज आदत की वजह से आज उसकी जान बच गई थी।

किताबी ज्ञान

सैकड़ों साल पहले अरब में इमाम गजाली नामक एक बड़े विद्वान और धार्मिक गुरु हुए। युवावस्था में वे एक बार दूसरे शहर की यात्रा पर निकले थे। उस जमाने में यात्रा का कोई साधन नहीं था और डाकुओं का भय बना रहता था। एक दिन गजाली जंगल में सुस्ताते हुए कुछ पढ़ रहे थे। उसी समय डाकुओं ने वहाँ धावा बोला। डाकुओं ने गजाली से कहा- ''तुम्हारे पास जो कुछ है वो हमारे हवाले कर दो, वर्ना जान से हाथ धोना पड़ेगा।'' गजाली ने कहा- "मेरे पास सिर्फ कपड़े और किताबें हैं।''

डाकुओं ने कहा- ''हमें कपड़े नहीं चाहिए। किताबें हम बेच देंगे।'' इस प्रकार डाकू गजाली की किताबों का बस्ता अपने साथ ले चले।

गजाली को अपनी किताबें छिन जाने का बड़ा दुःख हुआ। उन्होंने सोचा, ''कभी कोई बात किताब में देखने की जरूरत पड़ी तो मैं क्या करूंगा?'' वे दौड़कर डाकुओं के पास पहुँचे और उनसे गिड़गिड़ाकर बोले- "ये किताबें मेरे बड़े काम की हैं। इनको बेचकर आपको बहुत कम पैसा मिलेगा लेकिन मेरा बहुत बड़ा नुकसान हो जाएगा। इन किताबों में बहुत ज्ञान समाया है। जरूरत पड़ने पर मैं किताब कैसे देखूंगा? दया करके मुझे मेरी किताबें लौटा दीजिए!''

डाकुओं का सरदार यह सुनकर हंस पड़ा और किताबों का बस्ता जमीन पर फेंकते हुए बोला- "ऐसा ज्ञान किस काम का कि किताबें छिन जाएं तो कुछ भी याद न रहे! उठा ले अपना बस्ता, बड़ा ज्ञानी बना फिरता है!"

गजाली पर डाकू की बात का बड़ा भारी प्रभाव पड़ा। इस घटना के खबाद गजाली ने हर किताब में निहित ज्ञान को अपने मन-मस्तिष्क और हृदय में संजो लिया। कालांतर में वे बहुत बड़े इमाम और धर्मगुरु बने।

अन्न और मन

चौदह वर्षीय मुनिया काम के बदले गेहूँ चावल ही माँग कर ले जाती। रीना भी खुश। घर के छोटे मोटे काम स्कूल की छुट्टी के दिन अधिकांशतया रविवार को मुनिया मात्र थोड़े से अनाज की खातिर आसानी से खुशी- खुशी निपटा जाती, साथ ही रीना का पुराना पड़ा अनाज ठिकाने लग रहा था वो अलग। मुनिया को देखते ही रीना बांछे खिल जातीं। हींग लगे ना फिटकरी, रंग भी चोखा। ऊपर से रीना गाहे बगाहे अपना एहसान जताने से नहीं चूकती। कभी रीना ने यह जानने की कोशिश नहीं की कि मुनिया को पेट भर खाना मिलता है या नहीं। इस डर से भी नहीं पूछती कि कहीं उसका सवाल उस पर ही भारी न पड़ जाए। सखियों के बीच बालिका मुनिया को खाद्य सामग्री प्रदान करने पर अपनी शेखी बघार स्वयं को समाज सेविका घोषित करती वो अलग। पिछले रविवार मुनिया नहीं आई, लेकिन इस रविवार भी मुनिया गायब।

रीना का पारा सातवें आसमान पर मुनिया के घर का पता ठिकाना भी नहीं था, ढूंढ़े तो कहां, बस केवल मोहल्ले का नाम ज्ञात था उसी आधार पर निकल पड़ी अपनी टू व्हीलर लेकर उसे खोजने। एक जगह मंदिर के करीब बने चबूतरे और पास ही के पेड़ पर लगी तख्ती देख वह ठिठक गई। जब उसे पढ़ा तो आंखें नम हो गई। उस तख्ती पर लिखा था "प्लीज अपनी इस मासूम बेटी की थोड़ी सी सहायता कीजिए, गर्मी का मौसम है, मेरी परीक्षाएं चल रही है, मैं अभी काम पर जाने में असमर्थ हूँ, मुट्ठी भर अन्न इस डिब्बे में डालें और चुल्लू भर पानी इस कटोरे में, क्योंकि पर्यावरण व जीव दया हेतु मूक पक्षियों की भूख प्यास का ध्यान हमें ही रखना है। मेरा खर्च माँ उठती है और इन पक्षियों का...

आप सभी को मेरा प्रणाम : मुनिया

रीना ने गाड़ी में बैठे-बैठे ही डिब्बे पर नजर डाली, वह अनाज से लबालब भरा हुआ था और कटोरा पानी से।

शक्तिशाली

एक दिन गुरु कुल के शिष्यों में इस बात पर बहस छिड़ गई कि आखिर इस संसार की सबसे शक्तिशाली वस्तु क्या है? कोई कुछ कहता, तो कोई कुछ। जब पारस्परिक विवाद का कोई निर्णय न निकला तो सभी शिष्य गुरुजी के पास पहुँचे। सबसे पहले गुरुजी ने उन सभी शिष्यों की बातों को सुना और कुछ सोचने के बाद बोले- तुम सबों की बुद्धि खराब हो गई है? क्या ये अनाप-शनाप निरर्थक प्रश्न कर रहे हो?

इतना कहकर वे वहाँ से चले गए।

हमेशा शांत स्वभाव रहने वाले गुरुजी से किसी ने इस प्रतिक्रिया की उम्मीद नहीं की थी। सभी शिष्य क्रोधित हो उठे और आपस में गुरुजी के इस व्यवहार की आलोचना करने लगे। अभी वे आलोचना कर ही रहे थे कि तभी गुरुजी उनके समक्ष पहुँचे और बोले-

मुझे तुम सब पर गर्व है, तुम लोग अपना एक भी क्षण व्यर्थ नहीं करते और अवकाश के समय भी ज्ञान चर्चा किया करते हो।

गुरुजी से प्रशंसा के बोल सुनकर शिष्य गद्गद् हो गए, उनका स्वाभिमान जागृत हो गया और सभी के चेहरे खिल उठे।

गुरुजी ने फिर अपने उन सभी शिष्यों को समझातें हुए कहा- "मेरे प्यारे शिष्यों!" आज जरूर आप लोगों को मेरा व्यवहार कुछ विचित्र लगा होगा। दरअसल, मैंने ऐसा जानबूझ कर आपके प्रश्न का उत्तर देने के लिए किया था। देखिए, जब मैंने आपके प्रश्न के बदले में आपको भला-बुरा कहा तो आप सभी क्रोधित हो उठे और मेरी आलोचना करने लगे, लेकिन जब मैंने आपकी प्रशंसा की तो आप सब प्रसन्न हो उठे। पुत्रों, संसार में वाणी से बढ़कर दूसरी कोई शक्तिशाली वस्तु नहीं है। वाणी से ही मित्र को शत्रु और शत्रु को भी मित्र बनाया जा सकता है। ऐसी शक्तिशाली वस्तु का प्रयोग प्रत्येक व्यक्ति को सोच समझ कर करना चाहिए। वाणी का माधुर्य लोगों को

अपनी ओर आकर्षित कर लेता है। गुरुजी की बातें सुनकर शिष्यगण संतुष्ट होकर लौट आए और उस दिन से मीठा बोलने का अभ्यास करने लगे।

किसी से कहना मत

अदालत में रोते हुये व्यक्ति को देखकर एक सहृदय ने कारण जानना चाहा, तो पता चला कि उसने बहुत पहले अपनी पुत्री के विवाह के लिये कर्ज लिया था। कर्ज समय पर चुक नहीं पाया तो ब्याज पर ब्याज बढ़ता गया और अब तीन सौ रुंपये हो गये।

ऐसे धनी जो अपना दिया हुआ कर्ज माफ कर दे बहुत कम होते हैं- वह तो दुगुने का कागज लिखाकर हर ढंग से वसूल करने का प्रयास करते हैं। वह कर्जदार तो अवधि बढ़ाने की फरियाद करने आया था, पर अदालत में भी कोई सुनवाई न हुई, क्योंकि मामला बहुत पुराना था।

वह रोते हुये घर चला गया। उनकी पत्नी ने बताया कि डिग्री करने वाले क़ई व्यक्ति आये थे और दरवाजा घेरे काफी देर तक खड़े रहे, अन्त में किसी दयालु व्यक्ति ने कर्ज चुकाकर उन्हें विदा किया। अब उसे समझते देर न लगी कि जो व्यक्ति अदालत में मुझसे बात कर रहा था शायद यहाँ आकर मेरा दु:ख हल्का करने के लिये रुपये चुका दिये हों।

वह व्यक्ति उनका पता लगाते हुए घर पहुँचा और बड़े ही विनम्र शब्दों में कृतज्ञता व्यक्त करने लगा। उन्होंने कहा- 'भाई, रुपये चुकाए तो मैनें ही हैं पर कहना किसी से मत क्योंकि थोड़ा पैसा जेब में होने के कारण यह तो मेरा कर्त्तव्य ही था जिसे मैंने पूरा किया'। यह रुपया चुकाने वाले- ईश्वरचन्द्र विद्यासागर थे, जो गरीबी में पले और गरीबी दूर करने के लिये ही अन्त तक प्रयत्न करते रहे।

सहनशीलता की परीक्षा

एक महान दार्शनिक हुए हैं- सुकरात, वे जितने विनम्र, सहनशील थे, उनकी पत्नी उतनी ही उग्र और उजड्ड थी। एक बार सुकरात अपने एक शिष्य के साथ बाहर से आए तो घर में उनकी पत्नी उनसे झगड़ने लगी। सुकरात हँस-हँस कर उसकी बातों का जवाब देते रहे। जब वह ज्यादा ही

बोलने लगी तो सुकरात मौन साध लिया। इस पर पत्नी का क्रोध आपे से बाहर आ गया। उसने बाहर जाकर नाले से एक बाल्टी कीचड़ से भरी और लाकर सुकरात के सिर पर उड़ेल दी।

इस अप्रत्याशित घटना से उनका शिष्य क्रोधित हो उठा। बोला, ''गुरुजी यह औरत आपके घर रहने लायक नहीं है, यह तो साक्षात चुडैल है...''

पूर्ववत मुस्करा रहे सुकरात बोले, 'बेटे, यह मेरे ही घर में रहने के लिए उपयुक्त है। क्योंकि इस सख्त=व्यवहार से मुझे यह जानने में मदद मिलती है कि मेरे भीतर कितनी नम्रता, सहनशीलता है।

वह देखता ही रह गया

एक बार भगवान् बुद्ध ने भिक्षा पाने के लिए नगर के एक प्रतिष्ठित ध नी गृहस्थ के घर का दरवाजा धन-संपत्ति में अनन्य खटखटाया। आसक्ति रखने वाला वह व्यक्ति अकारण किसी को एक पाई भी नहीं देता था।

भगवान् बुद्ध को एक भिक्षुक के रूप में अपने आँगन में देखते ही उस धनवान व्यक्ति ने अपनी आदत के अनुसार गालियों से उनका स्वागत किया और भिक्षा माँगने के लिए दुत्कार-फटकार शुरू कर दी।

भगवान् बुद्ध ने बिना किसी विरोध या क्रोध के वे गालियाँ तथा फटकार सह लीं।

जब वह धनवान व्यक्ति गालियाँ देकर थक गया तब महात्मा बुद्ध ने मधुर मुस्कान के साथ कहा, ''वत्स, कृपया यह बताओ कि यदि तुमने किसी को कुछ दान दिया और उसने वह स्वीकार नहीं किया तो?''

धनवान व्यक्ति ने महात्मा बुद्ध की हँसी उड़ाते हुए कहा, ''तुम कैसे साधु-विद्वान् हो? इतना भी नहीं समझते कि वह यदि दान नहीं लेगा तो वह मेरे पास ही रहेगा। ''महात्मा बुद्ध ने कहा, 'ठीक है, तुमने मुझे गालियों का जो अमूल्य दान दिया है, वह मैं स्वीकार नहीं करता।

और वह वहाँ से आगे चले गए। वह धनवान व्यक्ति देखता ही रह गया।

सुशासन की बुनियाद

"आचार्य, सुशासन का लक्षण क्या है?" चीनी सन्त चांग- चुआंग से त्सु निंग ने "वत्स! जिस देश का शासक शक्तिसम्पन्न हो, वहीं सुशासन सम्भव है।" चांग-चुआंग ने जवाब दिया।

"लेकिन शासन शक्तिसम्पन्न कैसे होगा?"

"उसके लिये तीन बातें मुख्य हैं। एक, प्रजा को खाद्यान्न का अभाव महसूस न हो। दो, आवश्यक शस्त्रास्त्रों की कमी न खटके। तीन, प्रजा शासन और शासक पर अटूट विश्वास रखे। ऐसा शासन हिलाये नहीं हिलेगा, डुलाये नहीं डुलेगा।"

"अच्छा, मगर इन तीनों मे से किसी एक को छोड़ना ही पड़े, तो किसे छोड़ा जाये?" "शस्त्रास्त्रों का त्याग किया जा सकता है।"

"शेष दो में भी यदि किसी को छोड़ना पड़े तो?"

"तब खाद्यान्न को त्यागा जा सकता है।"

"खाद्यान्न को? वह क्यों?"

"इसलिए कि मनुष्य की मृत्यु सर्वथा निश्चित है। उससे आदमी पार नहीं पा सकता। खाद्यान्न के अभाव में कुछ लोग मर भी जायें, तो उससे कुछ बनने या बिगड़ने का नहीं है। पर प्रजा का भरोसा टूट जाये, तो शासन स्थिर नहीं रह सकता। वह डावाँडोल होकर विनाश के गर्त में गिर जायेगा।"

"तो फिर शासन का लक्ष्य क्या हो?"

आपकी मूर्ति कहाँ है?

सिकन्दर की राजधानी में एक सुन्दर बगीचा था। उसमें प्राचीन और विद्यमान पराक्रमी पुरुषों की मूर्तियाँ खड़ी की गयी थीं। एक बार सिकन्दर की राजधानी देखने के लिए कोई बड़ा विदेशी आया। वह सिकन्दर का ही मेहमान था, अतः उसे शाही अतिथि-गृह में ठहराया गया। सिकन्दर उसे अपना शाही बगीचा दिखाने के लिए अपने साथ ले ख गया। वहाँ रखी हुई मूर्तियों के बारे में मेहमान के पूछने पर कि यह किसकी मूर्ति है, सिकन्दर

उसके बारे में उचित जानकारी देता। सारी मूर्तियाँ देखने के बाद मेहमान ने पूछा, "महाराज, आपकी मूर्ति कहीं भी दिखाई नहीं दी?''

सिकन्दर ने जवाब दिया, "मेरी मूर्ति यहाँ रखी जाय और फिर अगली पीढ़ी यह प्रश्न करे कि यह मूर्ति किसकी है, इसकी अपेक्षा मुझे यह अधिक अच्छा लगेगा कि मेरी मूर्ति ही न रखी जाय और लोग पूछें कि सिकन्दर की मूर्ति क्यों नहीं है?''

नम्रता का परिणाम

एक बार चीनी संत चांग-चुआंग बीमार पड़े, तब उन्हें देखने लाओत्से गये। लाओत्से ने उन्हें कुछ उपदेश देने की विनती की। चांग-चुआंग ने पूछा, "जब कोई अपने पुराने गाँव जाता है, तो गाँव की सीमा पर पहुँचते ही अपनी गाड़ी से क्यों उतर जाता है?" लाओत्से ने जवाब दिया, "इस प्रथा का यह तात्पर्य है कि मनुष्य को अपना उद्‌गम न भूल जाना चाहिए।"

फिर चांग ने अपना मुँह खोलते हुए पूछा, "क्या मेरे मुख में दाँत हैं ?"- "नहीं तो!"-लाओत्से ने जवाब दिया। "और जीभ?"- चांग का अगला प्रश्न था। "वह तो है''- लाओत्से बोले। "ऐसा क्यों है, क्या कारण बता सकते हो?"- चांग का अगला प्रश्न था। "महोदय, मेरा विचार है कि नम्र होने से जीभ कायम है, जबकि दाँत कड़े होने के कारण विनाश को प्राप्त हुए हैं।''

"तुमने ठीक जवाब दिया है। मनुष्य के विनम्र रहने में भलाई है। मुझे विश्वास है कि तुमने जगत् के सभी सिद्धान्तों को समझ लिया है और तुम्हें उपदेश देने की कोई आवश्यकता नहीं।"- चांग ने सन्तोष भरे शब्दों में कहा।

कर भला तो हो भला

ऐसा माना जाता है कि प्राकृतिक परिवेशों, सामाजिक मान्यताओं एवं आध्यात्मिक चिंतनों के माध्यम से मनुष्य के व्यक्तित्व का संपूर्ण विकास होता है। मनुष्य हर कदम पर उपरोक्त परिस्थितियों से कुछ न कुछ प्राप्त करता है। उसके कर्मों की विवेचना उसके मानसिक एवं सामाजिक स्तर के अनुसार की जाती है। कहने का मतलब यह है कि उसके जीवन का मूल्यांकन उसके अंतः चिंतन एवं बाह्य कर्म पर आधारित होता है। अब मनुष्य की जिम्मेदारी

बन जाती है कि उसे अपने पास क्या रखना है और क्या छोड़ना है। इन्हीं परिस्थितियों के माध्यम से दुनिया के महान लोगों ने कुछ सीखा है और उसे समाज के सम्मुख उदाहरण के लिए रखा है। निम्नलिखित कहानी इसी दिशा में सोचने के लिए प्रेरित करती है।

एक बार एक किसान खेत में काम कर रहा था। उसे एक बच्चे के रोने की आवाज सुनाई पड़ी और वह उस ओर दौड़ पड़ा, जिधर से आवाज आ रही थी। उसने देखा कि एक बच्चा कमर तक कीचड़ में धँसा हुआ है और बाहर आने के लिए छटपटा रहा था। उस किसान ने बड़ी मशक्कत से उस बच्चे को कीचड़ से बाहर निकाला। दूसरे दिन एक सज्जन किसान के पास आये और अपने बच्चे को बचाने के लिए किसान को धन्यवाद देने लगे। साथ ही उन्होंने किसान को कुछ पैसा भी देना चाहा। लेकिन किसान ने उनसे पैसा नहीं लिया और कहा कि मैंने बच्चे को बचाकर सिर्फ अपना फर्ज निभाया है। उस समय किसान का बेटा भी वहीं पर खड़ा था और इन सभी बातों को बड़े ध्यान से देख और सुन रहा था। उस सज्जन ने किसान से पूछा कि "क्या यह आपका बेटा है?" किसान ने हामी भरी। उस सज्जन ने किसान के बेटे को पढ़ाने का वादा किया और वादानुसार अपने काम में लग गया। वह बच्चा भी खूब मन लगाकर पढ़ने लगा। पढ़ाई खत्म होने के बाद उसने एक वस्तु का अविष्कार किया, जो पेनिसिलीन के नाम से दुनिया में मशहूर हुआ। वह बच्चा अलेक्जेंडर फ्लेमिंग तथा उसे पढ़ाने वाले सज्जन व्यक्ति लार्ड रांडोल्फ चर्चिल थे। एक बार रांडोल्फ चर्चिल का बेटा निमोनिया की चपेट में आ गया। उस समय पेनिसिलीन के टीके से ही उसकी जान बच सकी। निमोनिया से पीड़ित वह बच्चा कोई और नहीं, बल्कि सर विंस्टन चर्चिल थे, जो द्वितीय विश्वयुद्ध के समय ब्रिटेन के प्रधानमंत्री थे। इसीलिए कहा जाता है कि यदि हम किसी की मदद करते हैं तो उससे सौ गुना फल हमें मिलता हैं।

भलाई

''क्यों बे साले... चोरी करता है...", कहते हुए हवलदार ने उसे दो तमाचे जड़ दिये। वह रोने लगा। "एक तो चोरी करता है, ऊपर से रोता भी है... क्यों बे, क्यों की चोरी तूने... बता, क्यों की?" कहते-कहते हवलदार ने दो लातें उसे और दाग दीं। वह दर्द से बिलबिला गया, 'साहब.. बच्चा. .. मेरा बच्चा... तीन दिन से भूखा था साहब... इसलिए...।" "झूठ बोलता है साले..." अब की बार हवलदार ने एक डंडा उसकी पसलियों में जड़ दिया, "बच्चे का बहाना बनाता है..." "नहीं साब... सच बोलता हूँ वह गिड़गिड़ाया। "खाता है अपने बच्चे की कसम... हवलदार बोला। "अपने बच्चे की कसम साब... मैं सच कह रहा हूँ", वह रोते हुए बोला।

"इधर आ", हवलदार ने उसे इशारे से अपने पास आने के लिए कहा। वह डरता सा हवलदार के पास आया, जानता था कि लात, घूंसा, थप्पड़ या डंडा, इनमें से कोई एक उसे खाने को अवश्य मिलेगा। "ये ले, रख ले", हवलदार ने पांच सौ रुपये का एक नोट निकाल कर उसके आगे कर दिया।

"तुझे पहली बार पकड़ा है, इसलिए तुझपे विश्वास करके छोड़ रहा हूँ। यह नोट ले और अपने बाल-बच्चों का कुछ कर ले... और फिर किसी काम धन्धे पर लग जाईयो और देख, दोबारा चोरी करने की हिम्मत मत करियो... वर्ना इससे भी कई गुणा ज्यादा मार पड़ेगी। अब जा फूट ले..." वह हतप्रभ था। उसे यकीन ही नहीं हो रहा था। हवलदार तो उसे जैसे साक्षात् भगवान लग रहा था।" अब चल न...", हवलदार ने कहा, तो वह उसे ढेरों दुआएं देता हुआ वहाँ से चला गया।

...और अब वह हवलदार एक अच्छा इंसान बनने की कोशिश में खड़ा सोच रहा था, "चलो उस पर भरोसा करने में मुझे हर्ज की क्या है? अगर वह सच्चा है तो समझो मैंने भला काम किया है और अगर नहीं तो वह मेरा ले ही क्या गया है... वह पाँच सौ का नोट जो मेरे साथियों से मुझे आज की ऊपरी कमाई में से अपने हिस्से के तौर पर मिला है..."

मनुष्य की तरह रहना

डॉ. सर्वपल्ली राधाकृष्णन देश के राष्ट्रपति ही नहीं विश्व के बहुत बड़े दर्शनशास्त्री भी थे। विश्व भर में उनके व्याख्यान दर्शनशास्त्र विषय पर होते थे। यह घटना उस समय की है जब राधाकृष्णन जी भारत के राष्ट्रपति अथवा उप-राष्ट्रपति नहीं थे। वह एक व्याख्यान के सिलसिले में लंदन गये। लंदन के एक अधिकारी ने अपने देश की प्रगति पर आत्ममुग्ध होते हुए उनकी राय जाननी चाही।

डॉ.राधाकृष्णन उक्त अधिकारी क आत्ममुग्ध मुद्रा को ताड़ गये और दार्शनिक अंदाज में बोले- "यदि मेरी राय जानना चाहते हो, तो मैं यही कहूँगा कि तुम लोगों ने आकाश में पक्षियों की तरह उड़ना, पानी में मछलियों की तरह तैरना तो सीख लिया लेकिन अभी भी तुम लोगों को धरती पर मनुष्यों की तरह रहना नहीं आया है। अभी इस दिशा में तुम लोगों को बहुत प्रगति करना बाकी है।"

डॉ.राधाकृष्णन का व्यंग्य भरा कटाक्ष सुन कर वह आत्ममुग्ध अधिकारी बगलें झांकने लगा।

स्वर्ग-नरक

चीन का एक दार्शनिक था नानूसीजी। उनके पास सेनापति आया। बहुत नाम सुना था दार्शनिक का। प्रसिद्ध संत था। आकर बोला, मेरे प्रश्न का उत्तर दें? क्या प्रश्न है तुम्हारा? उसने कहा, स्वर्ग क्या है और नरक क्या है? सेनापति था, योद्धा था। योद्धा की बोली अलग प्रकार की होती है और भावना भी अलग प्रकार की होती है। बड़ी तेज भाषा में कहा, जल्दी मेरे प्रश्न का उत्तर दें। संत ने सोचा- बड़ा अजीब आदमी है। आया है जिज्ञासा को लेकर और बोल रहा है लड़ने के मूड़ में। बड़ा विचित्र आदमी है। संत भी बड़े विचित्र थे। नानूसीजी ने कहा, क्या तुम सेनापति हो। उसने कहा, तुम्हें दीख नहीं रहा है? संत ने कहा, दीख रहा है। तुम सेनापति हो, पर तुम्हारी सूरत तो है भिखारी जैसी। इतना सुनते ही उबल पड़ा सेनापति। वह

बोला- दीखता नहीं, तलवार है मेरे हाथ में। संत बोले- अच्छा, तलवार भी रखते हो? पर इसके धार है या नहीं है? उसने तलवार म्यान से बाहर निकाली। संत बोले, धार तो है। क्या तुम मेरा सिर काट सकते हो? वह और अधिक गुस्से में उबल पड़ा। इतना उबल पड़ा कि आपा खो बैठा। संत बोले, सेनापति! तुम जानना चाहते थे कि स्वर्ग क्या है और नरक क्या है? यह है नरक। यह है तुम्हारे एक प्रश्न का उत्तर। इतना सुनते ही सेनापति शांत हो गया। सारा गुस्सा समाप्त हो गया। वह झुका और संत के पैरों में गिर पड़ा।

संत ने उसे उठाते हुए कहा-सेनापति ! यह है स्वर्ग। यह है तुम्हारे दूसरे प्रश्न का उत्तर। यह स्वर्ग और नरक कहीं बाहर नहीं है, हमारे भीतर है।

हर पत्र का जवाब देते थे बापू

चाहे कितनी भी व्यस्तता क्यों न हो, गांधीजी अपने पास आए हुए हर एक पत्र का जवाब खुद लिखकर देते थे। दाहिना हाथ लिखते-लिखते थक जाए तो बायें हाथ से लिखने की विलक्षण प्रतिभा भी उनमें थी। बापू के पास देश-विदेश से अनेक पत्र आते थे, अक्सर इन पत्रों के जवाब छोटे पर सटीक हुआ करते थे। बापू की डाक में बच्चों के पत्र भी होते थे, जिनका जवाब वे हर सप्ताह दिया करते थे।

एक बार बच्चों को शरारत सूझी और उन्होंने बापू से प्रश्न ''हम लोग इतनी सारी चिट्ठियाँ भेजते हैं, पर आप इन सबका छोटा सा जवाब ही क्यों लिखकर भेजते हैं। गीता में तो अर्जुन छोटा सा सवाल पूछते हैं और भगवान उसका उत्तर बहुत लम्बा, कई अध्यायों में देते हैं?''

बच्चों के इस अटपटे प्रश्न का जवाब बापू ने कुछ इस तरह दिया- "प्यारे बच्चों तुम्हारा सवाल सही है, पर बात यह है कि कृष्ण से पूछने वाला एक ही अर्जुन था, पर मुझे तो ढेर सारे अर्जुनों के प्रश्नों का उत्तर देना पड़ता है।''

आत्मविश्वास का शिकार

गुरु ज्ञानानंद के गुरुकुल में कई शिष्य शिक्षा प्राप्त करते थे। एक दिन ज्ञानानंद के एक प्रिय शिष्य विक्रांत ने उनसे कहा, गुरुजी, मैंने इस गुरुकुल में पर्याप्त ज्ञान प्राप्त किया है। लेकिन मुझे पेड़ पर चढ़ना नहीं आता। मेरा पेड़ पर चढ़ने का बहुत मन करता है लेकिन मुझे लगता है कि यदि मैं पेड़ पर चढ़ने का प्रयास करूँगा तो गिर जाऊँगा। गुरु बोले, यदि तुम पेड़ पर चढ़ने का प्रयास करोगे तो मेरा विश्वास है कि तुम नहीं गिरोगे। इसके बाद उन्होंने विक्रांत को एक बड़े पेड़ के आखिरी सिर तक चढ़ने के लिए कहा। विक्रांत संभल-संभल कर पेड़ पर चढ़ने लगा। गुरु ने उसे कुछ भी नहीं कहा। आखिर वह संभल-संभल कर चढ़ गया। जैसे ही वह पेड़ से उतरने लगा तो गुरु बार-बार जोर-जोर से कहने लगे, बेटा, संभल कर उतरो। विक्रांत उतरते समय गुरु के निर्देशों को सुनकर हैरान रह गया। उतरकर उसने पूछा, गुरुजी, जब मैं पेड़ पर चढ़ रहा था तो उस समय मुझे आपके निर्देशों की आवश्यकता थी लेकिन तब आप कुछ नहीं बोले जबकि उतरते समय मार्गदर्शन करने लगे जिसकी कोई आवश्यकता ही नहीं थी। इस पर गुरु मुस्कराते हुए बोले, पेड़ पर चढ़ते समय तुम स्वयं सावधान थे इसलिए मुझे कुछ कहने की आवश्यकता महसूस नहीं हुई। लेकिन चढ़ जाने के बाद तुम अति आत्मविश्वास से भर गए इसलिए मैंने तुम्हें सावधान किया। जीवन में भी ऐसा ही होता है। शिखर पर पहुँचकर लोग अति आत्मविश्वास का शिकार हो जाते हैं इसलिए उनके शिखर से गिरने की आशंका अधिक होती हैं। जबकि शिखर पर भी विनम्र रहने वाले कभी नहीं गिरते। विक्रांत बड़े ध्यान से गुरु की बात सुनता रहा और अपने बारे में सोचने लगा। उसे उनकी बातें सच महसूस होने लगी थीं, फिर उसने गुरुजी के पाँव छूकर ज्ञान के लिए आभार व्यक्त किया।

तारीफ-बराई में शांति का राज

एक बहुत पहुँचे हुए फकीर के पास एक दिन उस राज्य के बादशाह का आगमन हुआ। उसने फकीर से कहा कि वह बहुत अशांत रहता है और उसने फकीर से मन की शांति का उपाय पूछा। फकीर ने उससे कहा कि यहाँ से कुछ दूरी पर एक कब्रिस्तान है। तुम वहाँ जाओ और वहाँ बनी सभी कब्रों को गालियाँ देकर आओ। बादशाह जब उसके निर्देश का पालन करके लौटा तो फकीर ने उससे पूछा कि क्या उनमें से किसी ने तुम्हें तुम्हारी गालियों का कोई जवाब दिया? बादशाह ने कहा कि नहीं, किसी ने कोई जवाब नहीं दिया। फकीर ने उसे फिर से उसी कब्रिस्तान में जाकर उन्हीं कब्रों की तारीफ में कसीदे पढ़ने के लिए कहा। बादशाह ने ऐसा ही किया। जब वह लौटा तो फकीर ने उससे पूछा कि क्या इस बार किसी कब्र से तुम्हारी तारीफ के जवाब में कुछ कहा गया। बादशाह ने इंकार में सिर हिलाया। फकीर बोला, तो तुम भी ऐसे ही बन जाओ। न अपनी बुराई से दुखी हो और न ही अपनी तारीफ से खुश हो। इसी में शांति का राज है।

अपनी मर्जी से जीना कठिन

एक बार एक बादशाह ने अपने वजीर से कहा कि दुनिया में ऐसे कितने लोग होंगे, जो अपनी जिंदगी का हर पल अपनी मर्जी से जीते हैं। वजीर ने उत्तर दिया, एक भी नहीं। बादशाह ने कहा कि तुम्हें अपनी बात को

साबित करना होगा। वजीर बोला, ठीक है। आप एक मुनादी करवा दीजिए कि जो यह समझते हों कि उनका अपनी जिंदगी पर पूरा अधिकार है वे दरबार में आकर इसे साबित करें। बादशाह ने मुनादी करवा दी कि जो आदमी यह साबित करने में कामयाब रहेगा कि वह अपनी मर्जी का मालिक हैं, उसे बादशाह के अस्तबल से एक शानदार अरबी घोड़ा इनाम में दिया जाएगा और अगर उसका दावा झूठा साबित हुआ तो उसे जेल में डाल दिया जाएगा। मुनादी सुनकर बहुत सारे लोग बादशाह के पास इनाम के लिए अपनी दावेदारी ले लेकर आए, लेकिन बादशाह और वजीर के सवालों के

सिलसिले के आगे टिक नहीं पाए और इनाम की बजाए सजा के हकदार बने। संयोग से एक दिन उन्हें एक ऐसा शख्स मिल ही गया, जिसने उन दोनों को अपने उत्तरों से संतुष्ट कर दिया। बादशाह ने उसे इनाम में एक काला अरबी घोड़ा दिया। और उसके जाने के बाद वजीर से पूछा कि देखो, तुम तो कहते थे कि दुनिया में कोई आदमी अपनी मर्जी का मालिक नहीं है। वजीर चुप रह गया। कुछ देर बाद, उन्होंने देखा कि वह व्यक्ति घोड़े के साथ वापस दरबार में आ रहा है। बादशाह ने हैरानी से पूछा कि क्या हुआ? उसने कहा कि मेरी बीवी कह रही है कि घोड़े का हम क्या करेंगे। इससे अच्छा एक गधा ले आओ, कस से कम बोझा ढोने के तो काम आएगा। बादशाह को बहुत गुस्सा आया और उसने उससे घोड़ा छीन लिया और वजीर के सामने अपनी हार स्वीकार की।

संत संतुष्टि ही

एक संत अपनी कुटिया में बहुत से शिष्यों के साथ बैठे हुए थे। उनमें एक किसान भी था, जो बहुत चिंतित दिखाई दे रहा था। संत ने उससे उसकी चिंता का करण पूछा। वह बोला कि महाराज, इस बार मेरे खेत में फसल कम हुई है। उससे हमारा सात-आठ महीने का काम तो चल जाएगा, लेकिन मुझे चिंता है कि बाकी के 4-5 महीने हम कैसे गुजारा करेंगे। संत ने अपने एक और शिष्य, जो कि एक धनी व्यवसायी था को कहा कि वह अपने गोदाम से किसान को अनाज की पाँच बोरियाँ दिलवा दे। व्यवसायी किसान को अपने साथ ले गया और संत के आदेशानुसार उसे समुचित मात्रा में अनाज देकर विदा कर दिया। अनाज लेकर लौट रहे किसान को रास्ते में एक प्याऊ दिखाई दी, उसने रुककर पानी पिया। उस प्याऊ को एक बूढ़ी स्त्री चलाती थी और राहगीरों से जो मिलता, उससे अपना गुजारा करती थी। किसान ने सोचा कि उसे अपने अनाज में से दो-चार किलो अनाज दे दिया जाए। लेकिन, जब वह उसे अनाज देने लगा तो बुढ़िया बोली कि रुको, मैं अंदर जाकर देख आती हूँ कि हमें अनाज की जरूरत है भी या नहीं। वापस आकर उसने कहा कि अभी मेरे पास कम-से-कम एक हफ्ते का अनाज है, इसलिए मैं और ज्यादा अनाज नहीं ले सकती। किसान को बहुत शर्म आई

कि वह आठ महीने का अनाज होते हुए भी इतना चिंताग्रस्त था। जबकि वह स्त्री आठ दिन के अनाज की उपलब्धता से ही संतुष्ट थी।

संयम और सिद्धि

मिस्र देश में जुन्नून नामक एक महात्मा हो गये हैं। उनके पास प्रसिद्ध मुसलमान संत यूसुफ हुसैन धर्म की दीक्षा लेने गये। तब महात्मा जुन्नून ने उन्हें एक छोटा सा बक्स देते हुए कहा- "मेरा एक मित्र यहाँ से दूर नील नदी के किनारे रहता है; इस बक्स को बड़ी सावधानी से ले जाकर दे आओ, तब आकर दीक्षा लेना।"

रास्ते में यूसुफ हुसैन ने सोचा कि जब बवस में ताला नहीं लगा है, तो इसे खोलकर देखा जाए और कौतूहलवश उन्होंने बक्स का ढक्कन खोला, तो उसमें से एक चूहा निकलकर भागा। उस बक्स में चूहे के अतिरिक्त और कुछ न था।

अब यूसुफ हुसैन को बड़ा ही पछतावा हुआ कि उन्होंने व्यर्थ ही ढक्कन खोला, किन्तु अब पछताने से कोई लाभ न था, आखिर उन्होंने वह खाली बक्स ही महात्मा जुनून के संत मित्र को दिया।

बक्स खोलने पर जब उस संत मित्र को उसमें कुछ भी न दिखाई दिया, तो वे बोले, ''महात्मा जुन्नून तुम्हें दीक्षा नहीं देंगे, क्योंकि तुममें संयम नहीं है। उन्होंने इस बक्स में जरूर कुछ न कुछ भेजा होगा। सच-सच बताओ इसमें उन्होंने कौन-सी वस्तु भेजी थी?" यूसुफ ने सही-सही बात बताकर उनसे माफी माँगी। उन संत मित्र ने महात्मा जुन्नून से माफी माँगने के लिए कहा।

हताश यूसुफ हुसैन महात्मा जुन्नून के पास लौट आये और उन्होंने सारा वृत्तांत बताकर उनसे क्षमा माँगी। जुन्नून बोले, "यूसुफ, अभी तुम परम ज्ञान के अधिकारी नहीं हो। मैंने तुम्हें एक चूहा सौंपा था, जिसे तुमने गँवा दिया। तब भला धर्म-ज्ञान जैसी अमूल्य निधि को तुम कैसे सुरक्षित रख पाओगे? उसके लिए तुम्हें अतीव संयम की जरूरत है। जाओ, अपने चित्त को वश में करने का अभ्यास करो और पुनः आओ, क्योंकि संयम के बिना सिद्धि दुर्लभ है।''

यूसुफ हुसैन अपने निवास स्थान को वापस लौटे और आत्मसंयम का अभ्यास करने लगे। कई वर्षों के पश्चात् वे पूर्ण विश्वास के साथ पुनः महात्मा जुन्नून के पास गये और इस बार उनका मनोरथ सफल हुआ।

अत्याचार किस तरह बढ़ता है?

एक बार नौशेरवाँ बादशाह ने एक गाँव के समीप अपना डेरा डाला। कबाब के लिए नमक न था, अतः उसने एक नौकर को बाजार से नमक लाने के लिए भेजा। जब नौकर जाने लगा तो नौशेरवाँ ने उससे कहा, "देखो, नमक का दाम दे देना, नहीं तो ऐसा न हो कि हमारा मुल्क बरबाद हो जाये।" यह सुन उस नौकर को बड़ा ही आश्चर्य हुआ और उसने विनम्रता से पूछा, "बादशाह सलामत, एक पैसे के नमक का दाम न देने से मुल्क क्यों कर बरबाद हो सकता है?''

इस पर बादशाह ने कहा

राजा अंडे के लिए, करे जो अत्याचार।
तो फिर वाके लश्करी, मारें मुर्ग हजार॥

– ''यदि कोई राजा एक अंडे के लिए अपनी प्रजा पर अत्याचार करता है तो लश्कर के लोग मुर्गे मारने में जरा भी हिचकिचाते नहीं। यदि आज मैं एक पैसे के नमक का दाम न दूँ, तो मेरे लश्कर के लोग भी मेरे नाम पर सैकड़ों मन नमक बिना दाम लाते जायेंगे। दुनिया में पहले अत्याचार बहुत कम था, किंतु अब बढ़ता जा रहा है, इसका यही कारण है।"

विद्यासागर की उदारता

ईश्वरचंद्र विद्यासागर रास्ते में चलते समय भी यह देखते रहते थे कि किसी को उनकी सेवा की आवश्यकता तो नहीं है। एक दिन कोलकाता में वह कहीं जा रहे थे। चलते-चलते रास्ते में उनकी नजर एक ऐसे व्यक्ति पर पड़ी जो सिर झुकाए बहुत उदास चला जा रहा था। विद्यासागरजी ने उसे गौर से देखा। वह समझ गए कि यह शख्स जरूर किसी परेशानी में घिरा है। उन्होंने उससे बड़ी सरलता से पूछा कि आप इस तरह उदास क्यों हैं? एक अपरिचित को इस प्रकार पूछते देखकर उसने-लंबी सांस ली और

बोला कि विपत्ति का मारा हूँ भाई। विद्यासागरजी ने फिर पूछा कि आप कौन हैं? क्या विपत्ति है आप पर? उस व्यक्ति ने विद्यासागरजी के साधारण कपड़े देख उन्हें आसपास के गाँव का कोई निर्धन मनुष्य समझा। उसने कहा कि आप सुनकर क्या करेंगे? आप कोई सहायता तो कर नहीं सकते। फिर भी विद्यासागरजी द्वारा अत्यधिक आग्रह किए जाने पर उसने अपनी विपत्ति बतलाई। वह एक गरीब ब्राह्मण था। अपनी पुत्री के विवाह में उसने कर्ज लिया था। अब महाजन ने अदालत में दावा ठोंक दिया है, पर रुपए लौटाने की कोई व्यवस्था नहीं हो पा रही थी। विद्यासागरजी ने उसका नाम, पता, मुकदमा किस अदालत में हैं आदि पूछकर उसके साथ सहानुभूति प्रकट की और चले गए। मुकदमे की तारीख पर ब्राह्मण अदालत में आया, तो उसे पता लगा कि उसकी ओर से किसी ने रुपए जमा कर दिए हैं और मुकदमा समाप्त हो चुका है। वह सोचने लगा कि किसी उदार पुरुष ने यह दया की। विद्यासागर इसी तरह गुप्त रूप से लोगों की सहायता किया करते थे।

महर्षि रमण

"महर्षिजी! मेरे घर में हर समय कलह रहता है। शांति तो जैसे घर से पूरी तरह गायब हो चुकी है। मेरा तो जीना ही निरर्थक-सा लगता है। मैं आत्महत्या कर इस दुःखदायी जीवन से छुटकारा पा लेना चाहता हूँ। स्वामीजी! बताएं मैं कहीं गलत तो नहीं। पड़ोस के गाँव से आए एक अध्यापक ने अपनी व्यथा सुनाते हुए महर्षि रमण से उनकी सलाह माँगी। जिस समय वह अध्यापक आए थे, महर्षि अपने आश्रम के लिए पत्तलें तैयार कर रहे थे। ब्रह्मचारियों के भोजन करने का समय हो रहा था। अतः वह अध्यापक की बात भी सुनते रहे और पत्तलें भी बनाते रहे। अध्यापक को जब कोई जवाब नहीं मिला तो कहने लगे-आप इन पत्तलों को इतनी तल्लीनता से बना, इतना परिश्रम कर रहे हैं किंतु ब्रह्मचारी भोजन करते जाएंगे और इन्हें फेंकते भी रहेंगे, तब इतना परिश्रम क्यों? बेटा! यही आपकी समस्या का हल तथा उत्तर भी है। किसी भी वस्तु की उपयोगिता पूरी हो जाने पर उसे फेंक देने में हर्ज नहीं। तुम तो इतने मूर्ख हो कि परिवार को स्थापित करने के लिए अपने शरीर का उपयोग किए बिना इसे आत्महत्या द्वारा नष्ट करने को तैयार हो।

ऐसा करना तुम्हारी भूल होगी। इस उदाहरण ने अध्यापक के मन में जीने के लिए नया उत्साह भर दिया। वह शांत होकर चला गया।

प्रायश्चित

हम जाने-अनजाने इस प्रकार के कृत्य कर बैठते हैं जिनके लिए हमें प्रायश्चित करना पड़ता है। प्रायश्चित करने से हृदय और मन दोनों ही निर्मल बन जाते हैं। जेलों में भी ऐसे सैकड़ों अपराधी होते हैं जो भावुकतावश जीव -हत्या, मानव-हत्या के साथ चोरी-डकैती और अन्य अपराध कर बैठते हैं। बाद में अपने कृत्य के लिए वे खूब पछताते भी हैं। उनका

प्रायश्चित उन्हें भविष्य में सुधरने का अवसर प्रदान करता है। एक यवन राजा स्वामी रामानंदजी के पास आया करता था। वह बड़े सोच में था कि प्रायश्चित से किस प्रकार मन की शुद्धि हो जाती है। एक दिन उससे रहा नहीं गया। वह स्वामीजी से बोला- ''महात्मन! मुझे कारण बतलाने का कष्ट करें कि प्रायश्चित में ऐसी कौन-सी बातें हैं, जो मन से पवित्र बना देती हैं?'' स्वामी रामानन्दजी उस यवन राजा को एक ऐसी नदी के किनारे ले गए जिसका पानी काफी सड़ गया था। वह गंदा और पीला भी हो गया था। पानी की ओर संकेत करते हुए स्वामीजी बोले "राजन, क्या आप जानते हैं, इस नदी का पानी क्यों सड़ गया है?" "महात्मन, प्रवाह रुक जाने से पानी सड़ गया है।" यवन राजा ने जबाव दिया। "तो बस! इतना जान लो, जब हमारे पाप से हमारे मन का प्रवाह रुक जाता है तो प्रायश्चित की वर्षा बाढ़ बनकर उसे गति प्रदान करती है।" स्वामी रामानंद के उत्तर से यवन राजा अत्यंत संतुष्ट हुआ।

अज्ञानी से भी सीखें

हकीम लुकमान की ख्याति दूर-दूर तक थी। वे अपनी दवाओं के साथ-साथ अच्छी नसीहतों के लिए भी लोकप्रिय थे। वे जितने कुशल हकीम थे, उतने ही नेकदिल इंसान भी। यही कारण था कि लोग उनके पास मात्र अपनी- शारीरिक बीमारियों का इलाज कराने ही नहीं, बल्कि मन की उलझनों व बौद्धिक जिज्ञासाओं का समाधन प्राप्त करने भी आते थे।

एक दिन एक व्यक्ति लुकमान के पास आया और थोड़ी देर की बातचीत के बाद उसने प्रश्न किया, हकीम साहब, मैं जानना चाहता हूँ कि आपने इतनी शिष्टता और सभ्यता कहां से सीखी? हकीम साहब ने उत्तर दिया, "अशिष्ट और असभ्य लोगों से!" उस व्यक्ति ने अचकचाकर पूछा, यह कैसे संभव है, भला अशिष्ट असभ्य लोग किसी को क्या सिखा सकते हैं? तब लुकमान बोले, तुम गलत कह रहे हो। जरा सोचकर देखो। मुझे अशिष्ट और असभ्य लोगों की जो बातें बुरी लगी, उन्हें मैंने तत्काल त्याग दिया। उनके जिस व्यवहार ने मुझे कष्ट पहुँचाया, उसे मैंने भी करना छोड़ दिया। मैंने यह सोचा कि जो बात मुझे अप्रिय लगी, वह औरों को भी अप्रिय लगेगी। इस प्रकार मैंने अशिष्ट लोगों से ही शिष्टता सीखी है। हकीम लुकमान ने फिर कहा, एक बात जीवन में गांठ बांध लो, तुम ज्ञानी से अधिक अज्ञानी से सीख सकते हो बशर्ते कि तुम्हें सीखने का तरीका मालूम हो। ज्ञानी तुम्हें वह सिखाएगा जो होना चाहिए, जबकि अज्ञानी यह बताएगा कि क्या नहीं होना चाहिए। वह व्यक्ति उनकी बात का मर्म समझ गया और उसने उसे एक सबक मानकर ग्रहण कर लिया।

आभूषणों का त्याग

अवन्ती प्रदेश की सीमा पर भिक्षु कोटिकर्ण की कुटी थी। वैसे वे अत्यन्त धनी थे, किंतु उन्हें उससे विराग हो गया, और वे प्रव्रजित हो गये थे। एक बार वे श्रोताओं को उपदेशामृत पान करा रहे थे। श्रोताओं में बौद्ध श्राविका कातियानी भी शामिल थी। जब संध्या हुई, तो उसने समीप बैठी एक दासी से घर में दीप जलाने को कहा।

जब दासी घर पहुँची, तो उसने देखा कि वहाँ सेंध लगी हुई है और चोर अन्दर का कीमती सामान उठा रहे हैं। दासी दौड़ी-दौड़ी कुटी पर आयी। चोरों का सरदार घर के बाहर रखवाली कर रहा था। वह भी दासी के पीछे-पीछे भागता हुआ आया। दासी ने श्राविका से कहा, "अज्जे! घर में चोरों ने सेंध लगायी है। जल्दी चलिए और कोई उपाय कीजिए।" किंतु श्राविका ने उस

ओर कोई ध्यान नहीं दिया और वह प्रवचन सुनने लगी। तब दासी ने स्पर्श कर कहा, "जल्दी उठिए, अन्यथा चोर सारे स्वर्णाभूषण ले जाएँगे।"

व्यवधान होने से कातियानी नाराज होकर बोली, "क्यों तंग कर रही हो! ले जाने दो आभूषण, भला वे कोई मूल्यवान् हैं? वास्तविक आभूषण तो यहाँ पर हैं, जिन्हें भिक्षु कोटिकर्ण ने कोटि-स्वर्ण मुद्राओं के आभूषणों को त्यागकर बदले में पाया है और जिन्हें वे यहाँ बाँट रहे हैं। मैं उनको बटोरना छोड़कर घर के तुच्छ आभूषणों के पीछे क्यों दौड़ूँ?"

दासी ने सुना, तो वह हतप्रभ हो गयी, चोरों का सरदार भी स्तब्ध रह गया। उसके ज्ञानतन्तु झंकृत हो उठे। वह तुरन्त वापस लौट गया और उसने अपने साथियों से कहा, "यहाँ से खाली हाथ चलो। हम भी भिक्षु की कुटी में अनन्त सम्पदा प्राप्त करेंगे, जिसे पाने के लिये यहाँ की गृहस्वामिनी स्वर्णाभूषण की उपेक्षा कर रही है!"

समदर्शिता

काश्मीर में लल्लेश्वरी नामक एक सन्त हो गयी हैं। उनका विवाह बारह वर्ष की अवस्था में हुआ था, किन्तु ससुराल में उनके प्रति दुर्व्यवहार होने से उन्होंने घर का त्याग कर दिया और सेदवायु नामक एक सन्त से दीक्षा ले ली। भगवद्-भजन में वे इतनी लीन रहने लगीं कि लोक-लज्जा का भी उन्हें ख्याल न रहता। मीरा के समान मतवाली हो वे भजन करती हुई जब सड़क से गुजरतीं, तो लोग उनका उपहास उड़ाते।

एक बार वे भजन करती हुई मन्दिर जा रही थीं कि बच्चे उनके पीछे पड़ गये और उन्हें चिढ़ाने लगे। इस पर एक वस्त्र-व्यापारी ने उन्हें डाँटा और भगा दिया। तब लल्लेश्वरी ने व्यापारी से एक कपड़ा माँगा और उसके दो बराबर-बराबर टुकड़े करने को कहा। व्यापारी द्वारा वैसा करने पर उन टुकड़ों को अपने दोनों कन्धों पर डालकर वे आगे बढ़ीं। रास्ते में जब कोई उनका अभिवादन करता या हँसी उड़ाता, तो वे उन टुकड़ों में एक-एक गठान बाँधतीं। मन्दिर से लौटने पर उन्होंने वे टुकड़े व्यापारी को वापस करते हुए

उनका वजन करने को कहा। वजन करने पर उनका वजन बराबर-बराबर मिला। तब लल्लेश्वरी बोलीं, "प्रशंसा या निन्दा का हमें बिल्कुल ख्याल नहीं करना चाहिए, क्योंकि ये दोनों एक दूसरे को सन्तुलित करते रहते हैं। इसलिए हमें सबको समान दृष्टि से देखना चाहिए और समान भाव से ग्रहण करना चाहिए।''

ऐसी करनी कर चलो

यहूदी सन्त सिम्शा बुनेन के पड़ोस में एक दुराचारी व्यक्ति रहता था। उसकी बुरी आदतों को देख उन्हें बड़ा दुःख होता। वह व्यक्ति शतरंज का शौकीन होने के कारण एक दिन बुनेन ने उसे शतरंज खेलने के लिए बुलाया। खेल के दौरान उन्होंने जान-बूझकर गलत चाल चली। जब वह व्यक्ति उनके मोहरे को मारने लगा, तो ''माफ कीजिए'' कहकर वे मोहरे को वापस लेने लगे। उस आदमी ने कोई आपत्ति न की और चाल वापस लेने दी। थोड़ी देर बाद बुनेन ने पुनः गलत चाल चली और माफी माँगते हुए अपनी चाल वापस लेनी चाही। लेकिन इस बार वह व्यक्ति नाराज हो गया और बोला, "मैंने एक बार मोहरा वापस लेने क्या दिया कि आप तो बार-बार चाल वापस लेना चाहते हैं। इस बार मैं चाल वापस नहीं लेने दूँगा।"

तब सिम्शा ने हँसकर उससे कहा, "भाई, तुम खेल में मेरी दो गलत चालों को नजरअन्दाज करने को राजी नहीं हो, लेकिन अपनी जिन्दगी में गलत चाल चलकर चाहते हो कि खुदा उन्हें हमेशा नजरअन्दाज करता रहे। लेकिन ध्यान रखो गलत चालों का अंजाम कभी अच्छा नहीं होता, इसलिए यदि हमें दुनिया में रहना है, तो बुरे कर्मों का त्याग कर स्वयं को अच्छे कामों में ही लगाना चाहिए।''

सफलता के सूत्र

देश के विभिन्न राज्यों को जाने वाले शिष्यों से भगवान बुद्ध ने कहा, श्आप लोग धर्म प्रचार के लिए जा रहे हैं। वैसे तो तुम सब पूरी तरह निपुण हो चुके हो, फिर भी किसी को कुछ पूछना हो तो पूछ सकता है।" एक भिक्षु ने कहा "तथागत! हम जिस पुनीत कार्य के लिए जा रहे हैं, उसमें यदि कोई बाधा आ जाए। या समस्या खड़ी हो जाए तो कैसे निपटेंगे?" भगवान बुद्ध ने कहा "जैसा कि पहले भी आप सबकों बताया जा चुका है कि पांच सद्‌गुण ही मेरी ओर से मूल मंत्र हैं। ये हैं संयम, संतोष, स्नेह, समता तथा सेवा। थोड़ा रुककर गौतम बुद्ध ने समझाया, "इस यात्रा में ही नहीं, तुम सदैव संयम में रहना, जितना भी मिले उसी में संतोष करना तथा मिल- बाँटकर खा लेना। अपने कार्य में लगे हुए सभी प्राणियों में समता भाव रखते हुए उन्हें स्नेह देना और हमेशा सेवा को ही अपनी जीवनचर्या का हिस्सा बनाए रखना। मार्ग में आने वाली हर बाधा स्वत: खत्म हो जाएगी और सफलता मिलती रहेगी।" और भगवान बुद्ध के शिष्य चल पड़े मन में धर्मप्रचार का लक्ष्य लेकर।

ईश्वर दर्शन

एक बहुत पहुँचे हुए महात्मा थे, वृद्ध थे। हंस के समान सफेद दाढ़ी और सफेद जटाएं। शांत स्वभाव। अधिकतर समय भक्ति में ही लीन रहते थे। काम, क्रोध, लोभ और अहंकार उनसे बहुत परे थे। नगर के बाहर जंगल में उनकी एक छोटी सी कुटिया थी। माह में एक दिन भिक्षा लिए जाते थे। एक बार, एक भक्त यह सोचकर कि महात्माजी सदैव ईश्वर चिंतन में खोए रहते हैं इसलिए उनका और ईश्वर का तो बड़ा निकट का संबंध होगा, उनके पास गया। उसने महात्मा से निवेदन किया 'गुरुदेव ! मुझे कोई ऐसा उपाय बताइए या सुझाइए जिससे मुझे साक्षात ईश्वर दर्शन प्राप्त हो जाए।'' महात्मा ने स्नेह भरी दृष्टि से भक्त को निहारा और मुस्कुराकर पास बैठने का संकेत किया। भक्त बैठ गया। महात्मा मुस्कराकर बोले 'प्रभु के दर्शन के अभिलाषी

हो?" "हाँ, गुरुदेव, मैं ईश्वर के दर्शन के लिए लालायित हूँ।" भक्त ने हाथ जोड़कर कहा। महात्मा ने उससे कहा- "बेटा, तुम एक जलपात्र और थोड़ा नमक लेकर आओ।'' जो आज्ञा गुरुदेव- कहकर भक्त गया और पात्र में जल भरकर और नमक लेकर आ गया। महात्मा ने कहा- तनिक इस नमक को जल में मिला दो? भक्त ने महात्मा की आज्ञानुसार जल में नमक डाल दिया। कुछ देर में नमक जल में घुल गया। नमक का अस्तित्व समाप्त हो गया। इसके पश्चात् महात्मा ने ईश्वर भक्त से कहा- जो नमक तुमने जल में मिलाया था, उसे बाहर निकाल लो। प्रभु दर्शन अभिलाषी भक्त आश्चर्य से महात्मा का मुँह ताकने लगा। बोला, गुरुदेव यह कैसे संभव है? नमक तो जल में अब पूरी तरह घुल चुका है। इसे जल से अलग करना तो मेरे बस की बात नहीं है। अब तो जल में नमक होने का आभास जल को चखकर ही किया जा सकता है। महात्मा भक्त की ओर देखकर मुस्कराए, बोले पुत्र, ईश्वर भी तो सृष्टि में जल और नमक की तरह ही घुला हुआ है। उसे भी केवल अनुभव किया जा सकता है। वह तो हर समय तुम्हारे आसपास ही है। बस यही सच्चाई है। भक्त ने महात्मा के कथन की वास्तविकता को समझा। उसने गुरु के चरण छुए और चुपचाप चला गया।

संकल्प-शक्ति

परमात्मा ने मानव जाति को ढेर सारी अलौकिक शक्तियों से पूर्ण कर रखा है। आवश्यकता इस बात की है कि मनुष्य अपने अंदर छिपे हुए असीम कोष को जागृत कर सके। अपनी प्रबल संकल्प शक्ति के सहारे वह असंभव को संभव बना सकता है। ऐसा कहा जाता है कि एक बार चार दैवी शक्तियाँ पृथ्वी पर भ्रमण कर रही थीं। रास्ते से गुजरते हुए एक सिद्ध महात्मा ने उन्हें पहचान कर प्रणाम किया। वे शक्तियाँ यह नहीं समझ पाई कि प्रणाम किसे किया गया। अतः आपस में विवाद करते हुए वे शंका-समाधान के लिए महात्मा के पास पहुँची। महात्मा ने उन सबका क्रमशः परिचय पूछा। एक शक्ति बोली, 'मैं विधाता हूँ सबका भाग्य लिखती हूँ। मेरी खींची हुई रेखाएं अमिट होती हैं।" महात्मा ने प्रश्न किया, "क्या आप खींची हुई भाग्य रेखाओं को स्वयं मिटा सकती हैं या बदल सकती हैं?" उत्तर नहीं

में मिला। महात्मा बोले, तब मैंने आपको प्रणाम नहीं किया है। दूसरी शक्ति बोली, "मैं बुद्धि हूँ, विवेक की स्वामिनी हूँ। महात्मा बोले, मैंने आपको भी प्रणाम नहीं किया क्योंकि मैं इस सत्य को जानता हूँ कि मार खाने पर बुद्धि आती है और फिर चली जाती है। मनुष्य ठोकर खाने पर ही सचेत होता है, समर्थ हो जाने पर फिर बुद्धि से काम लेना बंद कर देता है। तीसरी शक्ति बोली, 'मैं धन की देवी हूँ, मनुष्य को समृद्धि देती हूँ, भिखारी को भी राजा बना सकती हूँ।" महात्मा मुस्कराए और बोले, "आप जिसको धन-वैभव से पूरित करती हैं, वह विवेक खो बैठता है तथा लोभ, अहंकार, काम, क्रोध आदि में उसकी प्रवृत्ति बढ़ने लगती है। मेरा... प्रणाम आपको भी नहीं था। अब चौथी शक्ति ने अपना परिचय देते हुए कहा, "मैं संकल्प-शक्ति हूँ, मुझे धारण करने वाला कालजयी होता है। वह त्रैलोक्य की अलभ्य चीजें सहज ही प्राप्त कर सकता है।" महात्मा ने ये शब्द सुनते ही चौथी शक्ति को पुनः प्रणाम किया और कहा, आप महाशक्ति हैं, अजेय हैं, अनंत हैं, कल्याणी हैं। आपके सहारे मनुष्य कुछ भी प्राप्त कर सकता है। मेरा प्रणाम आपको ही निवेदित था। अतः मेरा प्रणाम स्वीकार करें।'

झूठा अहंकार

एक बार एक अहंकारी पंडित संत कबीर से शास्त्रार्थ करने निकल पड़ा। पूछते-पूछते संत कबीर के गाँव पहुँचा। पंडित संत कबीर के घर पहुँचे और उनकी बेटी से पूछा 'क्या कबीर यहीं। रहते हैं, मुझे उनसे शास्त्रार्थ करना है। उनकी बेटी ने बैलगाड़ी में लदे हुए ग्रंथों को देख सब समझ गई और कहने लगीं "आपसे चूक हो गई, वे यहाँ नहीं रहते। यहाँ से दस मील दूर पश्चिम की ओर एक गाँव है वहाँ एक टीले पर उनका घर है। "पंडित ने उसकी बात मान बैलगाड़ी पश्चिम की ओर ले ली और अत्यधिक भटकने के पश्चात् पुनः संत कबीर के घर पहुँच गए। पुनः उनकी भेंट उनकी पुत्री से हुई। वे भड़क उठे कहने लगे, "कबीर का घर यही है और तूने मुझे दिशाहीन कर इतना भटकने पर विवश किया, तुम्हें लाज आनी चाहिए। जाओ तुरंत कबीर को बुलाओ! कबीरदास की पुत्री बोलीं, ऊँचे शिखर पर घर कबीर का, जहां सिलिहली गैब/पाँव न टिके पपील का, और पंडित लादे

बैल अर्थात् ''हे पंडित संत कबीर जिस ऊंचाई पर हैं, वहाँ इतनी फिसलन है कि चींटी जैसे सूक्ष्म जीव का पांव फिसल सकता है तो आप उनसे कैसे मिल सकते हैं? उसकी यह बात सुन पंडित पानी-पानी हो गया और उससे क्षमा माँगने लगा और उससे उसका परिचय पूछा। जब उसने अपना परिचय बताया तो उसने कहा, जिसकी पुत्री इतनी तेजस्वी हो वह पिता कैसा होगा, मैं आपके दर्शन कर धन्य हो गया, कृपया संत कबीर के दर्शन कैसे हो सकते हैं यह बताएं!

उसका कुछ था ही नहीं

पम्पेई नगर में ज्वालामुखी फूटा। नगर आग से भर गया। लाखों लोग आधी रात को अपना सामान लेकर भागना शुरू कर दिये। एक दार्शनिक, एक फकीर भी उस गाँव में था। वह भी चल पड़ा है।

रास्ते पर सारे भागते हुए लोग हैं। कोई अपने आभूषण-हीरे-जवाहरात, धन, कोई कुछ और, जो जिसके पास हैं, सब बाँधकर बोझ से दबे हैं।

वह अकेला एक आदमी निर्दोश, सुबह घूमने की छड़ी लेकर चल पड़ा है। रास्ते पर जो भी है, उससे पूछता है, क्या आप कुछ बचाकर नहीं लाये?

वह कहता है, "जो भी मेरा था, वह मेरे साथ है, उसे मैं बचा लाया हूँ।''

जो भी मिलता है, रास्ते पर देखता है, सिर पर बोझ नहीं, हाथ खाली है, वह पूछता है- "क्या सब छूट गया, सब जल गया, कुछ बचा नहीं पाये?"

वह कहता है- "मेरा कुछ था ही नहीं। जल भी नहीं सकता था, छूट भी नहीं सकता था और जो मैं हूँ वह साथ है।"

वह सारा गाँव रोता हुआ जा रहा है। सब कुछ बचाकर ले आये हैं, लेकिन फिर भी कुछ पीछे छूट गया है। बड़े महलों में ज्यादा पीछे छूट गया है, छोटे झोपड़ों में भी पीछे छूट गया है। कम-से-कम झोपड़े तो पीछे छूट गये हैं। सब कुछ भी बचा लाये, फिर भी पीछे छूट गया है।

और जिनका "मेरा भाव" इतना विस्तीर्ण होता है, उन्हें, जो बच जाता है वह दिखायी नहीं पड़ता, जो छूट जाता है, वह दिखायी पड़ता है; क्योंकि जो बच गया है, उसके साथ तो मेरा "मैं" अब भी जुड़ा है-

सौन्दर्य क्या है

रवीन्द्रनाथ एक किताब पढ़ रहे थे सौन्दर्य शास्त्र पर। पूर्णिमा की रात है, एक बजरे में जा रहे हैं, किताब पढ़ रहे हैं। बाहर चाँद पुकार रहा है। लेकिन कौन सुने! किताब पढ़ने वाला कभी नहीं सुनता। रवीन्द्रनाथ अपनी किताब पढ़ रहे हैं, "सौन्दर्य क्या है?" बाहर चाँद चिल्ला रहा है कि यह रहा। बाहर की झील कहती है कि यह रहा। बाहर की लहरें कहती हैं कि यह रहा। लेकिन किताब में डूबा आदमी कहीं सुनता है?

वह अपनी किताब पढ़े चले जा रहे हैं। रात दो बज गये, थक गये। किताब शुरू की थी, तो थोड़ा पता भी होगा कि सौन्दर्य क्या है, किताब की उलझन में वह भी डाँवाडोल हो गया। ऊब गये, समझ म नहीं आया कि सौन्दर्य क्या है! किताब बन्द कर दी थक कर। मोमबत्ती की बत्ती फूँक मार कर बुझा दी। मोमबत्ती के बुझते ही चाँद की किरणें भीतर भर गयीं। रंध्र-रंध्र से, द्वार-द्वार से, खिड़की- खिड़की से चाँद बाहर खड़ा था। किरणें नाचने लगीं। बाहर की ठण्डी हवा के झोंके आये। पहले भी आ रहे थे, लेकिन किताब में डूबे आदमी को कुछ भी पता नहीं चलता। किरणें आ गयीं भीतर। मोमबत्ती का धीमा सा प्रकाश किरणों को बाहर रोके था। मोमबत्ती चली गयी, किरणें भीतर आ गयीं।

रवीन्द्रनाथ उठकर खड़े हो गये। कहा-

-"यह रहा सौन्दर्य।"

वे बाहर आ गये। चाँद है पूरा, पूरी चाँद की रात है- चाँदी बरस रही है, सारी झील चाँदी हो गयी हैं। यह रहा। लेकिन एक किताब थी, अभी पढ़ते थे इतनी देर। वहाँ सौन्दर्य की व्याख्या थी।

अगर अनुभव की तरफ जाना हो, तो फिर दूसरी यात्रा करनी पड़ती है। और अगर शब्दों की तरफ जाना हो, फिर दूसरी यात्रा करनी पड़ती है। -'

सम्यक सम्मान

दुर्योधन महाभारत का चाहे जितना बड़ा खल पात्र हो। लेकिन जब भी मित्रता की मिसाल दी जाती है तो कर्ण-दुर्योधन की मित्रता को याद किया जाता है। क्यों? क्योंकि जब भारी रणशाला में द्रोणाचार्य कर्ण का अपमान कर रहे थे, उसे सूतपुत्र कहकर अर्जुन के साथ उसकी प्रतिद्वंद्विता को अयोग्य करार दे रहे थे ठीक उसी क्षण दुर्योधन आगे बढ़कर आया था और कर्ण को अंगराज बना दिया था। कर्ण इस सम्यक सम्मान को कभी नहीं भूला। भले वह महान दानवीर जानता था कि धर्म के पथ पर पांडू हैं। भले वह महायोद्धा जानता था कि जिसकी तरफ विराट वामन कृष्ण हों, उसे कोई नहीं हरा सकता था, फिर भी कर्ण ने उस सम्यक सम्मान के लिए ताउम्र दोस्ती निभाई। अगर दुर्योधन के साथ वह विपत्ति में खड़ा नहीं होता तो आज महान दोस्त की सूची का हिस्सा नहीं होता।

पुण्य प्राप्ति

बात राष्ट्रपति अब्राहम लिंकन से जुड़ी है। अमेरिका के राष्ट्रपति थे तथा उस दिन सदन जा रहे थे। राष्ट्रसभा में जाने के लिए उन्होंने घोड़ा लिया। कुछ संयोग ऐसा बना कि वह अकेले, बिना अंगरक्षकों के अपने निवास से चल पड़े। मार्ग में उनकी नजर एक सुअरी पर पड़ी, जो गड्ढे में गिरी पड़ी थी। वह निकलने की कोशिश तो कर रही थी, मगर उससे निकला नहीं जा रहा था। उसको कष्ट में चिल्लाते देखकर राष्ट्रपति के मन में करुणा भर आई। एक बार तो अब्राहम लिंकन ने सोचा कि वह जाकर कुछ सिपाहियों को इस काम के लिए भेज देते हैं मगर जैसे ही दो कदम आगे बढ़े, उनके मन ने शीघ्र ही कुछ कर देने की सलाह दी। राष्ट्रपति से अब रहा न गया। उन्होंने घोड़े को एक किनारे बांधकर सुअरी को निकलने में सहायता की। उनकी तरतीब काम आई तथा वह गड्ढे से मुक्त होकर भाग खड़ी हुई। इस

कार्य से उनके कपड़े काफी खराब भी हो गए मगर उनके मन को पूरा संतोष था। वक्त का पाबंद रहते हुए वह उन्हीं कपड़ों में राष्ट्रसभा में जा पहुँचे। उनकी इस दशा को देखकर जब सदस्यों ने कारण-जानना चाहा तो राष्ट्रपति ने पूरी बात सत्य सत्य कह दी। एक सदस्य ने उठकर कहा- आप इतने दयालु हैं इसका हमें गर्व है। लिंकन ने कहा-नहीं यह कार्य मैंने दया के कारण नहीं किया। इसमें भी मेरा स्वार्थ था, पुण्य प्राप्त करने की इच्छा। यह सुनकर राष्ट्रसभा के सभी सदस्यों ने मेजें थपथपाकर खुशी जाहिर की।

सुख ढूँढ़ने की कला

एक बार एक महिला अपने गुरु के पास गई। उसने गुरु से कहा, मैं अपने पति से बहुत परेशान हूँ। गुरु ने पूछा क्या बात है? उसने कहा, आज तक आपके पास भी नहीं आए। मुझे बाहर छोड़कर चले जाते हैं। गुरु बोले- बड़ी सौभाग्यशाली हो, इतना अच्छा पति मिला। मंदिर भले ही न आते हों, तुम्हें छोड़ने आते हैं, तुम्हारे मंदिर आने पर रोक नहीं लगाते व्यर्थ वे मंदिर नहीं आते, दर्शन नहीं करते, दुखी मत होओ। दूसरों के घर में बहुत पाबंदी होती है, तुम ऐसा सोचोगी तभी दुख में से सुख खोज पाओगी। कुछ दिन बाद वह महिला फिर अपने गुरु से मिली, उसने कहा- गुरुजी, मेरा तो जीवन ही बदल गया। जब से आपने मुझे दुख में से सुख ढूँढ़ लेने की कला सिखाई, तब से मैं हर काम में सुख का अनुभव करने लगी हूँ।

"मैं" का ताला

एक साधु किसी गाँव से गुजर रहा था। उसका एक साधु मित्र उस गाँव में रहता था। उसने सोचा, ''चलो, उससे भी मिलता चलूं।'' रात आधी हो रही थी। फिर भी वह उससे मिलने गया। एक बंद खिड़की से प्रकाश आते देख उसने दरवाजा खटखटाया।

भीतर से आवाज आई, "कौन है?" उसने यह सोचकर कि वह आवाज से पहचान लिया जाएगा,

कहा, "मैं हूँ।"

उत्तर नहीं आया। उसने बार-बार दरवाजा खटखटाया पर भीतर से कोई नहीं बोला। उसे ऐसा लगने लगा, जैसे वह घर बिल्कुल सूना है। उसने जोर से कहा, "मेरे लिए तुम दरवाजा क्यों नहीं खोल रहे हो? चुप क्यों हो गए हो।"

भीतर से आवाज आई, ''तुम खुद को "मैं" कहते हो? "जानते नहीं कि मैं" कहने का अधिकार सिवाय परमात्मा के और किसी को नहीं है।" प्रभु के द्वार पर "मैं" का ही ताला है। जो उसे तोड़ देते हैं, वे पाते हैं कि द्वार तो सदा से ही खुले थे।

www.ingramcontent.com/pod-product-compliance
Lightning Source LLC
LaVergne TN
LVHW060617051026
849519LV00002B/644
* 9 7 8 9 3 5 9 6 4 0 2 9 7 *